WILDE IRISCHE TRÄUMERIN

GEHEIMNISVOLLE BUCHT: BUCH 8

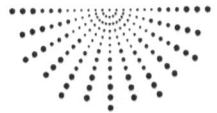

TRICIA O'MALLEY

LOVEWRITE PUBLISHING

Wilde irische Träumerin

Geheimnisvolle Bucht: Buch 8

Buchumschlag: Victoria Cooper
Übersetzung: Ulrike Bartz
Lektorat: Annette Glahn

Lovewrite Publishing: 382 NE 191st, st#24553, Miami, FL, USA, 33179-3899

„Du kannst sagen, dass ich ein Träumer bin, aber ich bin nicht der Einzige."
– John Lennon

KAPITEL EINS

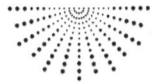

Du hast ihn fast verloren.

Fi wachte in zerwühlten, verschwitzten Laken auf, ihr Herz hämmerte in ihrer Brust und ihre Gedanken steckten im Zwielicht zwischen Erwachen und Schlafen. Nachdem sie von der Stimme in ihrem Traum hochgerissen worden war, fiel sie jetzt wieder auf ihre Kissen zurück, keuchte und versuchte, die Bilder zu sortieren, die drohten, aus ihrem Kopf zu verschwinden. Es war die Bucht, da war sie sich sicher, da keine Träume lebendiger zu ihr sprachen als die, die aus dem verwunschenen Gewässer stammten. Das Problem war, dass es nicht das erste Mal war – und bestimmt nicht ihr letztes – dass sie prophetische Träume hatte, in denen es um ihre Heimatstadt ging.

Es war schließlich ihre Blutlinie, die das Wasser dort verwünscht hatte.

Es war wahrscheinlich einfach nur ein dummer Tourist, der den Rat der Einheimischen ignoriert hatte. Fi seufzte, rieb sich mit der Hand über ihr Gesicht und zwang sich, ihren Atem zu beruhigen. Jedes Jahr wurde jemand in der Bucht ernsthaft verletzt. Trotz der aufgestellten Warnungen, trotz der Einheimischen, die die Besucher über die gefährlichen Strömungen unterrichteten, gab es immer jemanden, der darauf bestand, den steilen Pfad zum trügerisch friedlichen Strand herunterzugehen. Sie lernten schnell von ihrem Fehler, sie lernten *immer,* aber manchmal zu einem hohen Preis.

Die Bucht war verzaubert, genau wie ihr Blut, ein Geschenk, das Fi oft versuchte zu unterdrücken. Es war nicht so, dass sie verabscheute, was ihr durch die Blutlinie vererbt worden war – es war eher, dass Fi einfach alles allein machen wollte. Sie war so gewesen, seit sie schreiend aus dem Bauch ihrer Mutter kam, bereit, die Welt einzunehmen, und niemand konnte ihr etwas anderes weismachen. Manchmal waren die magischen Gaben, die von der großen Grace O'Malley selbst stammten, nützlich für Fi, aber meistens versuchte sie, sie zu ignorieren; es war ungemein wichtig für sie, dass sie die Welt ohne fremde Hilfe erobern konnte.

Aber die Träume – das war etwas ganz anderes.

„Wen verliere ich?", fragte Fi laut, schloss ihre Augen und zwang sich, es vor sich zu sehen. Natürlich, dieses eine Mal, wenn sie *wollte,* dass ihre Gaben funktionierten, konnte sie nichts anderes ausmachen als grobe Bruchstücke der Bucht und jemand mit furchtbarem Schmerz. Besorgt, dass es jemand war, der ihr nahestand, sah Fi auf die Uhr und nahm ihr Telefon hoch.

„Und was habe ich diese Ehre zu verdanken? Meine eigene eigensinnige Tochter, die durch die Welt rennt, ohne einen Moment, um ihre Mutter anzurufen."

Fi grinste über Caits Worte, da sie gerade erst vor zwei Tagen mit ihr gesprochen hatte.

„Ich bin praktisch eine Fremde. Was für eine Schande ich über die Familie bringe", stimmte Fi zu.

„Dein Vater ist davon überzeugt, dass du Groupie bei einer Band geworden bist und dich den Drogen zugewandt hast."

„Ein Groupie? Das ist eine Beleidigung. Ich würde meine eigene Band gründen ", sagte Fi, entrüstet darüber, dass ihr Vater glaubte, sie würde blind irgendwelchen gammligen Musikern durch die Welt folgen.

„Ach, also sind es nur Drogen", sagte Cait.

„Natürlich. Aber ich verkaufe sie nur. So finanziere ich meinen extravaganten Lebensstil. Aber ich nehme sie selbst nicht. Man soll sich niemals mit seinem eigenen Vorrat berauschen, heißt es", sagte Fi, streckte ihre Beine aus und ließ die Stimme ihrer Mutter ihr pochendes Herz beruhigen.

„Das ist klug. Deswegen nehme ich auch nur ein oder zwei Schluck Whiskey, wenn ich arbeite", stimmte Cait zu.

„Ist...alles okay?", fragte Fi und schloss ihre Augen, damit sie die Stimme ihrer Mutter lesen konnte.

„Ich glaube schon. Hattest du wieder einen Traum?"

„Ja, über die Bucht. Vielleicht sollte jemand nachschauen und sichergehen, dass nicht wieder ein Tourist da unten gelandet ist?"

„Shane, deine Tochter sagt, du sollst die Bucht überprüfen. Ruf doch mal an, bitte."

„Sag ihr, sie soll nach Hause kommen."

„Sie kommt, wenn sie dazu bereit ist."

„Sag ihm, ich bin bald für Graces Junggesellinnenabschied daheim", versprach Fi.

„Oh, stimmt. Hast du dafür Ideen?"

„Die habe ich..."

Fi verbrachte die nächste halbe Stunde damit, gemütlich mit ihrer Mutter zu schwatzen, während die Anspannung aus ihrem Nacken und den Schultern wich. Alles
schien bei der Bucht in Ordnung zu sein, also tat Fi es
achselzuckend als komischen Traum ab und beließ es
dabei. Es gab keinen Grund, nach zusätzlichem Ärger zu
suchen – sie hatte schon genug um die Ohren. Das erinnerte sie daran, dass sie ihr Projekt heute beenden sollte,
damit sie den restlichen Tag damit zubringen konnte, alles
Nötige für Graces Feier einzukaufen. Aber erstmal Kaffee.

Seit sie an der Amalfiküste lebte, hatte Fi eine Vorliebe
für starken Kaffee entwickelt wie ihre italienischen Nach-
barn, obwohl sie es vorzog, ihn bei schönem Wetter in
aller Ruhe auf ihrer kleinen Terrasse mit Blick aufs Wasser
zu genießen, statt ihn wie einen Schuss Schnaps an der
Theke im Café unten zu trinken. Trotz aller Versuche hatte
Fi es nie geschafft, schnell aufzuwachen und hatte gelernt,
sich morgens Zeit zu nehmen, um den Tag behutsam
angehen zu lassen und ihren Verstand aufzuwecken. Fi
hatte inzwischen eine Routine und saß an ihrem Fenster,
wo sie die Zeitung lesen – ja, eine richtige Zeitung – und
ihren morgendlichen Espresso genießen konnte.

Als Übersetzerin mit Spezialisierung auf Italienisch,
Spanisch und Französisch hatte Fi es als notwendig erachtet, sich in die Sprache zu vertiefen, an der sie arbeitete.
Daher die italienische Zeitung, die sie jeden Morgen von
vorn bis hinten las. Es half ihr, ihre Gedanken zu lockern

und auf italienisch zu denken. Danach konnte sie sich hinsetzen und mit Selbstvertrauen den Vertrag übersetzen, an dem sie arbeitete.

Aber heute hatte sie Schwierigkeiten, sich zu konzentrieren. Unerklärlicherweise wurde sie zurückgezogen zu der Erinnerung eines Mannes, dessen Bild regelmäßig durch ihren Kopf ging. Liam Mulder. Sie fragte sich, wo er inzwischen war.

Sie war noch nicht lange mit dem Studium fertig gewesen, als sie ihn das erste Mal traf. Fi dachte daran zurück, schloss ihre Augen und hielt ihr Gesicht in die Sonne, die damit kämpfte, durch die Wolken zu brechen.

Sie war unerfahren gewesen, gierig nach Arbeit und bereit, die Welt in Angriff zu nehmen. Sean Burke, Margarets Mann und mit Fi verwandt, hatte sie angeheuert, um einen Vertrag für seine Reederei in Dublin zu übersetzen. Fi erinnerte sich an ihren ersten Tag: in einem schicken schwarzen Anzug und mit superhohen roten Stilettos ging sie in die Besprechung und merkte, wie schrecklich übertrieben sie angezogen war. Um den Tisch herum saßen etliche Männer in Jeans und Hemd, die Ärmel lässig über die Ellbogen aufgerollt. Sean hatte sofort ihre Bestürzung erkannt, hieß sie willkommen und nahm ihr die Nervosität, während er die anderen warnend ansah. Nur Liam hatte sie breit angelächelt, trotz der selbsteingebrockten peinlichen Situation, in der sie sich fand. Sie mochte ihn auf Anhieb.

Während der Verhandlungen – Sean war dabei, zwei neue Schiffe von einer italienischen Reederei zu kaufen – lachte Fi und plauderte mit Liam. Da war etwas an dem lässigen Selbstvertrauen, das er ausstrahlte, das Fi anzog.

Als er sie auf einen Drink nach der Arbeit einlud, hatte

Fi begeistert akzeptiert. Aber als sie an Seans Haus ankam, wo sie übernachtet hatte, um ihn und Margaret zu sehen, hatte Liam angerufen und abgesagt.

„Probleme mit der Arbeit", hatte Liam gesagt und sich höflich entschuldigt.

„Es hat wohl noch nicht sein sollen", hatte Fi geantwortet, dann hatte sie das Telefon von sich gehalten, um schockiert darauf zu starren. Wo war das hergekommen?

„Wirklich? Na ja, sag mir Bescheid, wenn es so weit ist", hatte Liam gesagt und Fi hatte aufgelegt, ihre Wangen vor Scham errötet. Was war mit ihr los?

„War das Liam?", hatte Sean gefragt und sie aufmerksam über den Tisch hinweg beobachtet.

„Ja, das war er. Er hat unsere Verabredung für heute Abend abgesagt", sagte Fi achselzuckend.

„Der Junge hat recht. Er mag Arbeit und Vergnügen nicht vermischen", hatte Sean gesagt und dann schroff das Thema gewechselt. In dem Moment wurde Fi klar, dass Sean Liam abgeschreckt hatte.

Göttin behüte sie vor einer herrischen Familie. Fi schwor sich auf der Stelle, unabhängig zu sein und die Welt zu bereisen und hatte begierig das nächste Kundenprojekt akzeptiert, das es ihr erlaubte zu reisen. Sie war weg und Liam war in der Vergangenheit verblasst.

Nur eine Erinnerung...so dachte sie jedenfalls.

KAPITEL ZWEI

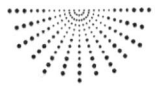

E s mussten etwa sechs Jahre vergangen sein, bevor sie Liam wieder begegnete. Es war purer Zufall, wie das oft so ist und Fi hatte ihn fast nicht wiedererkannt, als er in einem kleinen Restaurant in einer Hintergasse in Pula, Kroatien, einen Stuhl an ihren Tisch heranzog. Sie sah hoch und legte einen kühlen distanzierten Gesichtsausdruck auf, bereit, die Person abzuweisen, die es wagte, ihren seltenen Moment für sich zu stören.

„Fi?"

„Eh...ja? Oh – Liam, richtig?", hatte Fi gefragt. Ein erfreutes Grinsen ging über ihr Gesicht.

„Korrekt. Ich dachte, dass du es sein könntest, aber ich musste zweimal hinsehen. Du hast deine Haare abgeschnitten", sagte Liam und überkreuzte die Arme über seiner Brust.

„Und du hast deine wachsen lassen." Fi lächelte wieder, lehnte sich in ihrem Stuhl zurück und sah ihn an. Er war gewachsen, stellte sie fest, auf mehr als eine Art. Er war männlicher mit einem unordentlichen Bart und

Haaren, die ein paar Monate überfällig für einen Schnitt waren, und seine meeresblauen Augen schienen Geschichten aus fernen Ländern zu versprechen.

„Ja, das Leben auf See hat diesen Effekt ", sagte Liam und schob seine Hand durch seine kastanienbraunen Haare. Nach genügend Zeit in der Sonne würde sein Haar rot werden, stellte Fi sich vor, aber jetzt war es tiefbraun mit einem Hauch von Bernstein und Gold durchwoben.

„Warst du also auf dem Wasser? Weniger Zeit in Geschäftsbesprechungen, mehr auf See?"

Liam hielt inne, als der Kellner an ihrem Tisch anhielt und hob eine Augenbraue, als ob er fragen wollte, ob es okay wäre, dass er etwas bestellte. Er wartete, bis sie leicht nickte, und dann bestellte er genug Essen für zehn Männer, zusammen mit zwei verschiedenen Weinen.

„Kommt noch jemand dazu?"

„Ich bin die letzten zwei Wochen auf See gewesen, meine Dame, und das Essen an Bord ist nicht gerade wie dieser Standard. Ich habe vor, es zu genießen. Und da du hier bist, nehme ich an, dass du auch Hunger hast, also war ich so frei, für uns beide zu bestellen."

„Woher weißt du, dass ich nicht schon bestellt hatte?"

„Kein Problem, dann esse ich deinen Anteil auch." Liam hatte gelächelt und Fi wurde von seinem Charm eingenommen.

„Ich hatte noch nicht bestellt, also nehme ich deine Nicht-Einladung zum Essen an."

„Siehst du? Und da ich dich nicht zum Essen einge-laden habe, kann Sean mich nicht noch einmal verscheu-chen", sagte Liam und nickte dem Kellner dankend zu, als er den Rotwein und zwei Gläser auf den Tisch stellte, zusammen mit einem Korb Brot. „Darf ich?"

„Du darfst", sagte Fi und legte ihren Kopf schräg, um in Liams Gesicht zu sehen. „Also *war* es Sean, der dich bewogen hatte, deine Meinung zu ändern, als du mich damals auf einen Drink eingeladen hattest."

„Das war er. Ich kann es ihm auch nicht verübeln. Ich glaube, jeder Mann in dem Raum hätte einen Versuch gestartet, wenn Sean nicht ein Machtwort gesprochen hätte."

„Einen Versuch gestartet?" Fi sah ihn mit erhobener Augenbraue an.

„Klar. Die Chance ergreifen, dich um eine Verabredung zu bitten. Ich war der Einzige, der mutig genug war, es zu versuchen. Aber ich mag es, Risiken einzugehen." Liam hielt sein Glas hoch und Fi tat automatisch dasselbe. Sie stieß mit ihrem vorsichtig gegen seins.

„Slainté."

„Und trotzdem hast du mir abgesagt", sagte Fi, trank vom Wein und ließ die Aromen über ihre Zunge rollen. Ihre Wangen fühlten sich erhitzt an – nicht vom Wein, sondern eher von der offenen Bewunderung in Liams Blick auf ihr.

„Ja, das stimmt, das habe ich. Mir war die Familienverbindung erst später klar geworden. Da Sean ein Kollege war, musste ich seine Wünsche respektieren. Das war auch gar nicht so schlecht. Ich habe über die Jahre gelernt, niemals Geschäft und Vergnügen zu vermischen. Es trübt unweigerlich das Wasser und es ist es niemals wert."

„Wirklich? Ich neige dazu, dir zuzustimmen, aber ich bin neugierig, Liam", sagte Fi und lehnte sich herüber, um ein Stück Rosmarinbrot aus dem Korb zu nehmen. „Würdest du mir auch sagen, wie du diese Lektion gelernt hast?"

„Ich würde lügen, wenn ich sagte, dass ich es sofort gelernt habe. Es hat mich eine oder zwei Runden gekostet, um es mir einzubläuen – die letzte war die schlimmste. Ich glaube, dass ich es abgehakt habe, mit meinen romantischen Partnern zu arbeiten."

Fi hielt inne und las wirklichen Schmerz in seinen Augen. Sie hielt ihre geistigen Schilder hoch, da sie nicht in seine Gedanken eindringen wollte und wartete. Ihre Mutter hatte ihr in jungen Jahren beigebracht, dass man die Gabe, anderer Menschen Gedanken lesen zu können, nicht auf eine verletzende oder respektlose Art nutzte. Sie hatte einige verärgerte Ausbrüche miterleben müssen, wenn sie als Kind über die Gedanken anderer in den Läden gesprochen hatte.

„Schweigen? Ich sehe, dass du am Verhandlungstisch ein paar Dinge gelernt hast." Liam seufzte und lehnte sich in seinem Stuhl zurück. Er strich mit einer Hand über das Gestrüpp an seinem Kinn. „Ihr Name war Vera und sie war für die finanzielle Seite eines Transportvertrags verantwortlich, für den ich Projektmanager war. Meinem Willen zum Trotz fühlte ich mich von ihr angezogen und habe die Grenze überschritten. Wir waren mehr als ein Jahr zusammen – es wurde ziemlich ernst, dachte ich."

„Woher kommt Vera?"

„Sie ist Russin."

„Hast du in Russland gearbeitet?"

„Nein, hier in Kroatien. Wir waren hier für fast ein

Jahr angestellt. Ich...ich dachte, an der Beziehung war mehr."

Trotz aller Anstrengungen flitzte Fi ein geistiges Bild von einer Ringschachtel und Liam vor einem Türrahmen durch den Kopf.

„Das tut mir leid zu hören. Willst du mir erzählen, was passiert ist?", fragte Fi. Sie nickte, als er die Flasche hochhielt, um ihr nachzuschenken.

„Ich wurde hintergangen", sagte Liam, machte eine Pause, leerte sein Glas und füllte es wieder. Er zog eine Grimasse und blickte über die Straße. Ein schmerzvoller Ausdruck ging über sein Gesicht, bevor er ihn abschüttelte. „Es tut weh, das zuzugeben, mehr als alles, glaube ich. Ich bin normalerweise gut darin, Menschen zu beurteilen."

„Liebe kann uns blind machen", sagte Fi und berührte ihn am Arm.

„Ja. Das hat es."

„Sie hat dich betrogen?"

„Nein. Jedenfalls nicht, dass ich davon wüsste." Liam zuckte mit den Achseln. „Aber ich habe ein Telefongespräch mitgehört. Sie haben ganz klar darüber diskutiert, wie viel Geld ich verdiene."

„Okay", sagte Fi, trank ihren Wein und klopfte mit einem Finger ans Glas, während sie darüber nachdachte. „Aber das ist nicht ganz ungewöhnlich. Auch wenn sich die Einstellung geändert hat, dass der Mann für die Frau sorgt, und ich *absolut* dafür bin, dass Frauen sich selbst finanzieren, kann ich verstehen, dass ihre Freunde sichergehen möchten, dass sie versorgt ist."

„Es war nicht ganz so. Sie haben über Bankkonten

diskutiert. Und Zahlen. Und welche Konten man räumen und welches Geld überweisen sollte."

„Oh", sagte Fi betroffen. Sie reichte über den Tisch und drückte seine Hand. „Oh, das ist krass. Es tut mir leid. Haben sie dir etwas genommen?"

„Nein, ich bin leise von der Tür weggegangen und habe alle meine Bankdaten geändert, bevor ich mit ihr Schluss gemacht habe."

„Das war klug. Es tut mir wirklich leid, Liam. Sollen wir sie aufspüren und ihr etwas richtig Fieses antun?"

Liam lachte. „Du bist blutdürstig, Fi."

„Das bin ich. Ich glaube, es ist die Kriegerin in mir. Es liegt mir im Blut."

„Das mag ich an dir", sagte Liam.

„Danke. Aber merk es dir, falls du jemals auf meine schlechte Seite kommst", versprach Fi.

„Ich würde gern auf deine gute Seite kommen...und da auch bleiben." Liam warf ihr einen bedeutungsschweren Blick über den Tisch zu und Fi rollte fast mit ihren Augen. *Natürlich* würde er versuchen, seine Gefühle wegzuschieben, indem er so tat, als würde er mit ihr flirten.

„Na ja, du weißt doch, was man sagt. Der beste Weg, über ein gebrochenes Herz hinwegzukommen..."

Liam lächelte ein langes träges Lächeln, das tief in ihrem Magen Hitze pulsieren ließ.

„Was ist das, Fi?"

„Eine Kneipentour mit deinen Freunden. Und da ich im Moment dein einziger Freund hier bin, ist es an mir, das zu tun. Wir sorgen jetzt erstmal für eine solide Basis mit Essen und dann nehme ich dich mit zum Billiard." Fi lachte erfreut auf, als Liams Kinnlade herunterfiel.

„Billiard."

„Oh ja, Billard. Oder Darts. Aber erst brauchen wir einen vernünftigen Pub und etwas Whiskey. Na los, lass uns Essen in dich hereinbekommen", sagte Fi und zeigte auf die dampfenden Teller, die der Kellner gerade an ihren Tisch gebracht hatte. „Schauen wir mal, ob du mithalten kannst."

„Warum habe ich das Gefühl, dass du mich unter den Tisch trinken wirst?"

„Mach dich auf was gefasst."

KAPITEL DREI

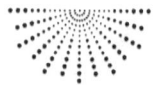

„Der Tisch ist nicht im besten Zustand", grummelte Fi. Sie waren in der kleinsten Eckkneipe, die sie je gesehen hatte und sie begutachtete den Billardtisch mit seinem rissigen und verschlissenen Filz. In der Ecke saß ein müder Barmann, rauchte Kette und ignorierte geflissentlich die Touristen, die durch die Tür schauten und dann schnell weitergingen. Liam, angespornt durch die halbe Flasche Whiskey, die Fi ihm im Pub davor fast in den Hals geschüttet hatte, nahm ihr den Queue aus der Hand.

„Suchst du jetzt schon nach Ausreden? Es scheint, als hättest du Angst?", sagte er, als er sich vorlehnte, um die Kugeln aufzureihen. Der Barmann sah mit einem leichten Anflug von Interesse in seinen trüben Augen zu.

„Du machst mir keine Angst, Liam. Ich habe nur den Zustand des Billardtisches kommentiert."

„Wie eine, die ihrem eigenen Spielvermögen nicht traut. Nur dass du es weißt, ich bin ein ziemlich guter Spieler", neckte Liam sie, stolperte ein bisschen und sah sie mit verengten Augen an.

„Gott, das wird wie einem Baby den Schnuller wegnehmen. Du hast ja jetzt schon einen im Kahn."

„Dann sollte es ja kein Problem für dich sein, mit mir zu spielen."

Fi rollte mit ihren Augen, als der Barmann lässig den Schalter an einem alten Soundsystem betätigte. Etwas unterschwellige Musik füllte den Pub und ihre Haut kribbelte, wenn Liam an ihr vorbeistrich.

„Ich glaube einfach nicht, dass es ein fairer Kampf wird", warnte Fi.

„Ist notiert", sagte Liam und bewegte die Kreide lässig über dem Queue. „Stößt du zuerst oder soll ich?"

„Mach nur", lächelte Fi und verschluckte ein Lachen, als er auf einem Bein balancierte, sich wieder aufrichtete und dann die Kugeln in einem chaotischen Muster auf dem Tisch auseinanderstieß. Was ihm an Finesse fehlte, machte er durch Enthusiasmus wett, dachte Fi, als sie den Tisch ansah.

„Du hast keine reinbekommen", sagte sie.

„Und du hast ein gutes Auge für Details, oder, schöne Fi?", fragte Liam mit erhobener Augenbraue.

„Ich nehme die Streifen. Ecktasche", sagte Fi und machte sich daran, den Tisch abzuräumen. Liam jubelte anfangs, als ihre erste Kugel in die Tasche fiel. Bei der fünften war er stumm geworden.

„Sieht aus, als hättest du das ein paarmal gespielt, Fi."

„Hier und da."

„Ich würde sagen, mehr als hier und da."

„Habe ich dir erzählt, dass ich in einer Liga war? Ich habe viel Taschengeld durch die Spiele verdient." Fi ging um den Tisch und schätzte ihre Winkel für ihren letzten

Stoß ein. Sie hob ihren Fuß hoch, so dass Liam dumm auf ihre weichen Lederstiefel herabsah. „Damit habe ich besondere Einkäufe getätigt, so wie diese wunderschönen Lederstiefel."

„Ja, das sind tolle Stiefel, Fi." Liam zuckte etwas, als sie sich erneut über den Tisch beugte. „Lässt du mich gar nicht spielen?"

„Du hattest deine Chance, als ich dir den Anstoß überlassen habe." Damit schoss Fi die 8er Kugel in die Ecktasche – sehr zum Vergnügen des Barmannes, der in die Hände klatschte und eine Flasche und ein Schnapsglas hochhielt. „Sieht aus, als würde der Gewinner einen Schnaps bekommen."

„Verdammt. Ich bin von einer kleinen zierlichen Frau hereingelegt worden", grummelte Liam, aber dann ging ein breites Lächeln über sein attraktives Gesicht und Fi stockte der Atem. Kopfschüttelnd hängte sie sich in seinen Arm ein. „Na komm. Der Kurze geht auf mich."

Sie stolperten auf ihrem Weg durch die gewundenen, nächtlichen Straßen mit den Armen umeinander gelegt und lachten so viel, dass ihnen die Tränen liefen. Als sie endlich die Tür der kleinen Wohnung erreichten, die Fi mietete, lehnte Liam sich dagegen und lächelte auf sie herunter.

„Da. Gut zu Hause abgeliefert. Ich habe meine Pflicht erfüllt", sagte Liam.

Der Moment zog sich hin und Fi sah zu ihm hoch. Der Kick vom Alkohol und etwas anderes hielten ihren Blick auf seinen Lippen.

„Hast du das? Gibt es da noch irgendetwas anderes, was du machen möchtest?"

„Ach Fi, du testest meine Schranken hier", sagte Liam und schob eine Hand durch sein Haar.

„Ich frage mich nur, wie weit ich sie dehnen kann." Fi lehnte sich näher und knabberte an seiner Lippe, dann strich sie mit ihrer leicht darüber, bevor sie sich umdrehte, um ihre Tür aufzuschließen und aufzustoßen. „Kommst du mit mir mit?"

Liam hielt im Türrahmen inne, sein Kopf ging zwischen der Straße und der Treppe zu ihrer Wohnung hin und her.

„Ich denke, es wäre unhöflich, dich nicht den ganzen Weg bis zu deiner Tür zu bringen", sagte Liam und folgte ihr hinein.

Fi verkniff sich ein Lächeln, als sie wortlos die Treppe hochgingen. Seine Hitze und Nähe brannten durch sie. An der Tür angelangt, schloss sie schnell auf, schob sie auf, trat hinein und überließ ihm die Entscheidung. Als sie hörte, wie sich die Tür hinter ihr schloss, drehte sie sich um und lächelte.

„Ist das eine schlechte Idee?", fragte Liam. Er sah riesig aus in ihrem winzigen Wohnzimmer.

„Vermutlich", sagte Fi, machte den Reißverschluss ihrer Jacke auf und warf sie auf den Stuhl.

„Ich sollte gehen."

„Wahrscheinlich." Sie ging zu ihm und strich mit einer Hand über seine Brust.

„Ich mag dich, Fi."

„Ich mag dich auch, Liam." Sie stellte sich auf ihre Zehenspitzen, um erneut einen Kuss auf seine Lippen zu legen. Ihn zu testen.

„Ich will nicht, dass du aufhörst, mich zu mögen."

„Dann tu nichts, was verursachen würde, dass ich dich nicht mehr mag." Sie nahm seine Hand und zog ihn in ihr winziges Schlafzimmer. Ein Einzelbett stand unter einem kleinen Fenster und Fi machte die hübsche Perlenlampe auf der Kommode an, so dass das Licht wie Sterne über die Decke tanzte.

„Dann verspreche ich, dass du das magst", sagte Liam mit heiserer Stimme, als er sie hochhob. Ihr Atem kam mit einem aufgeregten Keuchen aus ihren Lungen, als er sie aufs Bett legte. Sein Mund strich an ihrem Hals herunter und neckte sie am Schlüsselbein, als er anfing zu forschen. Fi keuchte und krümmte ihren Hals nach hinten, als seine Hände ihre Bluse fanden und sie aufknöpften. Er schob ihre Handgelenke über ihren Kopf, dass sie sich in ihren Ärmeln verfingen. Gefangen und unfähig, sich zu bewegen oder ihn anzu-fassen, krümmte Fi sich wieder, als sein Mund ihre nackte Brust fand und eine langsame Erforschung begann.

Hitze schoss durch sie, als er sich an ihren Brüsten Zeit nahm – eine Stelle, die viele Männer übersahen, da sie auf diesem Gebiet nicht besonders gesegnet war – und zitterte, als seine Zähne eine empfindliche Brustwarze kratzten. Der Mann hatte einen Mund, aus dem Träume erschaffen wurden. Sie wollte ihn anfassen und drückte gegen die Hand, die sie festgenagelt hatte. Stattdessen bewegte er sich weiter an ihrem Körper herunter, machte den Knopf an ihrer Hose mit einer Hand auf und zog sie über ihre Hüften herunter.

„Liam, ich...", begann Fi.

Er sah von ihrer Taille zu ihr hoch. Sein Blick

verbrannte sie mit seiner Intensität, sein Atem war keuchend.

„Lass mich dich verwöhnen", flüsterte Liam.

„Aber ich will...dich...", stöhnte Fi, als er eine Hand in ihre Unterhose schob und sie bereit für ihn fand.

„Sch, mein Hitzkopf...lass mich dich schmecken", sagte Liam und dann konnte Fi nicht mehr denken, als er ihren süßesten Fleck mit seinem Mund fand. Er probierte sie wie einen guten Wein, nahm sich seine Zeit mit ihr und brachte sie scharf und köstlich an den Rand, bevor sie sich gegen ihn krümmte und seinen Namen ausstieß.

Als er sich zurückzog, lächelte Fi ihn an.

„Das war...das kannst du gut", sagte Fi.

„Mir macht das Geben Spaß. Frauen soll man ehren", sagte Liam.

Fi griff nach seinem Gürtel.

„Nein, nicht so", sagte Liam und Fi sah ihn verwirrt an. Seine Augen wurden schläfrig und sie konnte sehen, wie der Alkohol und der Schmerz und die Verwirrung durch seine Gedanken schossen. „Du...du bist etwas Besonderes, Fi. Nicht so."

„Aber..." Fi sah an ihrem nackten Körper herunter and dann zu ihm hoch.

„Ich...kann ich dich einfach nur halten? Einfach so? Ich möchte, dass du dich immer an das Vergnügen dieser Nacht erinnerst." Liam sah todmüde aus und wenn sie je einen Mann gesehen hatte, der kurz davor war umzufallen, dann jetzt. „Ich möchte nicht allein sein."

Seufzend stand Fi auf und trat ihre Klamotten in eine Ecke. Sie zog ein T-Shirt aus der Schublade und über ihren Kopf.

„Zieh deine Stiefel aus."

Liam zog sich dankbar aus und so sehr Fi auch seinen muskulösen Körper von oben bis unten ablecken wollte, hatte sie Mitleid mit dem erschöpften und emotional aufgelösten Mann. Er kletterte ins Bett und zog sie an sich, so dass sie sich an seine Brust schmiegte und war innerhalb von Sekunden eingeschlafen.

Am Morgen war er weg.

KAPITEL VIER

E r hatte eine Nachricht dagelassen. Nicht, dass es wichtig war, da Fi nicht die Absicht hatte, ihn anzurufen. Sie hatte den größten Teil der Nacht wachgelegen und dagegen angekämpft, dass es sich so richtig anfühlte, wie sie in seine Arme geschmiegt dalag. Es war, als ob ihr Herz ihr sagen würde, dass sie ihr Zuhause gefunden hatte – und doch rief ihr Kopf Fi zu, dass sie weglaufen sollte. Sich permanent niederlassen, ob mit einem Mann, in einer Stadt oder mit einem Job war nichts, was aktuell auf ihrem Plan stand.

Für einen kurzen Moment an dem Morgen hatte sie sich erlaubt, traurig zu sein, weil er weg war. Aber es war das Beste, da sie keine unnötigen Verbindungen formen wollte.

Ich würde dich gern wiedersehen. Es tut mir leid, dass ich so früh gehen musste, aber ich habe eine Besprechung. Ich wollte dich nicht wecken. Ruf mich an.

Sie zerknüllte den Zettel und warf ihn in den Müll, damit sie nicht in die Versuchung kam, ihn anzurufen.

Zwei Wochen später verließ sie Kroatien, nachdem sie eine neue Stelle an einer Universität in Frankreich angenommen hatte, in der sie keltische Bücher über Mythologie übersetzen sollte.

Und so war ihr Leben weitergegangen. Es gab viele Männer nach Liam, obwohl Fi wählerisch war, wen sie mit in ihr Bett nahm. Mehr als ein Mann war eine Weile geblieben, hatte ihr Gesellschaft geleistet und ihre Bedürfnisse befriedigt, bis sie ihn leid war oder einen neuen Job an einem anderen Ort annahm. Es war nicht, dass sie leichtfertig war mit Männern, denn sie genoss ihre Gesellschaft – es war, dass Fi sich nicht erlaubte, sich zu verlieben. Sie hatte das getan – einmal. Und ihre Lektion gelernt.

Sein Name war Brian gewesen. Sie hatten sich im ersten Jahr an der Uni kennengelernt. Geblendet von den Großstadtlichtern Dublins und Brians scharfem amerikanischen Akzent hatte Fi sich verliebt – und war in sein Bett gefallen – mit einer Geschwindigkeit, die sie erstaunt hatte.

Gracie war an einem Wochenende zu Besuch gekommen und war besorgt abgefahren, mit einer Warnung auf ihren Lippen, dass Fi sich selbst schützen sollte. Aber geblendet von Brians geschmeidigen Worten und seinem ausgefallenen Geschmack für Musik hatte Fi nicht zugehört.

Sie erinnerte sich immer noch an den Tag, als sie ihm von ihrer Gabe erzählt hatte. Sie hatte sich ihm geöffnet, um ihm die Schattenseite ihrer Seele zu zeigen – Dinge, die sie nie mit jemandem teilte. Zuerst hatte er darüber gelacht. Dann hatte er sie wie besessen stundenlang mit

Fragen durchlöchert. Sie hatte für ihn eine Schau abgezogen, oder? All diese Jahre später wurmte sie diese Erinnerung immer noch. Er hatte wieder und wieder ihre Fähigkeit, Gedanken zu lesen, getestet und sie hatte mitgezogen und dachte, es war, weil er von ihr fasziniert war.

Es war erst am nächsten Abend auf der Party eines Freundes, dass ihr klar wurde, wie falsch sie gelegen hatte. Beim Hereinkommen wusste Fi sofort, dass etwas nicht stimmte. Jemand schaltete die Musik aus und wie in einem schlechten Jugendfilm waren alle Blicke auf ihr gelandet.

„Das ist das Medium!"

„Sie ist eine Hexe."

„Vielleicht kann sie mir dabei helfen, in meiner Prüfung zu schummeln..."

„Ob sie weiß, was ich gern mit ihr im Bett machen würde?"

„Kann sie mir vielleicht die Lottozahlen voraussagen?"

Das Geflüster traf sie wie Glassplitter in einem Sturm, sie schnitten sie aus jeder Richtung, als ihre Augen Brian suchten. Endlich fanden sie ihn auf einem Sofa neben einer kurvigen Blondine, ein hämisches Grinsen auf seinem Gesicht.

Fi war mit den Händen auf ihren Hüften zu ihm gegangen und hatte auf ihn heruntergestarrt, bis er ihrem Blick nicht länger ausweichen konnte.

„Was hast du gemacht?", wollte Fi wissen. Ihr Herz hämmerte in ihrer Brust, als es im Raum wieder still wurde. Nicht, dass es etwas bedeutete – sie konnte die Gedanken der Leute in ihrem Kopf herumhüpfen hören wie einen manischen Flipper.

„Wo ist das Problem? Ich dachte, es ist cool", sagte Brian achselzuckend und sah weg.

„So geht man nicht mit Menschen um, die man liebt", sagte Fi und blinzelte Tränen zurück. Ihre Stimme klang tief vor Wut. „So was macht man nicht. Es ist nicht richtig."

„Ach, was ist denn so schlimm daran, Fi?", spottete Brian und sah sie wieder an. In dem Moment las Fi in seinen Augen, was sie sich vor langer Zeit hätte erlauben sollen, in seinen Gedanken zu lesen. Die einzige Person, die Brian liebte, war Brian.

„Du solltest dich schämen", flüsterte Fi und drehte sich dann zum Raum. „Dieser Mann hat gesagt, er liebt mich. Behandelt so ein Mann jemanden, den er liebt?"

„Wie könnte ich dich lieben, nachdem du mir über...das erzählt hast?" Brian zeigte mit seiner Hand auf ihren Kopf.

„Ja. Konntest du nicht einfach seine Gedanken lesen und sehen, was er fühlt?" Sein Freund Luke brachte den Raum zum Lachen. Fi atmete stockend ein und zwang ihre Panik zurück. Eine Träne entkam und lief ihre Wange herunter, als sie Brian anstarrte.

„Och, der Freak weint."

Brian lachte darüber, beglückwünschte seinen Kumpel mit einem Handschlag und Fis Traurigkeit verwandelte sich in Wut. Es kostete sie alles in ihrer Macht, Brians Geheimnisse nicht dem Raum preiszugeben, aber sie konnte nicht widerstehen, wenigstens eins zu teilen.

„So wie Brian nach dem Sex weint."

Der Raum explodierte in Gelächter. Fi sah Brians schockierten Ausdruck, bevor sie sich auf der Ferse umdrehte und mit zerbrochenem Herz in der Brust aus dem Haus und vor dem Gelächter weglief.

Sie schwor in diesem Moment, Männer auf Abstand zu halten. Verletzlich zu sein war das Risiko nicht wert.

Diese Regel hatte ihr gut gedient, bis sie Liam getroffen hatte. Die Nacht, als sie in seinen Armen gelegen, wie richtig sich das angefühlt hatte, war immer noch tief in ihrem Kopf eingebettet.

Fi fragte sich, warum Liam heute in ihren Gedanken war, als sie ihre Zeitung und ihre Tasse nahm und zur Küchenspüle ging. Von all den Männern, mit denen sie über die Jahre zusammen gewesen war, war die Zeit mit ihm die kürzeste gewesen. Und doch schien er einen bleibenden Endruck bei ihr hinterlassen zu haben.

„Genug", sagte Fi laut, spülte ihre Tasse aus und stellte sie auf das Abtropfgestell. Im Badezimmer quetschte sie sich in die Dusche, verweilte unter dem winzigen Duschkopf und ließ das warme Wasser die restlichen Spinnweben aus ihrem Kopf entfernen. Als sie herauskam, begutachtete Fi ihr Gesicht im Spiegel. Schatten lagen unter ihren großen Augen, so dass sie aussah, als hätte sie die Nacht durchgemacht, statt sich im Bett herumzuwälzen, und ihre Haare fingen schon an zu trocknen.

Ein launisches Gesicht, hatte ihre Mutter immer gesagt. Ihr Vater hatte sie einen entrüsteten Kobold genannt.

So oder so, Fis Emotionen waren immer auf ihrem Gesicht erkenntlich und heute sah sie verletzt aus. Seufzend trug sie etwas Abdeckcreme unter ihren Augen auf, umringte sie mit einem rauchigen Kajalstift und tupfte einen rosigen Hauch mit ihren Fingern auf ihre Lippen.

Damit erachtete Fi sich als bereit für den Tag. Sie zog einen engen grauen Pullover und schmale schwarze Hosen an und schlüpfte mit ihren Füßen in die weichen Lederstiefel, die die genialen Italiener kreierten. Mit einem karierten Schal um den Hals heftete sie ihre Ledertasche über ihre Schulter und ging aus der Wohnung. Sie klapperte die sechs Stockwerke herunter auf die geschäftige Straße. Die Treppen waren ihr am Anfang unangenehm aufgestoßen, aber jetzt, nachdem sie regelmäßig das leckere Essen genoss, das Italien anzubieten hatte, war Fi dankbar für die körperliche Betätigung, die sie zwangsweise bekam, wenn sie jeden Tag nach der Arbeit nach Hause kam.

„*Ciao, bella*", rief Fernando, der Besitzer des Cafés unter ihrer Wohnung, als sie vorbeiflog. „Du kommst mich gar nicht mehr besuchen."

„Ich lasse meine Männer gern warten." Fi warf ihm einen Kuss durch die Luft zu, als er hinter ihr lachte. Lächelnd ging sie an den Tischen auf dem Bürgersteig vorbei und schlenderte die kopfsteingepflasterte Straße entlang, dabei wie immer entzückt von der Mischung aus alt und neu auf den gewundenen Wegen dieser Stadt. Heute musste sie nur dabei helfen, den letzten Vertrag bei der Verhandlung für eine große Reisegesellschaft, mit der sie arbeitete, fertigzustellen und dann würde sie sich selbst mit einem Urlaub verwöhnen. Was bedeutete, dass Fi den Nachmittag nutzen konnte, um für Graces anstehenden Junggesellinnenabschied einzukaufen und zu planen.

Sie war glücklich für ihre Freundin, sinnierte Fi, als sie abbog und die Tür zu einem kleinen Gebäude am Ende der Straße aufstieß. Eigentlich könnte sie sich selbst auf die Schulter klopfen dafür, dass sie Dylan und Grace wieder zusammengebracht hatte. Wäre Fi nicht gewesen, hätte sich ihre sture Cousine auf ewig geweigert, Dylan zu sehen und sie hätten etwas ganz Besonders verpasst.

Sie waren gut zusammen. Es war etwas, wonach Fi sich sehnte – nein, was sie verlangte; da sie es noch finden musste, hatte sie den Sprung in die Liebe noch nicht gemacht. Sie schob diese Gedanken beiseite, als sie in die Empfangshalle ging. Fi strahlte die schlanke Frau an, die sie begrüßte und folgte ihr zum Konferenzzimmer, das in dunklem Mahagoni und smaragdgrünen Tönen gehalten war. Fi schätzte das Flair der Italiener für Design; selbst in geschäftlichen Arbeitsräumen wurde Farbe genutzt, um Stil hinzuzufügen. Sie ging zum Stapel Dokumente, der am Ende des Tisches auf sie wartete und blickte den Rest des Vormittags kaum hoch, so vertieft war sie in die Aufgabe vor ihr.

Es war eine Charaktereigenschaft, die ihre Mutter erfreute und gleichzeitig frustrierte – als Kind war Fi oft so vertieft in etwas vor ihr, dass sie nicht hörte, wenn ihre Mutter sie rief. Ihr Vater hatte immer gesagt, dass jemand das Zimmer um Fi herum anzünden könnte und sie würde es erst merken, wenn das Buch, in dem sie las, in Flammen stand. Es war das gleiche mit ihrer Arbeit, aber jetzt wurde diese Eigenschaft geschätzt, da sie ihre Übersetzungen immer rechtzeitig fertigstellte, normalerweise sogar vor der vereinbarten Frist.

Heute war wieder so ein Tag. Nachdem sie ihren Bericht auf dem schmalen Laptop, den sie in ihrer Tasche mitgebracht hatte, geschrieben hatte, atmete Fi aus und lehnte sich im Stuhl zurück. Sie rollte ihren Nacken, um die Anspannung aus ihren Schultern zu lösen. Jetzt kam

der vergnügliche Teil – sie konnte Gracies Junggesellinnenabschied planen und packen, um nach Hause zu fahren
und ihre Familie zu sehen, die sie ohne Zweifel begrüßen
würden, als wäre sie ein verschollenes Kind, das sie
vergessen hatten.

Es war erst sechs Monate her, seit sie zuletzt zu
Hause gewesen war, aber in der Zeit hatte sich viel geändert. Grace hatte Liebe gefunden, was Fi immer noch
erstaunte. Nicht, weil sie Grace nicht der Liebe würdig
sah; oh nein – sie verdiente den besten Mann der Welt.
Aber Fi war überzeugt gewesen, dass das versteckte
Leben in dem kleinen Haus an der Bucht die Garantie für
ein Dasein als alte Jungfer für Grace werden würde.
Nichtsdestotrotz hatte die Liebe angeklopft – na ja, mit
dem Bulldozer, um genau zu sein. Dylan und Grace
hatten ihren Weg zur Liebe gefunden und jetzt fragte
sich Fi, ob sich niederzulassen nicht doch etwas für sich
hatte.

„Ich muss wirklich müde sein“, sagte sie laut. Sie stand
auf, packte ihre Sachen und stapelte die Ordner mit den
Verträgen ordentlich aufeinander. Es war nicht ihre Art,
sich nach Normalität zu sehnen – na ja, das, was sie als
normal bezeichnete: Ehemann, Haus, Kinder.

Fi verabschiedete sich von der Empfangsdame,
wanderte auf die Straße und schaute auf ihrem Handy nach
der Wegbeschreibung zu dem kleinen Secondhandladen,
den sie vorher herausgesucht hatte. Da gab es Vintage-
Brautkleider, und das war das Thema, das Fi für Graces
Junggesellinnenabschied ausgesucht hatte. Sie ging um die
Ecke und ignorierte die Rufe verschiedener Männer, als sie
vorbeiging. Sie hatte sich an die dreiste Art der italieni-

schen Männer gewöhnt und wenn sie in der richtigen Stimmung war, spielte sie mit, aber heute störte es sie nur.

Die dunkelrote bogenförmige Tür des Secondhandladens lockte sie an und Fi ging dankbar hinein, bereit für etwas Einkaufstherapie.

„*Ciao, benvenuta.*" Eine ältere Frau nickte sie zur Begrüßung an, ihre dunklen Haare waren mit Grau versetzt. Sie trug ein dunkelgrünes Kleid und eine goldene Halskette in der Form einer Schlange.

„Ich möchte gern Ihre Brautkleider ansehen", sagte Fi und die Frau nickte wieder und drehte sich zu einer Tür, die in ein Hinterzimmer führte. Fi schätzte die gelassene Art der Frau, die anscheinend nicht daran interessiert war zu schwätzen, und ging durch den Laden zum Hinterzimmer. An jeder Wand standen zwei lange Kleiderstangen voller Kleider.

„Oh, wow", sagte Fi und zog ein Notizbuch heraus, in dem sie die Größen von allen aufgeschrieben hatte. In weniger als einer Stunde hatte sie einen großen Berg Tüll und Pailletten aufgehäuft, der selbst die Verkäuferin neugierig machte.

„Können Sie sich nicht entscheiden, welches das Richtige ist?", fragte die Verkäuferin und blickte auf den Stuhl, auf dem Fi die Kleider gestapelt hatte.

„Nein, die sind für meine Freundinnen. Ich nehme sie alle. Ich muss nur noch eines für mich finden", sagte Fi und ging an den Stangen auf und ab. Ihr Blick landete am Ende auf einem Kleid, das aussah, als wäre es direkt von einer Domina, nicht aus einem Brautladen.

„Ich glaube, das hier ist gut. Aber ich würde es gern erst anprobieren."

„Das ist jedenfalls mal etwas ganz anderes", sagte die Verkäuferin.

Fi verkniff sich ein Lächeln. Sie brachte es nicht übers Herz zuzugeben, dass sie die hässlichsten Kleider ausgesucht hatte, die sie finden konnte, um eine Parodie auf die Hochzeit zu veranstalten.

„Ich bin gleich wieder da", sagte Fi und trug das Kleid in die Kabine. Sie machte den senfgelben Vorhang hinter sich zu, zog sich schnell aus und schlüpfte in das Kleid.

„Darf ich mal sehen?"

„Klar", sagte Fi, die keinen Spiegel in der Umkleidekabine entdecken konnte. Sie trat zu der Verkäuferin, die vor einem langen Wandspiegel neben dem Vorhang stand.

„Das steht Ihnen", sagte die Verkäuferin.

Fi kicherte fast, als sie merkte, dass die Frau das total ernst meinte. Niemals würde sie in so einem Kleidungsstück ertappt werden. Dann drehte sie sich um und ihre Kinnlade fiel nach unten, als sie sich selbst im Spiegel sah.

Es hätte lächerlich sein sollen. Das Latexkleid, strotzend mit Pailletten und einer Wolke aus Rüschen am Saum, umschlang ihren Körper wie eine zweite Haut. Das erste Mal in ihrem Leben sah sie aus, als hätte sie wirkliche Kurven statt der jungenhaften Figur, über die sie sich bei Grace immer beschwerte. Ihre Augen sahen riesig aus in ihrem Gesicht und merkwürdig anziehend.

„Ich...ich habe ehrlich gesagt nicht erwartet, dass es so gut aussehen würde", gab Fi zu und strich mit einem Finger über das Oberteil. „Das ist wirklich nicht mein Stil."

„Sind die für einen Junggesellinnenabschied?"

„Das sind sie. Ich dachte, es wäre lustig, wenn wir uns

alle etwas lächerlich machen in Kleidern, die wir vielleicht für uns selbst nie aussuchen würden." Damit war sie ehrlich, ohne das gesamten Inventar der Frau zu beleidigen.

„Dieses Kleid sieht nicht lächerlich an Ihnen aus. Aber ich wette, ich kann es so machen. Geben Sie mir einen Moment." Die Frau drehte sich und ging davon und Fi schätzte die Tatsache, dass sie interessierter daran war, etwas zu verkaufen als daran, wofür die Kleider benutzt werden würden. Einen Moment später kam die Frau zurück, ihre Arme voll beladen mit Bergen von Tüll und Spitze in verschiedenen Farben.

„Ein Schleier", sagte Fi und lachte, als die Frau den knalligsten nahm und auf ihren Kopf legte. Sie starrten beide in den Spiegel und nickten.

„Jetzt ist es lächerlich. Aber ich will nur sagen: wenn Sie mal heiraten, suchen Sie sich ein Kleid in diesem Schnitt. Die Form" – die Verkäuferin küsste ihre Finger – „ist für Sie gemacht."

„Das ist noch lange hin", versprach Fi, obwohl sie sich im Spiegel begutachtete und ihren Körper in dem Kleid bewunderte.

„Man weiß nie. Wie ein Blitzschlag kann Liebe Ihr Herz in einem Augenblick verbrennen."

KAPITEL FÜNF

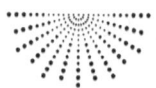

Gallagher's Pub war noch nicht geöffnet, aber alle, die Cait gut genug kannten, wussten, dass die Tür vormittags nie abgeschlossen war. Fi hielt davor an und bewunderte den neuen Anstrich der Fensterläden und Rahmen um die hohen schmalen Fenster des Pubs. Statt des bisherigen Grün und Rot, hatte Cait jetzt ein fröhliches Blau mit einem glänzenden goldenen Rand ausgewählt. Fi mochte es.

„Wie ich sehe, hat der Pub ein neues schickes Kleid", rief Fi, als sie die Tür aufstieß. Caits Kopf kam hinter der Bar hoch und für einen Moment zog sich Fis Herz zusammen. Sie hatte ihre Mutter hinter der langen Holztheke öfter gesehen, als sie zählen konnte. Gallagher's Pub *war* Cait und auf all ihren Reisen hatte Fi nie einen anderen Pub gefunden, der sich so richtig wie dieser anfühlte. Vielleicht war sie nicht objektiv, da es der Pub ihrer Familie war, aber das tat nichts zur Sache, sofern es Fi anbetraf.

„Du bist früher gekommen!", rief Cait, duckte sich unter dem Durchgang und rannte durch den Raum, um ihre

Arme um Fi zu werfen. Sie glichen sich in Größe und Figur und schaukelten in einer wilden Umarmung wie zwei verrückte Kobolde hin und her.

„Das bin ich", stimmte Fi zu. „Ich habe meine Arbeit ein paar Tage früher abgeschlossen und jetzt ist mein Kalender für Wochen leer." Sie trat etwas zurück, um das Gesicht ihrer Mutter zu betrachten. Vielleicht waren da ein oder zwei neue Falten um die Augen, aber Cait sah so gut aus wie immer – wenn nicht besser – als sie älter wurde. Fi hatte ihre Mutter immer bewundert, nicht nur für ihr starkes Rückgrat und ihren schnellen Verstand, sondern auch, weil sie es nicht zuließ, dass ihre Schönheit ihr im Weg stand für das, was sie wollte. Über die Jahre hatte Fi einige Frauen gesehen, die über ihre Besessenheit mit ihrem Aussehen stolperten und oft nicht merkten, dass sie der Welt so viel mehr anzubieten hatten. Vielleicht war es der sorglose Weg, wie Cait sich gab, als wollte sie sagen „Klar, ich sehe gut aus, aber hast du die neuesten Nachrichten gelesen?" Ihre Mutter hatte ein weitreichendes Wissen über eine berauschende Anzahl von Themen und führte ihr Geschäft mit einer stählernen Bissigkeit. Schönheit wurde geschätzt, aber Geschäftssinn wurde geehrt. Es war eine Eigenschaft, die sich Fi als Freiberuflerin zu eigen gemacht hatte.

„Wir haben dich für Wochen hier! Das ist fantastisch. Dein Vater hat auch eine Überraschung für dich." Cait drehte sich um und piff scharf über ihre Schulter. Fi verbiss sich ein Grinsen. Es war der gleiche Pfiff, den sie jahrelang gehört hatte und der alles Mögliche bedeuten konnte, von „Es ist Zeit, zum Essen nach Hause zu kommen" bis zu „Hört auf, in meinem Pub zu streiten."

„Oh, ist das meine verschollene Tochter?", sagte Shane und kam durch die Schwingtüren aus der Küche.

„Papa!", lachte Fi und umarmte ihn. Sie atmete die Gerüche von Gewürzen und Guinness ein, was bedeutete, dass er einen Eintopf kochte.

„Du hast abgenommen", bemerkte Shane, nachdem er sich zurückgelehnt hatte, um seine Tochter zu begutachten.

„Unmöglich. Jedenfalls nicht in Italien." Fi tat seine Besorgnis mit einem Achselzucken ab.

„Ich habe einen schönen Guinnesseintopf auf dem Herd. Davon isst du was", befahl Shane.

Fi rollte ihre Augen. „Ich kann nicht glauben, dass Mama dich inzwischen in die Küche lässt. Hast du nicht genug zu tun mit all deinen Immobilien?"

„Wir haben einen Verwalter eingestellt. Das hat mir viel Arbeit abgenommen, das gebe ich zu", sagte Shane, als sie zur Bar gingen. Die Theke war der Mittelpunkt in Gallagher's Pub. Das Holz glänzte perfekt und war durch Jahre des Gebrauchs und Liebe abgenutzt. Hinter der Bar reihten sich Flaschen auf Glasregalen an der Wand und ein Spiegel reflektierte das Restaurant. Cait hatte auf dem Spiegel bestanden, so dass sie immer ein Auge auf der Kundschaft haben konnte. Hinter der Bar breitete sich ein langer Raum mit gemütlichen Ecken und Sitzplätzen aus, wo Leute ungestört zusammensitzen oder die Tische für einen Abend mit Musik zusammenschieben konnten. Es kam öfter vor, dass Leute mit ihren Instrumenten hereinkamen, in einer der Sitzecken Platz nahmen und fröhliche Musik für die Menge, die sich unweigerlich zusammentat, spielten. Es war nie geplant und es gab keine festgelegten Tage für Livemusik. Es war eine akzeptierte Tatsache, dass

Musik in Gallagher's Pub immer willkommen war und Cait ließ die Musiker die Einzelheiten unter sich ausmachen.

„Und jetzt ist mir mein Mann den ganzen Tag unter den Füßen", beschwerte sich Cait, ging unter dem Durchgang durch und stellte sich hinter die Bar. „Tee?"

„Perfekt, danke", sagte Fi, setzte sich auf einen Hocker und stellte ihre Handtasche auf die Theke. Eine Kanne irischer Tee war schon etwas Spezielles. Sie vermisste ihn auf ihren Reisen immer.

„Du magst es, wenn ich da bin", erwiderte Shane. „Schau nur die ganzen Projekte an, die ich für dich fertiggemacht habe."

„Ich muss zugeben, es war nett, ein paar Dinge hier und da repariert zu bekommen. Aber jetzt bist du die ganze Zeit hier."

„Und du liebst es. Als ich nicht hier war, hast du dich darüber beschwert, dass ich zu viel zu tun hatte."

„Naja, ich kann nicht zulassen, dass du dich in ein frühes Grab schuftest, oder?"

„Man könnte dasselbe von dir sagen, wenn du hier jeden Abend hier arbeitest."

Cait winkte ab. „Ein Bier oder zwei zu zapfen ist kaum Arbeit."

„Du bist trotzdem viele Stunden auf den Beinen."

„Was gut ist für meine Gesundheit."

„Du schuldest mir einen Urlaub. Einen langen."

Es war immer dasselbe mit den beiden, dachte Fi und lächelte, als sie etwas Milch in ihren Tee schüttete. Sie zankten sich auf diese Art stundenlang, wenn sie nicht eingriff.

„Ein Urlaub klingt toll, Mama. Hast du wirklich
darüber nachgedacht? Wer würde sich um den Pub
kümmern?"

„Patrick wäre fähig, das alles zu handhaben", bemerkte
Shane.

„Ja, das wäre er", stimmte Cait zu. „Aber wohin
würden wir fahren?"

„Es gibt so viele Plätze zu sehen", sagte Shane. „Wie
wäre es mit Südamerika? Oder Afrika?"

„Könnte ich Elefanten sehen?" Caits Gesicht leuchtete
vor Begeisterung auf. „Ich muss sagen, ich wollte schon
immer Elefanten sehen."

„Du könntest auf eine Safari gehen. Ich schau mal, was
es gibt", sagte Shane, zog sein Telefon heraus und tippte
etwas hinein.

„Na, das ist doch eine schöne Idee, oder? Elefanten
sehen", sagte Fi. „Ich wette, du hättest wochenlang
Geschichten zu erzählen, wenn du wieder da bist."

„Keelin und Flynn haben gerade diese Kreuzfahrt um
die Welt gemacht, wie du weißt. Aber warum sie auf diese
monströsen umweltverschmutzenden Bakterienherde
gehen, verstehe ich nicht."

„Sie sind ziemlich ätzend und sie zerstören die Ozeane.
Du solltest sie in Italien sehen. Touristen strömen durch
die Städte und geben kaum Geld aus. Wenn jemand eine
Kreuzfahrt bucht in der Absicht, den Einheimischen wirt-
schaftlich zu helfen, liegt er total falsch."

„Ich habe gehört, Venedig hat es endlich geschafft, die
Kreuzfahrtschiffe nicht mehr in ihren Häfen anlegen zu
lassen", sagte Shane.

„Endlich. Wer würde überhaupt auf diese Dinger gehen

wollen? Du bist in einem Zeitplan gefangen, du kannst die Städte, die du anfährst, kaum erkunden und du steckst auf einem Schiff mit tausenden von Leuten fest." Fi schüttelte sich. „Das ist mein schlimmster Albtraum."

„Ich muss sagen, Keelin und Flynn waren nicht so angetan davon, wie sie dachten. Obwohl Flynn Seemann ist. Na ja, ich vermute, er hatte gedacht, die Erfahrung wäre anders. Er hat gesagt, er fühlte sich, als wäre er auf einem Doppeldeckerbus, der durch den Ozean pflügt."

„Außerdem glaube ich nicht, dass sie glücklich darüber waren, weg zu sein, als Gracie die schlimme Situation mit Dylan durchmachte."

„Nein, Flynn war kurz davor, zurückzufliegen und dem Mann eine zu verpassen", stimmte Shane zu.

„Wie kommen sie jetzt miteinander aus?", fragt Fi.

„Ganz gut, wie es aussieht. Jetzt, nachdem Dylans wahre Pläne und Motive herausgekommen sind –"

„Und seit er Grace ihr Haus geschenkt hat", fügte Cait hinzu.

„– kommen sie anscheinend unglaublich gut miteinander aus", beendete Shane den Satz.

„Das ist gut. Ich wäre nicht gern auf Flynns schlechter Seite", sagte Fi. „Auf Keelins allerdings auch nicht. Sie sind beide etwas furchterregend."

„Respekteinflößend wäre das Wort, was ich benutzen würde", kicherte Cait. „Jetzt erzähl uns deine Pläne für deinen Aufenthalt."

„Haben wir dich diesmal länger hier als nur für ein Wochenende?", fragte Shane.

„Ja, das habt ihr. Ich bleibe ein paar Wochen hier. Ich habe ein paar Anfragen, die ich in Betracht ziehe, aber ich habe noch keinen neuen Kunden gebucht. Ich wollte etwas Zeit hier verbringen und Grace helfen, ihre Hochzeit zu planen. Wäre es okay, wenn ich in einem eurer Apartments wohne? Ich möchte euch nicht wochenlang im Weg sein."

„Du bist uns nie im Weg." Cait sah Fi streng an.

„Du weißt, was ich meine."

„Wo wir davon sprechen", sagte Shane. Er blickte zu Cait, die ihm zunickte. „Wir haben eine Überraschung für dich."

„Das hat Mama schon erwähnt. Worum geht es denn?"

„Es ist ein frühes Geburtstagsgeschenk."

„Mein Geburtstag ist noch Monate hin."

„Na ja, wir wissen nie, wann du zu Hause bist. So oder so, sollen wir es uns anschauen?"

„Was anschauen? Was habt ihr gemacht?" Fi sah Shane aus zusammengekniffenen Augen an, aber sprang dann erschreckt auf, als Cait mit ihrer Hand hart auf die Bar schlug.

„Keine Gedanken lesen, Fi. Lass die Überraschung eine Überraschung sein."

„Okay, aber du weißt, dass ich Überraschungen hasse."

„Deswegen haben wir nicht oft eine für dich. Gönn es mir." Shane legte seinen Arm um ihre Schultern und drückte sie erneut an sich.

Fi seufzte und lehnte sich in seine Wärme. „Na gut. Ihr dürft mich überraschen. Lasst uns sehen, worum es hier geht."

„Nimm deinen Mantel. Wir gehen raus."

KAPITEL SECHS

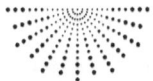

Sie hatte diese Straße immer geliebt.

Fi hielt ihre geistigen Schilder aufgerichtet, damit sie die Überraschung ihrer Eltern nicht verdarb und ging mit ihnen durch Grace's Cove. Sie hielten alle paar Minuten an, um mit jemandem zu reden, den sie kannten. Das war so in Grace's Cove, dachte Fi und lächelte, als wieder ein anderer Nachbar den Kopf aus der Bäckerei steckte. Niemand hatte es eilig und alles brauchte seine Zeit. Jeder kannte jeden und die Tratschmühle wollte gefüttert werden. Innerhalb einer Stunde würden alle wissen, dass sie wieder in der Stadt war. Wenigstens musste sie keine SMS versenden, also hatte der Klatsch auch etwas Gutes.

Sie bogen in eine kopfsteingepflasterte Straße am Hafen ab, in der sich in einer langen Reihe Ein- und Mehrfamilienhäuser drängten, um den besten Meeresblick zu ergattern. Jedes Haus war in einer anderen Farbe gestrichen, was für eine lebendige und fröhliche Atmosphäre sorgte. Fi war oft diese Uferstrasse entlanggegangen und hatte die Schönheit ihrer Stadt bewundert. Das war genau der Punkt: obwohl sie sich nach Abenteuer und Weltreisen sehnte, gehörte sie im Innersten ihren Herzens nach Grace's Cove. Es würde immer ihr Zuhause sein.

„Hier sind wir", sagte Shane und hielt vor einem netten zweistöckigen Gebäude an, das in einem fröhlichen glänzenden Gelb gestrichen war. Die Fensterrahmen und Fensterläden waren ein hübsches Rot. Blumenkästen hingen entlang den Fenstern, obwohl es noch zu früh im Jahr war, als dass schon Knospen herausguckten. Ein gewölbter Türrahmen in glänzendem Rot mit einem Türklopfer in der Form eines Gargoyle war links von den Fenstern angebracht.

„Wer wohnt hier?", fragte Fi und trat zurück, um am Gebäude hochzusehen. „Es ist sehr schön."

„Du wohnst hier", sagte Shane und konnte kaum die Freude zurückhalten, die über sein Gesicht ging, als er auf ihre Reaktion wartete.

Zum ersten Mal in ihrem Leben war Fi wirklich und wahrhaftig wie vor den Kopf geschlagen. Es war, als hätte jemand einen Eimer mit Eiswasser über sie geschüttet und sie schnappte nach Luft.

Cait ergriff ihre Hand mit Sorge auf ihrem hübschen Gesicht. „Siehst du, ich habe dir doch gesagt, dass es zu viel für sie ist." Sie sah Shane böse an.

„Es ist nicht zu viel. Gib dem Mädchen nur eine Chance, wieder zu Atem zu kommen."

Fi trat zurück und sah noch einmal auf das Haus, während Emotionen durch sie schossen – das Überraschendste dabei war, dass sie dieses Haus *wollte*. Wie konnte das sein? Sie hatte nie gedacht, dass sie hier permanent leben würde. Es war noch nicht Zeit für sie, sich niederzulassen, argumentierte ihr Verstand, aber ihr Herz schrie: „Nimm es!"

„Ich...ich weiß ehrlich gesagt nicht, was ich sagen soll. Ihr habt es geschafft, dass ich sprachlos bin", sagte Fi. „Ihr könnt mir unmöglich ein Haus schenken."

„Das können wir. Na ja, es ist eher ein Mehrfamilienhaus mit zwei Wohnungen. Willst du es dir anschauen und ich sage dir, was ich mir dazu gedacht habe?", fragte Shane und zog einen Schlüssel aus seiner Tasche.

„Das ist eine erstklassige Wohnlage am Wasser. Du solltest es für dein Portfolio behalten", argumentierte Fi.

„Pah, der Mann hat genug Immobilien. Er kann sie schon gar nicht mehr auseinanderhalten." Cait winkte ihre Bedenken beiseite.

„Das heißt aber nicht, dass du sie einfach weggeben sollst", sagte Fi.

„Das tut es, wenn es für deine Tochter ist." Cait ergriff ihre Hand und zog sie in den Eingang. „Schau dich erstmal um, bevor du nein sagst."

„Das muss das extravaganteste Geburtstagsgeschenk sein, das jemand jemals erhalten hat. Ihr denkt doch nicht wirklich, dass ich das akzeptieren kann", protestierte Fi und weigerte sich hineinzugehen.

Cait drehte sich zu Shane um. „Ich habe dir gesagt, dass ihr Stolz sie davon abhalten wird."

„Du hast noch nie zugelassen, dass wir für etwas bezahlen", sagte Shane mit seinem Blick auf Fi. „Noch nicht mal deine Miete, als du an der Uni warst. Du hast gearbeitet, seit du ein Kind bist, hast gespart und geknausert und uns niemals um irgendetwas gebeten. Wir sind unglaublich stolz auf dich und es wäre eine Ehre, wenn du es zulässt, dass wir dir dieses Gebäude schenken dürfen."

„Du machst es einem Mädchen nicht einfach, nein zu sagen", sagte Fi. Tränen stiegen ihr in die Augen.

„Fang nicht damit an", warnte Cait.

„Das tue ich nicht." Fi wischte mit ihrem Handrücken über ihre Augen. „Na gut, dann lasst uns wenigstens einmal einen Blick auf das Haus werfen."

„Wunderbar. Sieh dich einfach um und schau, was du denkst. Ich sage dir dann, warum ich bei diesem Gebäude an dich gedacht habe." Shane klatschte in die Hände und drehte sich um, so dass er mit dem Gesicht zum Eingang stand. Die gewölbte Tür öffnete sich in eine kleine Eingangsdiele mit einer engen Treppe links und einer Tür rechts. In der Diele stand ein kleiner Tisch mit einer hübschen Keramiklampe in blauen und cremefarbenen Tönen. „Wie du sehen kannst, ist das Haus in zwei Wohnungen aufgeteilt. Jede hat zwei Schlafzimmer und zwei Badezimmer mit eigener Küche und Wohnzimmer und hinten ist ein gemeinsamer Garten."

„Zwei Schlafzimmer und zwei Badezimmer? Das ist in dieser Gegend sehr ungewöhnlich", sagte Fi und folgte ihrem Vater die Treppe hoch.

„Ich habe vor Jahren zusätzliche Badezimmer einbauen lassen. Ich habe diese hier als Ferienwohnungen vermietet und merkte, dass viele Paare, die zusammen reisen, gern ihr eigenes Badezimmer haben möchten. Sie sind nicht mondän aber praktisch."

„Man braucht ja eigentlich nicht viel in einem Bade-zimmer", sagte Cait achselzuckend.

„Das ist die obere Etage, von der ich dachte, dass du

sie vielleicht für dich möchtest. Das Layout ist anders als unten. Schau dich um", sagte Shane, schloss die Tür auf und schob sie auf. Er wartete, bis Fi eintrat.

„Oh", sagte Fi und hielt ihre Hand auf ihr Herz.

Sonnenlicht schien durch die großen Fenster ins Wohnzimmer und ließ die cremefarbenen Wände warm und einladend aussehen. Ein breiter Fenstersitz, wie gemacht für Träumer, war mit blauen und weißen Kissen übersät und ein weißer Afghanteppich lag ordentlich gefaltet in der Ecke. Fi wollte sich dort zusammenrollen, über das Wasser blicken und vor sich hinträumen – all ihre Lieblingsbücher lesen und Tee trinken, während sie beobachtete, wie die Welt unten vorbeiging.

Statt eines Sofas standen zwei überdimensionale Sessel in einem weichem Cremeton um einen runden Holztisch. Fußbänke in fröhlichen blauen Mustern standen vor den Sesseln und eine hohe Stehlampe in der Ecke. Fi drehte sich und sah, dass der Raum sich in eine offene Küche ausweitete, ungewöhnlich für ein Gebäude dieses Alters.

„Ich habe die Küche auch offen gelassen, weil ich dachte, wer immer hier kocht, möchte auf das Wasser blicken", sagte Shane und ging zurück zur Arbeitsfläche, die gleichzeitig als Frühstücksplatz diente. Daran vorbei ging ein enger Flur zu zwei schönen Schlafzimmern, jedes mit eigenem Fenster und einem Doppelbett und zwei kleinen Badezimmern. Nicht protzig, nicht zu übertrieben und einfach perfekt für sie. Er hatte eine gute Wahl getroffen, sinnierte Fi, als sie still durch die Wohnung ging. Irgendwie wusste sie, dass das Wohnzimmer wichtiger war für das Apartment als die Größe der Schlafzimmer. Jeder, der hier Zeit verbringen würde,

würde in diesem Zimmer leben. Fi ging zurück zum Fenstersitz.

„Probier ihn aus", sagte Cait.

Fi setzte sich auf die Kissen, zog ihre Knie automatisch unter ihr Kinn und starrte aus dem Fenster. Ihre Gedanken rasten. Konnte sie so etwas akzeptieren? Es war ein riesiges Geschenk.

Und es fühlte sich an wie ein Zuhause.

Sie hatte dieses Gefühl noch nie vorher gehabt, merkte Fi, diese Sehnsucht nach einem Platz. Sie hatte auf der ganzen Welt in Wohnungen gelebt, von denen sie einige sehr geliebt hatte, und doch hatte sie niemals dieses dringende Bedürfnis gefühlt, den Platz besitzen zu wollen. Aber hier? Dies war wie für sie gemacht.

„Ich liebe es", gab Fi zu und ihre Eltern jubelten. Sie ließen sich in die Sessel fallen und strahlten sie an.

„Ich habe dir gesagt, dass sie das würde", sagte Shane.

„Das ist nicht wahr. Es war meine Idee", beharrte Cait.

„Das war es ganz bestimmt nicht."

„Das war es."

„Kinder", unterbrach Fi sie und lachte sie an. „Das heißt aber nicht, dass ich nach Hause ziehen werde."

„Das haben wir uns gedacht. Obwohl du weißt, dass wir es uns wünschen. Wir haben uns Folgendes gedacht." Shane hielt eine Hand hoch, damit Fi ihn nicht unterbrach. „Dies ist eine tolle Wertanlage, und mir ist auch aufgefallen, dass du auf deinen Reisen viele Dinge sammelst."

„Dinge, die an uns geschickt werden und die jetzt dein Zimmer bei uns zu Hause füllen", warf Cait ein.

„Und dies könnte ein Ort sein, wo du alle Dinge, die du anschaffst, hinstellen kannst. Ich weiß nicht, ob dir klar ist, dass du auf deinen Reisen langsam deine zukünftige Wohnung eingerichtet hast, aber das hast du."

„Habe ich das wirklich?" Die Wahrheit traf Fi wie ein Schlag. Da hatte sie gedacht, sie wäre umhergewandert, ohne sich niederzulassen und stattdessen hatte sie allmählich ein Haus voller Dinge angeschafft. „Na Scheiße."

„Also die Idee ist, dass du deine Sachen hierherbringst und dann hast du einen Ort, an den du zwischen Projekten nach Hause kommen kannst und hast dein eigenes privates Reich."

„Die Wohnung unten ist perfekt als Ferienwohnung, oder du kannst sie langfristig vermieten, wenn du keine Lust auf den Gästewechsel hast. Es ist zusätzliches Geld in deiner Tasche und ein Verwalter kann sich um alles kümmern, was die Mieter anbelangt."

„Ich nehme sie. Aber!" Fi hielt ihre Hand hoch, um ihre Eltern davon abzuhalten, über sie hinwegzureden. „Ich nehme sie aber nur an, wenn die Miete von der unteren Wohnung direkt an euch geht."

„Nein." Shane schüttelte seinen Kopf. „Die ist für dich."

„Ich kann dieses Geschenk immer noch nicht fassen. Es ist gewaltig. Ich nehme es aber nur, wenn du mir erlaubst, es dir über die Miete monatlich abzukaufen." Fi sah in Shanes Augen, ihr Kinn stur erhoben.

„Oh, sie hat diesen Ausdruck", flüsterte Cait.

„Du brichst mir das Herz, Fi", sagte Shane und hielt mit einem verletzten Gesichtsausdruck seine Hand auf sein Herz. „Du lässt dir von deinem Vater noch nicht mal ein Geburtstagsgeschenk geben."

„Ich lasse dich. Die obere Wohnung ist ein Platz für

mich, um dort zu mietfrei zu wohnen und als kostenloses Lager zu nutzen. Das ist ein tolles Geschenk. Die untere ist ein Weg, dir das zurückzuzahlen."

„Ich brauche dein Geld nicht, Schatz", sagte Shane.

„Das weiß ich. Und ich weiß, dass es wahrscheinlich Jahre dauern wird, bevor ich dieses Haus abbezahlt habe. Aber nur so kann ich etwas in dieser Größe akzeptieren."

„Sie hat deine Sturheit." Shane sah Cait an.

„Sie hat deinen Stolz", warf Cait zurück.

„Ich bin das Beste von euch beiden." Fi lächelte ihn an. Sie blickte aus dem Fenster auf die Leute unten auf der Straße, die versuchten, sich vor dem Regen zu retten, bevor sich das Nieseln in einen vollen Schauer verwandelte. Nur eine Person schien unbeeindruckt von dem Regen – ein Mann, der lässig den Boulevard entlang zu den Docks ging, seine breiten Schultern versteckt in einer Segeltuchjacke. Fi legte ihren Kopf schräg und beobachtete ihn. Sie hatte das Gefühl, dass sie diesen Mann kannte und wünschte sich, er würde über seine Schulter zurückblicken.

Sie merkte, dass ihre Mutter etwas gesagt hatte. „Tut mir leid, was war das?"

„Wenn wir dich von deinem neuen Lieblingsplatz loseisen können, haben wir gedacht, dass du vielleicht die untere Wohnung sehen möchtest."

„Oh, natürlich." Fi blickte noch einmal aus dem Fenster, aber der Mann war verschwunden. Sie schüttelte ihren Kopf und drehte sich zurück, um ihre Eltern anzulächeln, die an der Tür fast auf ihren Fersen wippten.

„Ihr seid die besten Eltern der Welt."

„Das wissen wir", sagte Cait.

KAPITEL SIEBEN

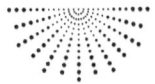

Liam ging pfeifend zu den Docks hinunter und nickte den Dorfbewohnern grüßend zu. Er hielt neben einem liebevoll restaurierten schönen Boot an, das den Namen *Piratenkönigin* trug.

„Bitte um Erlaubnis, an Bord zu kommen", rief er.

„Ja", sagte Dylan, steckte seinen Kopf kurz raus und winkte ihm zu, bevor er wieder unter Deck verschwand.

Froh darüber, dass er heute seine Segelschuhe anhatte – in diesem Regen hätte er nicht gern seine Schuhe und Socken ausgezogen – kletterte Liam auf das Boot und ließ sich an der Leiter in die Kombüse hinab. Er machte die kleine Tür gerade rechtzeitig zu, bevor der Himmel einen Sturzregen auf das Boot heruntergehen ließ.

„Tee?"

„Ja, das wäre toll", sagte Liam, zog seinen Mantel aus und hing ihn an einen Haken in der Ecke. Die Kombüse war klein aber praktisch, und Liam fühlte sich sofort wohl, als das Boot sanft unter ihm schaukelte, während der Regen herunterprasselte.

Er war schon zu lange landgebunden.

„Wie sieht es aus?" Dylan, sein Chef und bester Freund, setzte sich ihm gegenüber an den schmalen Tisch, zwischen ihnen eine Kanne Tee und zwei Tassen. Liam konnte die Gelegenheiten, zu denen sie so gesessen hatten und alles vom Geschäft bis zu ihren Liebesleben diskutierten, nicht mehr zählen und er nahm es nie als selbstverständlich hin. Es war ein gutes Leben, das er hatte, eins, in dem er genug Geld für seine Reisen verdiente und Arbeit hatte, die er mochte. Seine Freundschaft mit Dylan war das Sahnehäubchen, da nicht viele in Dylans engeren Kreis hereingelassen wurden. Er war in der Vergangenheit zu oft verbrannt worden von Leuten, die versucht hatten, ihn wegen seiner Beziehungen auszunutzen. Über die Jahre hatten die Männer eine gute Freundschaft auf gegenseitigem Respekt, Vertrauen und Zuneigung aufgebaut.

„Das Projekt läuft nach Plan. Mr Murphy hatte sein Haus in gutem Zustand gehalten, aber trotz des Anbaus eines Pavillons und der Küchenerweiterung können wir im Frühjahr eröffnen."

„Das ist super, aber ich habe nach deinem Privatleben gefragt."

„Oh, mir geht es gut. Wie ist es bei dir? Hat Grace dich schon fertiggemacht mit den Hochzeitsvorbereitungen?"

„Ah, wir lenken vom Thema ab, wie ich sehe." Dylan sah ihn über seine Tasse abschätzend an.

„Was soll das bedeuten?" Liam legte seinen Kopf schräg und sah Dylan fragend an.

„Du hast meine Frage nicht beantwortet."

„Ich habe gesagt, es geht mir gut."

„Das ist nicht wirklich eine Antwort."

„Ich bin ziemlich sicher, dass es eine Antwort ist."

„Es ist eine künstliche Antwort."

„Wie kann es eine künstliche Antwort sein, dass es mir gut geht? Mir geht es immer gut. Das ist mein Normalzustand, in dem ich funktioniere." Liam strich sich mit einer Hand durch seine Haare.

„Du siehst nicht aus, als wäre alles in Ordnung."

„Lackieren wir uns jetzt gegenseitig die Nägel und legen Gesichtsmasken auf?"

„Vielleicht. Wenn das nötig ist, damit du mir sagst, was los ist."

„Nichts ist los."

„Soll ich Graces Nagellack holen? Rosa wäre vielleicht eine gute Farbe für dich."

„Du bist ganz schön aufdringlich, weißt du das?"

„Das habe ich von dir gelernt, Bruder", sagte Dylan mit einem Grinsen.

„Ich...ich weiß nicht, was los ist. Ich bin in letzter Zeit gereizt. Es ist wie ein Jucken zwischen meinen Schulterblättern, das ich nicht kratzen kann. Es gibt nichts Bestimmtes, was mich bedrückt. Ich arbeite gern an unserem Projekt. Es macht Spaß, an einem Leidenschaftsprojekt zu arbeiten und mal etwas anderes zu machen. Ich liebe es, dass du etwas Bedeutungsvolles wie ein Gemeinschaftszentrum baust, und die Stadt ist genauso begeistert darüber wie wir. Es ist wahrscheinlich das angenehmste Projekt, das ich je geleitet habe."

„Aber?"

„Aber." Liam zuckte mit den Achseln und konnte nicht erklären, warum er sich so fühlte.

„Zieht es dich raus aufs Wasser? Wir könnten segeln

gehen. Ich kann Grace sagen, dass es ein ausgedehnter Junggesellenabschied ist. Wir können für eine Woche oder so an der Küste entlangfahren."

„Bei diesem Wetter? Das klingt nicht gerade berauschend."

„Seit wann stört dich aufgewühltes Wasser?"

„Ich werde anscheinend alt."

„Vielleicht brauchst du einfach nur Sex."

„Oder das." Liam zuckte mit den Achseln. „Ich habe, äh, das Angebot hier noch nicht probiert."

„Du bist ein intelligenter Mann. Deswegen habe ich dich eingestellt", sagte Dylan.

„Es wäre keine gute Idee, in dieser Stadt etwas anzufangen. Die Gerüchteküche kocht. Jeder kennt jeden oder ist mit ihm verwandt. Ich möchte kein böses Blut in meiner Crew. Ich weiß, wenn ich es in meiner Hose halten muss."

„Vielleicht brauchst du einfach eine Reise ins Ausland für ein bisschen Veränderung. Ich habe ein großes Projekt in Vorbereitung, falls du Interesse hast."

„Für wie lange wäre es?"

„Ich bin noch nicht sicher. Eigentlich hätte ich nichts dagegen, wenn jemand für mich mal hinschauen würde."

„Wo ist es?"

„Spanien."

„Das klingt interessant. Ich könnte ein paar Wochen vom Projekt hier weg sein."

„Ich halte dich auf dem Laufenden."

„Du machst das nicht nur, um mich glücklich zu machen, oder?"

„Nein, es ist ein reales Projekt. Der Zeitplan funktioniert perfekt, um dich aus deinem Loch herauszuholen."

„Es ist kein Loch."

„Ich erkenne ein Loch, wenn ich es sehe."

„Mir ist jetzt gerade danach, von diesem Boot abzuhauen." Liam sah Dylan mit verengten Augen an und wurde mit einem schallenden Lachen belohnt. Er musste trotz allem grinsen.

Das war das, wofür gute Freunde da waren.

KAPITEL ACHT

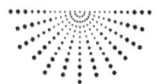

Der Regen ließ nicht nach, was bedeutete, dass es zur Mittagszeit wahnsinnig voll werden würde. Es war ein merkwürdiger Widerspruch bei den Dorfbewohnern, dass sie bei Regen in Scharen in den Pub kamen, statt zu Hause zu bleiben, wo es trocken und warm war. Fi fiel in einen leichten Rhythmus mit Cait und stand auch schon hinter der Bar und zapfte Bier, als die Tür mit einem Windstoß aufging.

Ihr Kopf schoss hoch, als eine Welle von Sehnsucht und Bewusstsein durch all ihre Sinne ging und sie bewertete den Mann, der durch die Tür kam, in den Sekunden, bevor seine Augen ihre fanden. Sie war wie die Löwin, die ihr Abendessen im Wind roch. Und ja, Liam Mulder war immer noch ein Leckerbissen, entschied Fi.

Er sah fast noch besser aus, wenn das möglich war und ging mit dem gleichen lässigen Selbstvertrauen, das sie gleich an ihm bewundert hatte. Er war noch etwas kräftiger geworden, seit sie ihn das letzte Mal gesehen hatte. Er hatte sich von einem schlanken Mann mit Muskeln in einem muskulösen Mann verwandelt, der aussah, als ob er seine Hände für seinen Lebensunterhalt benutzte. Sie erinnerte sich daran, was er mit diesen Händen machen konnte und Fis Wangen wurden rot. Sie beugte ihren Kopf, um das Bier zu überprüfen, das sie zapfte, um sicherzugehen, dass die Gläser nicht überliefen. Als sie wieder aufsah, legte sie ein breites Lächeln auf ihr Gesicht und wartete, bis Liam sich zu ihr drehte.

„Na da schau an, wen dieser Sturm in unseren Pub geweht hat", sagte Fi und zwinkerte ihn fröhlich an, als sie die Biere fertigstellte. Sie unterdrückte die Nervosität, die in ihrem Magen flatterte, ging zum Ende der Theke und stellte die Biere auf ein Tablett für die Kellnerin. Dann begann sie, die nächste Bestellung zu richten.

„Fi? Was machst du denn hier?", fragte Liam und quetschte sich zwischen Mr Murphy und seine Kumpel, um seine Ellenbogen auf die Bar zu legen.

„Na, wo sollte sie sonst sein, wenn sie in der Stadt ist? Die Bar gehört ihrer Mutter." Mr Murphy klopfte sich lachend auf den Schenkel und Fi warf ihm eine Luftkuss zu.

„Ich könnte dich dasselbe fragen, Mr Mulder", sagte Fi, als sie die nächste Runde Bier anzapfte. „Es ist wahrscheinlicher, mich in diesem Pub zu finden, als dich."

„Ist Cait deine Mutter?"

„Ja, das bin ich." Cait stellte sich neben Fi und Liam sah mit offenem Mund zwischen den beiden hin und her.

„Das hätte ich mir eigentlich denken können. Ihr seht euch erstaunlich ähnlich", sagte Liam.

„Und woher kennst du unseren Liam?", fragte Cait und jetzt war es Fi, deren Kinnlade herunterfiel.

„*Euer* Liam? Wann ist er euer Liam geworden?"

„Als er anfing, das Gemeindezentrum mit Dylan zu bauen", sagte Cait achselzuckend. „Schon gut, Connor, ich sehe, dass du deinen Whiskey haben willst. Hör auf mit dem Hundeblick. Er kommt gleich." Cait ging zum anderen Ende der Theke, um Bestellungen anzunehmen und ließ Fi mit Liam allein.

„Du kennst Dylan?"

„Ja, das tue ich. Er ist mein bester Freund und mein Chef." Liam grinste sie an und Mr Murphy nickte ernst neben ihm.

„Er ist der Typ, der alles zusammenhält. Sie verwandeln mein Haus in ein Gemeindezentrum, Fi. Kannst du das glauben? Der Platz war wie dafür gemacht. Es wird wieder ein glückliches Heim werden."

„Das ist wirklich toll, Mr Murphy. Es ist fantastisch, den Platz auf diese Weise zu nutzen. Ich weiß, dass es etwas einsam für Sie war, seit Maude von uns gegangen ist."

„Das war es. Sie wäre froh darüber, dass ihr Haus wieder mit Menschen gefüllt ist."

Fi drückte Mr Murphys ledrige Hand.

„Die nächste Runde geht auf mich."

„Warum?"

„Weil Sie eine gute Seele sind, deswegen, Mr Murphy."

„Ich bin bei der Runde dabei, wenn du mir ein Bier zapfen würdest, Fi", sagte Liam und nickte dankbar, als ihm jemand einen Hocker zuschob. Er setzte sich, legte seine Finger unter sein Kinn und sah Fi mit standhaftem Blick an.

„Gefällt dir, was du siehst?", fragte Fi. Ein Schauer lief ihr über den Nacken bei seinem Blick.

„Natürlich. Eine fantastische und schöne Frau, die das perfekteste Pint Guinness zapft, das ich je gesehen habe."

„Oh, der kann aber Süßholz raspeln", kicherte Mr Murphy. „Lass Cait nicht hören, dass du hinter ihrem Mädchen her bist. Sie gibt dir so schnell einen Tritt in den Hintern, dass du nicht weißt, was los ist."

„Wen trete ich jetzt?", fragte Cait und hielt auf ihrem Weg zum Kühlschrank an.

„Niemand, den ich kenne", sagte Mr Murphy und schüttelte seinen Kopf, als ob er sagen wollte, er würde nur Blödsinn reden.

„Mhm", sagte Cait und versengte sie beide mit einem Blick, bevor sie die Bar entlangging.

„Eine furchterregende Frau", sagte Mr Murphy.

„Danke, dass Sie mich gerettet haben", lachte Liam.

„Männer müssen zusammenhalten." Mr Murphy zuckte mit der Schulter.

Fi kicherte und schüttelte ihren Kopf über die beiden. „Macht ihr zwei Ärger und wollt es heute Abend mit der Stadt aufnehmen?"

„Bei diesem Wetter? Um Gotteswillen, nein." Mr Murphy starrte auf den Regen draußen. „Ich bleibe genau hier, vielen Dank."

„Wie Sie wollen. Und du, Liam? Wir haben heute einen guten Guinnesseintopf auf der Karte." Fi lächelte ihn wie eine perfekte Kellnerin an, obwohl ihre Gedanken in seiner Gegenwart wirbelten. Seine Nähe trieb sie in den Wahnsinn und es war, als ob ihr Körper sich extrem bewusst war, was der Mann mit ihr machen konnte.

Du bist kein dummes unerfahrenes Mädchen, erinnerte Fi sich selbst. *Mehr als ein Mann hat in deinem Schlafzimmer ein Lächeln auf dein Gesicht gezaubert.*

Aber nicht wie dieser Mann, widersprach ihr Kopf.

Fi verdrängte diese Gedanken. Diese Art Gedanken endeten in Ärger, etwas, was sie auf dieser Reise absolut nicht brauchte – besonders so nah an Zuhause. Sie bevorzugte ihre Affären und ihr Liebesleben weit entfernt von den Tratschmäulern in Grace's Cove. Es wäre nicht gut, beim Flirten mit jemandem wie Liam Mulder gesehen zu werden.

„Das wäre super, Fi. Das klingt wie das perfekte Essen für einen Tag wie heute."

„Für mich dasselbe, hübsche Dame." Mr Murphy nickte ihr zu und Fi drehte sich, um die Bestellung in den neuen Computer ihrer Mutter einzutippen. Es war für die meisten ein ziemlicher Schock gewesen, als Cait endlich auf ein digitales System für Getränke und Bestellungen umgestiegen war. Und obwohl es Monate gedauert hatte, bis alle damit zurechtkamen, hatte letztendlich jeder zugestimmt, dass es sehr viel effizienter war.

Außerdem mussten sie jetzt nicht mehr die Essensbestellungen über die Musik hinweg schreien, die so oft hier gespielt wurde. Es gab viele Nächte, in denen Fi nach all dem Geschrei mit einer so rauen Kehle ins Bett gegangen war, dass sie nicht mehr sprechen konnte.

„Ich hätte drauf kommen können, dass du eine Verbindung hierher hast, da du mit Sean verwandt bist und so", sagte Liam, als sie sich wieder zu ihm umdrehte.

„Ich glaube nicht, dass wir je von Grace's Cove gesprochen haben, also gab es keinen Grund, warum du das gewusst haben könntest. Ich bin nur schockiert, dich nach all den Jahren hier in meinem kleinen Dorf zu sehen. Wie ist es dir ergangen?" Fi polierte automatisch Gläser, während sie mit ihm sprach. Die Routine einer Bar war in ihr verwurzelt und sie bewegte sich immer und tat immer etwas, während sie sich unterhielt.

„Es ging gut. Ich habe meinen Weg in die Firma meiner Träume gefunden. Ich kann die Welt bereisen. Tolle Menschen kennenlernen wie ihn hier", sagte Liam und nickte zu einem strahlenden Mr Murphy.

„Woher kennt ihr beide euch?", fragte Mr Murphy.

„Erinnern Sie sich, als ich von der Uni kam und meinen ersten Job mit Sean in Dublin antrat? Liam hat an dem Projekt gearbeitet. Er ist ein Kollege von mir", sagte Fi und platzierte ihn fest in die Kategorie Freundschaft. Es würde keine Gerüchte über ihre Beziehung geben, wenn sie es vermeiden konnte.

„Na, das ist doch nett. Arbeitest du für Dylan, während du hier bist?", fragte Mr Murphy.

„Nein, obwohl ich das Gemeindezentrum gern einmal sehen würde. Ich bin hier, um Gracies Junggesellinnenab- schied zu organisieren", sagte Fi.

„Dafür müssen wir die Straßen freimachen. Ihr seid furchterregend zusammen", sagte Mr Murphy.

Fi lachte laut auf. „Sie wurden gewarnt."

„Ich würde dir gern das Gemeindezentrum zeigen, wenn du einmal vorbeikommen willst", sagte Liam und lehnte sich zurück, als die Kellnerin mit dem Eintopf auf einem Tablett an seiner Schulter auftauchte. Fi ging, um Besteck und Servietten zu holen und als sie wiederkam, standen zwei dampfende Schüsseln mit Guinnesseintopf und braunem Krustenbrot vor den Männern.

„Das wäre toll, danke", sagte Fi leichthin. Sie drehte sich, um die nächste Getränkebestellung zu ergreifen – und blieb plötzlich stehen.

Liam war Dylans Liam.

Der Liam, von dem Gracie ihr erzählt hatte.

Der, der in der Bucht verletzt worden war.

Der Mann, den Gracie geheilt hatte und dabei fast gestorben wäre.

Der Mann aus ihren Träumen.

KAPITEL NEUN

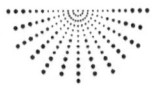

„**D**u hast mir nicht erzählt, dass Liam *der* Liam war", sagte Fi, als sie in Gracies Haus hereinplatzte, ohne anzuklopfen. Nicht, dass sie je angeklopft hätte oder das in Zukunft je tun würde. Wer musste anklopfen, wenn es einen Hund gab, der ihre Ankunft signalisierte? Sie bückte sich automatisch zu Rosie, die gestreichelt werden wollte, und sah hoch zu Grace, die mit den Händen in den Hüften an ihrem langen Küchentisch stand und einen Berg von Gläsern und Cremes betrachtete.

„Wie soll ich wissen, dass Liam ‚der Liam' war, wenn du mir gegenüber nie einen Liam erwähnt hast?", fragte Grace und durchbohrte sie mit einem Blick. „Aber jetzt bin ich angekratzt, weil du mir nicht erzählt hast, dass du etwas mit Liam hattest, was du offensichtlich hattest, sonst würdest du nicht so einen Aufstand machen."

„Ich mache keinen Aufstand", erwiderte Fi.

„Du kommst durch die Tür gekracht, sagst kaum Hallo, nachdem du Monate weg warst und meckerst über Liam hier und Liam da. Ich bin kein Genie, aber ich weiß, wenn eine Frau wegen eines Mannes total aufgelöst ist, dann war in der Vergangenheit eine Situation mit dem genannten Mann. Also jetzt bin ich diejenige, die beleidigt ist, dass meine eigene Cousine und beste Freundin mir nichts über ihre Zeit mit diesem Liam erzählt hat."

„Ich schöre, ich habe es dir erzählt." Fi hielt inne und dachte zurück. Hatte sie es Grace nicht erzählt? Sie erzählte ihr normalerweise alles.

„Ich bin nicht blöd. Ich erinnere mich an das, was du mir erzählst. Mir hat vor allem die Geschichte mit dem französischen Liebhaber in der blauen Höhle gefallen…"

„Okay, okay, genug." Fi winkte ab, stand auf und sah ihre Freundin an. „Du siehst toll aus."

„Danke. Das kommt vermutlich vom Verliebtsein."

„Nein, ich meine es. Wirklich toll. Deine Haut leuchtet und du siehst…ausgeruht aus. Die Anspannung um deine Augen ist nicht mehr da."

„Ich schlafe mittlerweile nachts durch. Sobald ich mit Dylan zusammen war, waren die Träume verschwunden. Ich kann dir gar nicht sagen, wie erfrischend es ist, nicht jeden Morgen heulend aufzuwachen."

„Oh Grace, ich freue mich so für euch beide. Ich weiß, was für eine furchtbare Zeit das für dich war." Fi kam durch den Raum und umarmte ihre Cousine fest.

„Na also, da ist meine richtige Begrüßung. Ich setze Wasser auf. Wir müssen uns anscheinend ein wenig über deinen Liam unterhalten."

„Er ist dein Liam. Naja, oder Dylans."

„Ich bezweifle, dass Dylan Liam so wie du kennt – und wenn doch, sollten wir auch noch eine kleine Unterhaltung haben, bevor ich ihn heirate."

„Ich habe nicht mit ihm geschlafen", sagte Fi und ließ sich in den wunderbar abgenutzten Holzschaukelstuhl fallen, der seit sechzig Jahren in der Ecke am Herd stand.

„Ihr wart intim." Eine Stimme über ihrem Ohr ließ Fi aus dem Stuhl aufspringen und herumwirbeln. Rosie tanzte zu ihren Füßen und bellte erfreut über die plötzliche Bewegung.

„Fiona, du sollst Fi nicht so erschrecken." Grace machte tadelnde Geräusche, als sie den Wasserkocher und einen Korb mit Scones zum Tisch brachte. Fi sah Fiona böse an, die über dem Schaukelstuhl schwebte und von der sie ihren Namen hatte. Grace war die Einzige gewesen, die die Fähigkeit hatte, Fiona zu sehen, nachdem sie gestorben war. Aber ab und zu zeigte sie sich auch Fi. Dies schien einer dieser Momente zu sein.

„Mein Herz ist fast aus meiner Brust gesprungen", sagte Fi und zeigte mit einem Finger auf das Gespenst. „Du kannst dich nicht so an jemanden anschleichen."

„Ich habe mich nicht angeschlichen. Du hast dich auf mich gesetzt", sagte Fiona.

„Das stimmt, sie hat in dem Stuhl gesessen. Du warst zu aufgebracht, um es zu merken."

„Wie lebst du mit dieser Frau?", fragte Fi und ging durch den Raum, um am Tisch zu sitzen. Sie stellte ihre Ellenbogen auf den Tisch, legte ihr Kinn in ihre Hand und starrte mürrisch auf das Gespenst ihr gegenüber.

„Sie respektiert meine Privatsphäre. Meistens. Außerdem ist es nett, Gesellschaft zu haben. Dylan ist meistens tagsüber weg oder verreist und ich habe viel zu tun mit meinen Bestellungen. Sie ist eine hervorragende

Quelle, wenn ich manchmal mit meinen Heilmitteln Probleme habe."

„Wie geht es Dylan?"

„Es geht ihm super und er ist ein Segen und das Licht meines Lebens. Genug über ihn. Erzähl mir von Liam."

„Es ist nichts."

„Es ist offensichtlich etwas."

„Nein, ich mache zu viel Wirbel um nichts."

„Erzähl es mir."

„Vergiss es. Lass uns über deinen Junggesellinnenabschied reden."

„Das werden wir, wenn du mir von Liam erzählst."

„Ich stelle mich nur an. Es war nichts. Nur eine flüchtige Nacht vor einigen Jahren."

„Ihr hattet eine Nacht zusammen?" Grace stellte die Creme ab, die sie gemischt hatte und setzte sich Fi gegenüber an den Tisch. „Davon hast du mir garantiert nichts erzählt. Daran würde ich mich erinnern. Liam ist...na ja, lass uns sagen, wenn ich Dylan nicht hätte, wäre er ganz oben auf meiner Liste."

„Gracie!"

„Es stimmt. Er ist ein sehr gutaussehender Mann", stimmte Fiona zu. „Ich hätte es zu meiner Zeit auch versucht, wenn mein Herz nicht vergeben gewesen wäre."

Fi legte ihr Gesicht in ihre Hände. „Oh, das ist eine tolle Vorstellung, die ich gerade nicht gebrauchen kann", jammerte sie.

„Frauen haben Bedürfnisse. Und solche Bedürfnisse sollten von Männern wie Liam erfüllt werden. Wenigstens einmal in ihrem Leben", sagte Fiona und fächerte Fis Verdruss an.

„Super. Einfach super. Das Gespenst meiner Verwandten ist scharf auf den Mann, der mich befriedigt hat. Kann dieser Tag noch merkwürdiger werden?"

„Ohhhh, er hat dich befriedigt? Ich brauche Einzelheiten. Sofort. Mit allen Details." Graces Gesicht leuchtete auf und Fi lachte.

„Ihr beide seid echt komisch, wisst ihr das?"

„Wir sind alle komisch. Wir können anderer Leute Gedanken lesen, sehen Gespenster und Auras und praktizieren Magie. In welcher Hinsicht hast du gedacht, dass wir normal sind? Da bist du eingeschlossen, Fi, obwohl ich weiß, dass du dein Bestes tust, um deine göttingegebenen Gaben zu ignorieren. Gaben, die von meinem Blut kommen, falls ich dich erinnern darf."

„Ich ignoriere sie nicht. Ich brauche sie nur nicht in meinem Leben."

„Deine Kraft zu ignorieren ist wie nicht leben."

„Die Gedanken von anderen Leuten zu hören ist auch nicht gerade ein spaßiges Leben. Hast du eine Ahnung, wie viel Scheiß du anhören musst, den du gar nicht hören willst? Es ist mehr eine Sicherheitsmaßnahme als alles andere."

Grace lehnte sich über den Tisch und drückte Fis Hand.

„Ich weiß. Ich beneide dich nicht um diese Eigenschaft. Jedenfalls nicht immer. Mir fallen aber Zeiten ein, wo es nützlich wäre."

„Sicher, das kann es. Aber ich habe wirklich daran gearbeitet, es abzuschirmen. Wenn nicht, wäre ich nie in meinem Leben überrascht. Oh! Wo wir von Überraschungen reden, heute war der Tag voll von ihnen – meine

Eltern haben mir ein Haus geschenkt. Ein Haus am Boulevard am Wasser. Mein eigenes Haus. Kannst du es glauben? Sie müssen in ihrem fortgeschrittenen Alter senil werden. Wer macht jemandem so ein Geschenk?", fragte sich Fi laut, dann verschüttete sie ihren Tee, als Grace kreischend aufsprang.

„Du ziehst wieder her! Das sind fantastische Neuigkeiten!"

„Oh, beruhige dich. Ich habe nicht gesagt, dass ich zurückziehe. Es ist ein Ort, wo ich meine Sachen aufbewahren kann, das ist alles. Wer macht jetzt einen Aufstand? Mach mal halblang", sagte Fi und ergriff ein Küchentuch, um ihren Tee aufzuwischen.

„Trotzdem, das macht es permanenter. Du kommst öfter her, wenn du hier etwas hast, worum du dich kümmern musst. Oh, ich habe dich vermisst, Fi. Ich weiß, du hast eine heftige Wanderlust in dir, das verstehe ich. Aber ich habe dich vermisst."

„Ich habe dich auch vermisst", sagte Fi. „Aber ich werde mich hier nicht niederlassen. Ich werde die Wohnung unten vermieten und das Geld meinen Eltern geben. Ich kann so ein Geschenk nicht einfach akzeptieren."

„Ich verstehe, dass das schwierig wäre für dich. Aber du musst wissen, dass es aus Liebe gemacht wurde. Du lässt dir nie von ihnen helfen."

„Es ist wichtig für mich, auf eigenen Füßen zu stehen."

„Das hast du inzwischen bewiesen, oder? Es gibt keinen Grund mehr, so ein Geschenk nicht zu akzeptieren. Es wäre anders, wenn du gerade erst mit dem Studium fertig wärst und ein Geschenk dieser Art annehmen würdest. Aber du hast bewiesen, dass du für dich selbst sorgen kannst. Ab und zu musst du den Menschen, die dich lieben, die Gelegenheit geben, etwas für dich zu tun."

„Das ist ein großes Etwas", sagte Fi. Es war ihr schon immer unangenehm gewesen, Geschenke zu bekommen, obwohl sie es liebte, welche zu machen.

„Und du sagst *Ja, danke, ich liebe dich*. Lass deine Eltern dir ihr Geschenk der Liebe geben", rügte Fiona sie von der anderen Seite des Raums.

„Das habe ich und das tue ich. Aber Liebe bedeutet nicht materielle Geschenke. Oder ein Haus."

„Es ist Shanes Art, Liebe zu zeigen. Er weiß, dass es eine Immobilie ist, die für dein ganzes Leben ein finanzielles Polster ist. Sei nicht so schwierig", sagte Fiona.

„Ich bin nicht..." Fi zog bei Fionas Blick ihre Schultern hoch. „Ja, Fiona. Ich höre dich."

„Also zurück zu Liam." Grace brach ein Stück des Preiselbeerscones ab und butterte es. „Du weißt, dass er der Liam ist, den ich gerettet habe."

„*Jetzt* weiß ich das. Ich wünschte, ich hätte von der Verbindung eher gewusst. Es ist echt schlimm, was ihm in der Bucht passiert ist."

„Er ist ein Risiko eingegangen. Das ist seine Natur. Glücklicherweise glaubt er an Magie und alles Mystische, also ist das kein Hindernis für euch beide."

„Es gibt kein ‚wir beide.' Es ist einfach...es war eine Nacht." Fi warf ihre Hände hoch.

„Eine Nacht, von der du uns immer noch nichts erzählt hast", erinnerte Grace sie.

„Es ist wirklich nichts", sagte Fi. Dann seufzte sie und erging sich in allen Einzelheiten ihrer Nacht mit Liam in

Kroatien und ließ nichts aus. Als sie fertig war, wartete sie, während Grace sie ansah.

„Du hast ihn niemals angerufen."

„Warum sollte ich? Es war nur eine Nacht. Er hatte ein gebrochenes Herz. Ich bin in ein anderes Land gezogen. Es ist nicht wichtig."

„Es ist unhöflich."

„Ach bitte, es ist nicht unhöflich. Es gab keinerlei Erwartung. Du musst nicht anrufen, wenn du keine Beziehung haben willst."

„Aber du hast gesagt, dass ihr erst Freunde wart. Du hast mit ihm als Freund den Abend verbracht. Ein Freund hätte angerufen."

„Sie hat recht", warf Fiona ein.

Fi schrak hoch, da sie für einen Moment vergessen hatte, dass die alte Frau da war. „Seit wann schuldet eine Frau einem Mann einen Anruf, nachdem er entschieden hat, sie zu befriedigen? Darf sie nicht das Vergnügen genießen und gehen? Sie schuldet ihm nichts. Wie oft machen Männer das und Frauen akzeptieren es einfach?"

„Aber er war nett und hat eine Nachricht hinterlassen. Er hat dich mit Respekt behandelt und war ein Freund. Du hättest ihm einfach eine unverfängliche SMS schicken können, um zu fragen, wie es ihm geht. Vielleicht dich bedanken für eine gute Nacht, und hoffen, dass ihr euch irgendwann wiederseht – du weißt schon, ihn wieder in die Kategorie Freundschaft stellen aber immer höflich bleiben."

„Ich glaube, sie war besorgt darüber, dass er ihren sorgfältig eingerichteten Lebensstil bedrohte", sagte Fiona.

Fi stand auf. „Okay, ich habe genug. Ich sehe dich

später, Gracie. Wir können morgen über die Party sprechen. Ich muss los."

„Oh Fi, sei nicht beleidigt."

„Ich bin nicht beleidigt. Ich habe nur keine Lust mehr,
darüber zu reden. Und ich habe Sachen zu erledigen.
Wichtige Sachen." Fi ging aus dem Haus direkt in eine
Regenwand und rannte zu ihrem Auto. Sie wusste, dass sie
sich unmöglich kindisch benahm, aber es war ihr ziemlich
egal, als sie ihr Auto in Richtung Stadt lenkte.

KAPITEL ZEHN

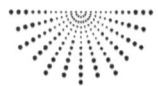

E r konnte ihren Körper unter seinen Händen spüren.
Immer noch. Nach all diesen Jahren war es, als ob Fi sich in seinen Kopf eingeprägt hatte und er konnte ihre Essenz nicht loswerden. Sie war voller Kontraste, mit schlanken Gliedmaßen und scharfen Wangenknochen, mit einem lustvollen Lachen, das direkt auf den Bauch eines Mannes zielen konnte. Sie war nicht übermäßig weiblich, nicht wie die Frauen, die er normalerweise mochte, aber etwas an ihrer Weigerung, sich die blumigen weiblichen Wege anzueignen, machte sie umso sinnlicher und anziehender für ihn. Ihre engen Jeans und die lose Hemdbluse waren lässig und luden ihn dazu ein, ihr Oberteil langsam aufzuknöpfen. Er wollte die sanfte Kurve ihrer Brust aufdecken und seine Lippen über ihre Haut ziehen, wie er es schon einmal getan hatte.

Wenn er an jenem Abend nicht so viel getrunken hätte, war er sicher, dass er sich an weitere Details erinnern könnte, die sich ihm jetzt entzogen.

Fi war gegangen, kurz nachdem sie ihn gesehen hatte –

etwas von einem Junggesellinnenabschied und Grace sehen – aber ihre Wangen waren gerötet und sie hatte sich schnell verabschiedet. Liam mochte es, wenn ihre Wangen rosa angehaucht waren; es erinnerte ihn daran, wie sie im Bett befriedigt zusammengerollt gelegen hatte. Er rutschte unbehaglich auf seinem Hocker herum und hörte wieder zu, was Mr Murphy sagte.

„Und das ist ein trauriger Verlust für Cork im Hurling dieses Wochenende", stimmte Liam schnell zu. Er hatte aufgeschnappt, dass Mr Murphy die Unterhaltung wieder zurück zum Sport gelenkt hatte. Der alte Mann hatte eine Routine in seinen Gesprächen. Es fing mit Wetter an, ging über zu Politik und hörte mit Sport auf. Danach war er bereit, jeden örtlichen Tratsch aufzunehmen und seinen eigenen Teil dazu beizutragen. Liam hatte mehr darüber gelernt, wie Dinge in Grace's Cove funktionierten, indem er geduldig mit Mr Murphy zusammengesessen hatte als in jeder Besprechung mit dem Dorfrat.

„Was hat mein Mädchen mit dir zu tun?" Cait schreckte ihn aus der Unterhaltung auf. Sie hatte sich hinter ihm angeschlichen wie eine Katze. Sie stocherte mit ihrem Finger in seine Rippen.

„Hey!" Liam zuckte zurück und warf Cait einen grummeligen Blick zu. „Verdammt, der Finger ist wie Stahl."

„Nächstes Mal ist es ein Messer, wenn du meinem Mädchen etwas antust."

„Cait ist gefährlich ", sagte Mr Murphy und trank sein Guinness. „Ich habe gesehen, wie sie Theodore O'Flanagan dazu gebracht hat, hier herauszukriechen – mit seinen ganzen 100 Kilo."

„Er hatte es verdient, Mr Murphy."

„Ich habe nicht das Gegenteil behauptet. Aber eine zierliche Frau wie du sollte Probleme haben, mit einem Mann seiner Größe umzugehen."

„Pah, er ist eine Miezekatze." Cat winkte ab und drehte sich, um sich auf Liam zu konzentrieren. „Du hast die Frage nicht beantwortet."

„Ich wollte diese schöne Diskussion nicht unterbrechen", sagte Liam. Er drehte sich, um einen Schluck von seinem Bier zu nehmen und sich zu sammeln.

„Gehst du mir aus dem Weg, Liam Mulder?"

„Das tue ich nicht. Ich genieße nur dieses wunderbare Getränk, das mir heute in deinem wunderbaren Etablissement serviert wurde."

„Hör dir das an. Der Mann weicht der Frage aus", sagte Cait.

„Es sieht so aus, Cait. Vielleicht solltest du den Mann in Frieden lassen. Es ist schwierig, ein Bier zu genießen, wenn die Hühner auf dir herumpicken", sagte Mr Murphy, dann zuckte er zusammen, als er Caits Gesicht sah. Es reichte, dass Liam lachen musste, weil er sich nicht erinnern konnte, die Kneipenbesitzerin je so verblüfft gesehen zu haben. Emotionen kämpften auf ihrem Gesicht – von dem Gedanken, Mr Murphy eins über den Schädel zu ziehen bis dahin, ihm Toleranz zu zeigen, weil er fast neunzig und ihr treuster Kunde war.

„Es gibt wenige Männer, die ungestraft so mit mir reden dürfen", sagte Cait letztendlich, obwohl Liam sah, wie ihre Fäuste sich an ihren Seiten zusammenballten.

„Cait, ich mische mich mal ein, bevor du dem lieben Mr Murphy hier erklärst, warum seine Kommentare ein bisschen sexistisch sind."

„Wirklich?" Mr Murphy lehnte sich zurück und zog an seiner Kappe, die er vergessen hatte abzunehmen. „Na ja, ich vermute, dafür sollte ich mich entschuldigen. Ich verstehe, dass es heutzutage wichtig ist, diesen Dingen mehr Aufmerksamkeit zu schenken. Ich habe nicht gemerkt, wie sehr ich im Trend liege."

Liam war nicht sicher, ob seine abfälligen Bemerkungen als ‚im Trend' erachtet würden, aber da der alte Mann sehr reuevoll aussah, beschloss er, es Cait zu überlassen.

„Keine Frau möchte, dass sie als Belästigung für einen Mann betrachtet wird, während er etwas trinkt. Ich habe ein berechtigtes Interesse an Liams Verbindung zu meinem Mädchen, also darf ich fragen. Ob er gerade ein Bier trinkt oder nicht", sagte Cait.

„Sie sagt die Wahrheit, Liam." Mr Murphy war klug genug, Liam den Wölfen vorzuwerfen. „Was bedeutet dir Fi also?"

Wunderbar, jetzt hatte er beide gemeinsam gegen sich. Wenn er das nicht im Keim erstickte, würde das ganze Dorf innerhalb weniger Stunden herumschnüffeln.

„Ich habe Fi vor Jahren getroffen, als ich an einem Vertrag für Sean in Dublin gearbeitet habe. Sie kam als Übersetzerin dazu."

„Ihr erster Job", sagte Cait und kniff ihre Augen zusammen, als sie zurückdachte.

„Ja, sieht so aus. Ich dachte, sie war hübsch und lud sie auf einen Drink ein." Liam hielt seine Hand hoch, als Cait einen abschätzenden Blick auf ihn warf. „Das war, bevor ich gelernt hatte, Arbeit und Vergnügen nicht zu mischen. Außerdem wusste ich nicht von der Verwandtschaft mit

Sean. Er hat es mir gesagt und ich habe das Date abgesagt."

„Kluger Mann", murmelte Cait.

„Ich bin Fi noch einmal in Kroatien begegnet – vor sieben Jahren oder so. Mir war gerade das Herz gebrochen worden und sie war freundlich. Nicht überraschend, da sie deine Tochter ist und so hat sie meine Situation schnell eingeschätzt. Sie beschloss, dass ich einen Abend mit Freunden brauchte, um über meine Ex-Freundin hinwegzukommen. Sie goss mir eine Flasche Whiskey in den Hals und nahm mich mit, um mich haushoch beim Billiard zu schlagen. Alles in allem war es genau das, was ich brauchte, um über meine Krise hinwegzukommen. Ich hatte geplant, ihr einen Heiratsantrag zu machen, weißt du."

Das stoppte Cait vor ihrer nächsten Frage, als Schock über ihr Gesicht ging.

„Fi?", fragte Mr Murphy und klopfte begeistert auf die Theke.

„Nein! Nicht, dass sie nicht eine wertvolle Partnerin wäre, da bin ich ganz sicher", lachte Liam. „Meiner Ex-Freundin. Ich hatte einen Ring und alles."

„Was ist passiert?", fragte Cait, abgelenkt von ihrer Befragung über Fi – genau das, worauf Liam gehofft hatte.

„Lass mich dir eine Geschichte erzählen über zwei russische Frauen, die gute Schwindlerinnen sind."

Als er mit seiner Geschichte fertig war, kaufte Cait ihm noch ein Bier und alle Fragen über Fi waren vergessen. Es war das Beste, das Liam tun konnte in einer Stadt, deren Währung aus Tratsch bestand und er dachte, dass, solange

Fi ihren Mund hielt, man zwischen ihnen nur Freundschaft vermuten würde.

Obwohl er mehr wollte.

Überrascht über den Gedanken blickte Liam auf sein Pint – das dritte inzwischen – und fragte sich, ob ihm der Alkohol zu Kopf gestiegen war. Es war selten, dass er nachmittags trank, aber das Projekt lief gut und er hatte sich einen freien Nachmittag verdient. Trotzdem winkte er der anderen Barfrau zu, ihm ein Glas Wasser zu bringen. Er lehnte sich zurück und grübelte über seine Vergangenheit.

Die Gefühle für seine Ex-Freundin waren echt gewesen, genau wie die Scham, die kam, als er entdeckte, was für ein Trottel er gewesen war. Es hatte lange gedauert, bis er Frauen wieder vertrauen konnte und es wäre ein schlechter Zeitpunkt für ihn und Fi gewesen, das ganze ernsthafter anzugehen. Nicht, dass sie ihn angerufen hatte, was bis heute stach. Liam war nicht sicher, warum ihm das so viel ausmachte. Der ganze Grund, warum er so früh am Morgen gegangen war, war, um eine mögliche Peinlichkeit zu vermeiden und ihnen beiden die Möglichkeit zu geben sicherzugehen, dass da kein Versuch einer tieferen Bindung war. Er hatte sie gebeten, ihn anzurufen, oder?

Vielleicht war es in dem Moment nur eine Alibifrage gewesen, um zu zeigen, dass er ein netter Kerl war...aber aus irgendeinem Grund hatte das den Stachel nicht aus Fis Schweigen genommen. Noch Tage später hatte er immer wieder auf sein Telefon geschaut und an sie gedacht. Er hatte zu viel Stolz, um Sean anzurufen und nach ihrer Nummer zu fragen; nein, das wäre gar nicht möglich gewesen. Von dem, was er finden konnte, hatte sie keine

Onlinepräsenz – oder wenn, dann waren ihre Profile fest verschlossen – und nach einer Weile hatte er sie in die Vergangenheit abgleiten lassen.

Nach Kroatien hatte er mehrere Jobs in Europa angenommen und bis zur Erschöpfung gearbeitet, um den Gedanken an seine Vergangenheit zu entkommen. Am Ende blickte er vorwärts, so wie man das nach einem Herzensbruch tun sollte, und konnte dankbar darüber zurückblicken, dass er noch einmal davongekommen war. Die Erfahrung hatte geschmerzt, aber Liam hatte bewusst entschieden, mit seinen Liebhaberinnen noch großzügiger und netter umzugehen. Er genoss Frauen, fand sie endlos faszinierend und behandelte sie mit dem größten Respekt. Er scheute nicht vor Vielfältigkeit zurück und arbeitete sich durch verschiedene Länder mit Heerscharen von Frauen, die bis heute alle in hohen Tönen von ihm sprachen und sich gern an ihre Zeit mit ihm erinnerten. Er benutzte sie nicht. Aber Liebe...na ja, das war eine andere Geschichte. Niemand war auch nur annähernd nah gekommen, ihren Weg in sein Herz zu finden.

Es war interessant, dass Fis erneute Erscheinen in seinem Leben ihn so irritierte, fand Liam, trank sein Pint aus und ignorierte das Glas Wasser. Es war ungewöhnlich für ihn, sich unwohl zu fühlen, wenn es um Frauen ging, aber sie schlich sich öfter, als ihm lieb war, in seine Gedanken.

Liam machte, was er immer machte, wenn er durcheinander war, zahlte seine Rechnung und ging spazieren. Frische Luft und das offene Meer klärten seinen Kopf immer.

Und es schien, dass Fi schnell und rigoros aus seinem Kopf entfernt werden musste.

KAPITEL ELF

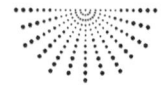

Fi war nicht sicher, ob der Regen sich ihrer Laune angepasst hatte, oder ob ihre Laune den Regen verursacht hatte. Es war nicht das erste Mal, dass sie sich fragte, ob die Magie, die sie in sich trug, die Elemente so beeinflussen konnte. Grace – na, jeder wusste, wenn Gracie schlechte Laune hatte, weil es dann vom Himmel schüttete und die See wütete. Aber so hatte sich das für Fi nicht wirklich manifestiert, obwohl sie sich jetzt fragte, ob sie einfach nicht genug darauf geachtet hatte.

Es war eine besondere Eigenschaft von ihr zu ignorieren, was direkt vor ihrer Nase war. Sie war in einer Welt voller Magie aufgewachsen, oder? Es war nicht so, als wäre sie komplett immun gegen die mystischen Welten, die sich in Grace's Cove mit der Realität vermischten. Es wäre unmöglich, die ganze Kraft um sie herum nicht zu sehen – nicht anzuerkennen. Dinge flogen durch das Zimmer, wenn Morgan sie nicht aufheben wollte, Magie und Zaubersprüche und Auras – es war irgendwann alles ein bisschen viel. Sie hatte gelernt, es so gut wie möglich abzuschalten und ein relativ normales Leben zu führen.

Grace fand, dass sie verrückt war.

Warum würdest du deinen Gaben den Rücken zukehren? Es war eine ständige Beschwerde von Grace, da sie Magie als zusätzlichen Bonus in ihrem Leben ansah und absolut geschockt war, dass Fi ihre nicht weiter erforschen wollte. Grace hatte irgendwann aufgegeben und ließ Fi ihr Leben so führen, wie sie wollte. Ab und zu machte sie Bemerkungen, aber meistens ließ Grace Fi einfach Fi sein und Fi ließ Grace einfach Grace sein.

Es half nicht, dass Fi ihre Fähigkeiten als einige der schlimmsten betrachtete. Wer wollte schon die Gedanken andere Leute hören wollen, geschweige denn von der Zukunft träumen? Als Kind hatte es sie fast wahnsinnig gemacht und immer wieder schwierige Situationen hervorgerufen, bis Cait ihr beibringen konnte, wie sie sich vor ungewollten Bildern und Gedanken schützen konnte. Sie war bis dahin ein mürrisches Kind gewesen – und mit Recht, fand Fi, als sie ihr Auto den Weg herunterlenkte. Wer wollte mit Eindrücken von Mr Murphy im Streit mit seiner Frau konfrontiert werden, oder einem Mann, der ihre Mutter ansah und lüsterne Gedanken hatte? Es war absolut unangenehm. Cait und Fiona hatten es endlich geschafft, zu ihr durchzudringen und ihr beigebracht, wie sie geistige Schilder errichten konnte, damit sie ihr Leben ungestört von anderen Gedanken leben konnte.

Auras sehen und von Voraussagungen träumen war etwas ganz anderes. Grace meinte, sie sollte mehr mit ihren Träumen tun – sie vielleicht nutzen, um die Zukunft zu sehen. Nur wofür, fragte sich Fi, als sie im Schnecken-

tempo auf der kurvigen Straße entlang der Klippen zum
Dorf fuhr. Es war nicht, als ob sie die Zukunft wissen
müsste. In vieler Hinsicht wurde das Leben erst spannend,
wenn man sie nicht kannte.

Und sie sehnte sich nach Aufregung. Fi war niemand,
der gern stillsaß und war durchs Leben gehetzt, immer in
Bewegung und auf zu etwas Neuem. Vielleicht war es, weil
sie so viel Magie um sich gehabt hatte, dass Fi erwartete,
dass das Leben immer interessant und erstaunlich sein
musste? So oder so, sie hatte sich nie nach Hochzeit oder
Babys gesehnt oder nach etwas, das sie an einem Ort halten
würde. Sie war wie eine Rakete losgeschossen, als die Uni
vorbei war und hatte seitdem an keinem Ort länger verweilt.

Sie trommelte mit ihren Fingern auf dem Lenkrad und
dachte darüber nach, was es bedeutete, dass sie jetzt wirklich Verantwortung hatte, die sie an einen Ort binden
würde. Ein Haus zu besitzen war nicht etwas, das Fi sich
wirklich vorgestellt hatte, zumindest nicht für viele Jahre
und ganz bestimmt nicht in Grace's Cove. Das Geschenk
ihres Vaters hatte sie ziemlich durcheinandergebracht. Und
doch machte es sie aus irgendeinem Grund glücklich. Vielleicht war etwas dran, irgendwo Wurzeln zu schlagen. Eine
halbe Wurzel vielleicht. Ein Fuß verwurzelt und den
anderen angehoben. Sie stellte sich einen Baum vor, der
einen riesigen wurzelbedeckten Fuß vom Boden hob und
kicherte. Sie sollte vielleicht an ihren Metaphern arbeiten.

Auf alle Fälle war sie interessiert. Interessiert daran,
ihren neuen Platz einzurichten, interessiert daran, Vermie-
terin zu sein, interessiert daran, die Kunst und Souvenirs,
die sie in der ganzen Welt gesammelt hatte, in ihrer

Wohnung zu verteilen. *Ihre Wohnung.* Der Gedanke fühlte sich gut an.

Und dann, als ob der heutige Tag nicht schon genug Überraschungen bot, war Liam Mulder zurück in ihr Leben gewalzt, als ob ihm die Stadt gehörte. Das war etwas, worüber sie sich nicht sicher war, wie sie darauf reagieren sollte. Vielleicht hätte sie sich mehr Zeit nehmen sollen, darüber nachzudenken, bevor sie zu Graces Haus gestürmt war. Jetzt hatte sie Fiona und Grace im Nacken, wenn es um Liam ging.

Apropos Liam... Fi sah durch die Windschutzscheibe und sah den Mann höchstpersönlich, wie er den Weg herunterging, als ob er den strömenden Regen, der auf ihn einprasselte, gar nicht bemerkte. Seufzend hielt sie neben ihm an und rollte das Fenster herunter.

„Machst du einen netten Spaziergang?", rief Fi über den Regen.

„Es ist ein schöner Tag dafür." Seine Zähne blitzten weiß in seinem Gesicht und Fis Magen machte einen komischen kleinen Hüpfer.

„Kann ich dich mitnehmen?"

„Ich mache dein Auto nass."

„Hinten liegt eine Wolldecke. Wart mal." Fi griff nach hinten und zog eine dicke alte Decke auf den Vordersitz. „Beeil dich, es regnet durchs Fenster."

„Ich wollte nur etwas spazierengehen, um einen klaren Kopf zu bekommen", grummelte Liam. Wasser lief in Strömen sein Gesicht herunter.

„Oh? Und was musste aus deinem Kopf geräumt werden?", fragte Fi. Sie hatte das Auto wieder auf die

Straße und in Richtung Stadt gelenkt, bevor ihr einfiel, dass sie keine Ahnung hatte, wo Liam wohnte.

„Du."

Fis Fuß stieg auf die Bremse und Liam knallte seine Hand auf das Armaturenbrett, bevor er schnell den Sicherheitsgurt anlegte und ihr einen Blick zuwarf.

„Schau mich nicht so an. Du kannst so was nicht sagen und erwarten, dass ich nicht reagiere."

„Wolltest du, dass ich lüge?"

„Nein, ich will nicht, dass du lügst. Aber du kannst...*das*...nicht sagen und keine Reaktion erwarten."

„Warum bist du im Regen unterwegs?", fragte Liam und ignorierte ihre Bemerkung.

Fi blickte zu ihm herüber und sah eine Hitze in seinen Augen. „Hm", sagte sie und richtete ihren Blick wieder zurück auf die Straße statt auf den Mann, der plötzlich ihr Auto mit seiner Gegenwart zu füllen schien. Seine Nähe machte sie...irgendwas, dachte Fi und lenkte ihre Gedanken entschlossen weg von dem, wo sie hingehen wollten.

„Hm, sagt sie. Und dabei habe ich gedacht, dass du der ehrliche Typ bist, Fi", sagte Liam mit rauer Stimme.

„Ich habe Grace besucht", sagte Fi und tanzte um seine Frage herum. Es war keine Lüge und damit konnte sie leben.

„Du bist aus dem Pub rausgerast."

„Na, ich wollte nicht im Mittagsbetrieb steckenbleiben. Ich werde nicht dafür bezahlt."

„Ich würde vermuten, dass du jede Schicht arbeitest, um die dich deine Mutter bittet."

„Wohin soll ich dich fahren, Liam?", fragte Fi, als sie zu einem kleinen Verkehrskreisel im Stadtzentrum kamen.

„Wo willst du hin, Fi?"

„Bist du mit Absicht schwierig?"

„Du findest mich schwierig? Interessant."

„Ist es das?"

„Weißt du, was ich auch interessant finde?"

„Ich bin sicher, dass ich damit leben kann, es nicht zu wissen", sagte Fi. Sie fuhr weiter und bog aus einer Laune heraus rechts ab, da er ihr kein Ziel genannt hatte.

„Ich finde es interessant, dass du meine Frage nicht beantwortest. Ich finde es auch interessant, dass du mich schwierig findest. Ich finde es interessant, dass deine Wangen in einem bestimmten Rosaton leuchten, wenn ich in der Nähe bin."

„Das tun sie ganz sicher nicht", sagte Fi und warf Liam einen kurzen Blick zu.

„Oh, das tun sie ganz bestimmt. Besonders, nachdem mein Mund auf dir gewesen war", sagte Liam.

Fi ließ einen kleinen Schrei los. „Musst du das erwähnen?"

„Natürlich. Es ist eine Erinnerung, die ich gern mag."

„Toll – kommt jetzt der Teil, wo ich dir für deine Leistungen danken soll? Dein Ego aufbaue und dir sage, was für ein Hengst du bist?"

„Es würde jedenfalls nicht schaden", sagte Liam.

Trotz ihres Unbehagens lachte Fi. „Danke für den Service, mein Herr."

„Nichts zu danken", sagte Liam.

„Wo soll ich dich hinfahren?"

„Warum fahren wir nicht noch ein bisschen herum?"

„Weil ich Sachen zu erledigen habe."

„Was zum Beispiel?"

„Unter anderem Dinge an dem neuen Haus reparieren, das mein Vater mir wahnsinnigerweise geschenkt hat. Da sind jede Menge Projekte. Ich habe viel zu tun, Liam."

„Projekte, hast du gesagt? Du weißt, dass ich Projektmanager bin."

„Und dafür wirst du bestimmt gut bezahlt. Und da solltest du auch sein. Deine Projekte managen."

„Ich habe mir den Tag freigenommen."

„Muss nett sein, dass dein Chef dich nicht feuert."

„Er vertraut mir."

„Das ist toll für dich, aber ernsthaft, wo soll ich dich absetzen?"

„Bei deinen Projekten. Ich mag Projekte. Lass mich dir helfen, Fi."

„Ich brauche keine Hilfe. Ich will weit weg von dir sein", platzte Fi heraus. Ein breites Lächeln ging über Liams Gesicht. „Oh, mach nicht so ein selbstzufriedenes Gesicht."

„Das tue ich nicht. Ich habe mich nur gewundert, warum du nicht in meiner Nähe sein kannst. Ich dachte, wir sind Freunde."

„Freunde machen nicht das...was wir gemacht haben."

„Natürlich tun sie das. Wenn sie gute Freunde sind", sagte Liam.

„Liam."

„Fi."

„Wo soll ich dich hinfahren?"

„Das habe ich dir doch gesagt."

„Göttin behüte mich vor sturen Männern", meckerte Fi und lenkte das Auto in Richtung ihrer neuen Wohnung.

KAPITEL ZWÖLF

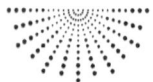

„**D**ie Struktur ist gut", sagte Liam, der in der Mitte der Wohnung stand, die Fi schon als „ihre" betrachtete. Er drehte sich im Kreis. „Und auf dem neuesten Stand. Was möchtest du denn hier verändern?"

„Ich bin mir noch nicht sicher. Ich weiß erst seit heute Morgen von der Wohnung." Fi versuchte verzweifelt, die Gefühle zu ignorieren, die beim Gedanken daran, dass er ihren Wohnraum ausfüllte, durch sie gingen. Er war ein großer Mann mit Muskeln und Kraft und seine Gegenwart dominierte ihre Sinne.

„Und du hast gesagt, es war ein Geschenk? Das ist ein ganz schön gewaltiges Geschenk."

„Moment, ich hole dir mal ein Handtuch. Wenn hier überhaupt Handtücher sind", sagte Fi, als sie merkte, dass er auf ihren Boden tropfte. Sie fand im Flur einen Wäsche-schrank und atmete erleichtert aus, als sie sah, dass er voller Handtücher war. Sie zog ein paar heraus, ging zurück zu Liam, der sich glücklicherweise nicht bewegt hatte, und reichte sie ihm.

„Ist es okay, wenn ich ein paar dieser nassen Sachen ausziehe?"

„Klar, em, wir können deine Jacke ins Badezimmer hängen oder in die Diele." Fis Kinnlade fiel herunter, als Liam seine Gürtelschnalle öffnete. „Warte, nein, was machst du da?"

„Ich kann dich nicht zu deinen Projekten beraten, wenn ich in triefnassen Klamotten herumlaufe", sagte Liam und zog alles außer seinen Boxershorts aus bevor Fi protestieren konnte.

„Liam! Du kannst hier nicht nackt herumlaufen."

„Ich bin nicht nackt", sagte er.

Fi ging an ihm vorbei und zog die Vorhänge am vorderen Fenster zu, damit niemand, der zufällig vorbeiging, einen halbnackten Liam Mulder in ihrer Wohnung sah.

„Was soll ich jetzt mit dir machen?"

„Ist in der Wohnung ein Trockner?"

„Ich habe keine Ahnung."

„Na, dann lass uns mal nachsehen."

Liam ging zur Küche, öffnete eine Tür, die sie vorher nicht bemerkt hatte, und entdeckte dahinter eine kleine Waschmaschine und einen Trockner.

„Das ist praktisch", sagte Fi.

„Das ist es. Wir werfen meine Klamotten kurz rein und dann können wir über deine Projekte reden. Erzähl mir, warum du so ein großes Geschenk bekommen hast."

Liam drehte sich um und Fi zwang ihren Blick weg von dem winzigen Handtuch, das kaum um seine Taille passte. Sie sah ihm in die Augen.

„Was?"

„Das Geschenk. Dieses Haus." Liams Augen leuchteten amüsiert und ein Lächeln umspielte seine Lippen.

„Hör auf. Ich kann nicht damit umgehen, dass du nackt bist."

„Ich bin nicht nackt."

„Aber so gut wie."

„Ist das ein Angebot?"

„Nein!", sagte Fi und schoss durch den Raum, stand am Fenster und schnappte nach Luft. Dieser Mann sollte nicht diesen Effekt auf sie haben. Es war wahrscheinlich nur, weil es eine Weile her war, seit sie irgendeine Form von...Beziehungen gehabt hatte. Das musste es sein, beschloss Fi; sie hatte nur gerade eine Durststrecke.

„Das ist schade." Liam lächelte wieder und wanderte zurück in ihr Wohnzimmer, was Fi dazu zwang, tief einzuatmen. Sie hasste es, sich nicht in Kontrolle zu fühlen und musste den Spieß umdrehen – und zwar schnell.

„Okay, klar. Ja, es ist ein Angebot. Es ist ganz klar, dass es uns beide juckt." Sie verschluckte sich fast beim Ausdruck auf Liams Gesicht – von Erregung zu sofortiger Panik.

„Das ist aber eine schöne Art, das auszudrücken, Fi. Ist es das, was du willst? Nur ein Jucken befriedigen?"

„Es ist offensichtlich das, was uns stört. Da ist etwas, was nicht abgeschlossen ist. Vielleicht sollten wir das einfach hinter uns bringen." Fi kam näher zu Liam, bis sie direkt vor ihm stand und mit einem Finger an seiner Brust herunterstrich.

„Du hast eine schöne Ausdrucksweise, Fi. *Wirklich* verführerisch." Er ergriff ihre Hand, bevor sie weiter nach unten gehen konnte und es amüsierte Fi, Ärger auf seinem Gesicht zu sehen.

„Ich bin eine richtige Sirene." Fi sah an ihm hoch und biss auf ihre Unterlippe. „Sollen wir diese Betten ausprobieren?"

„Hör auf. Warum bist du so?" Liam schob sie sanft nach hinten.

„Was? Du magst es nicht, wenn ich dir auf deiner Ebene begegne? Ich biete nur das an, was du haben willst." Fi zuckte mit den Schultern und trat wieder näher.

„Ich wollte keinen Sex."

„Das finde ich schwer zu glauben."

„Vielleicht war es das Endziel, aber nicht mein Ausgangspunkt."

„Was machst du dann, Liam? Warum kommst du hierher und füllst meinen Platz aus, wirfst mit diesen schweren Blicken und dem sexy Flirten herum?"

„Weil du mich irritierst, weil ich dich mag und ich herausfinden will, warum."

Fi verkniff sich das, was sie gerade sagen wollte und sah ihn einfach an – sah ihn wirklich an. Sein Gesicht war eine Mischung aus Frust und Erregung und etwas anderem, das sie nicht benennen konnte. Trotz ihrer besten Bemühungen begannen die blassen Farben seiner Aura um ihn herum zu leuchten, was bedeutete, dass ihre Schilder herunterkamen. Nicht lange, und sie würde anfangen, seine Gedanken zu lesen.

„Du musst gehen. Jetzt sofort", sagte Fi und ging um ihn herum zum Trockner. Sie zog seine noch feuchten Sachen heraus und legte sie ihm auf die Arme.

„Du wirfst mich raus?"

„Ja, jetzt. Du musst gehen", sagte Fi. Verzweiflung kam in ihrem Bauch hoch, als sie merkte, wie nah sie am Abgrund stand. Es wäre nicht gut, seine Gedanken zu lesen – nein, nicht dieser Mann – und wenn er einen Moment länger blieb, würde sie in seine Privatsphäre eindringen. Da sie ihm das nicht erklären konnte, zeigte sie zur Tür.

„Einfach so? Du schmeißt mich raus. Ich sage dir, dass ich dich mag und du wirfst mich raus?"

„Genau."

„Gerade noch hattest du mir angeboten, ins Bett zu gehen."

„Ich bin eine komplizierte Frau, Liam."

„Das kannst du laut sagen. Du kannst mich nicht wirklich in Unterwäsche vor die Tür setzen."

„Hier wohnt niemand. Du kannst dich im Flur anziehen."

„Fi...sprich mit mir." Liam stand an der Tür, seine warmen Augen ruhten abschätzend auf ihr.

„Ich habe nichts zu sagen. Bitte geh einfach", sagte Fi.

„Ich möchte dich nicht so zurücklassen."

„Wir sind Freunde. Ich bin nicht böse. Aber ich möchte, dass du gehst. Es geht mir nicht gut." Fi trat zurück, als Liam voller Sorge auf sie zukam.

„Kann ich etwas tun?"

„Nein, es...ich hatte ein Curry zum Mittagessen. Magenprobleme. Es ist besser, wenn du gehst", sagte Fi, während ihr Schamesröte ins Gesicht stieg.

„Ach, das kenne ich. Ich gehe. Aber wir müssen darüber reden", sagte Liam und trat in den Flur.

„Vielleicht, vielleicht auch nicht. Es ist wirklich kein großes Ding. Wirklich. Okay dann, tschüß. Komm gut nach Hause", sagte Fi, machte die Tür zu und verriegelte sie, bevor sie in eines der Schlafzimmer rannte und sich mit dem Gesicht nach unten auf das Bett warf. Es war ihr total peinlich und da war noch etwas anderes, das sie nicht ganz auf den Punkt bringen konnte – Scham vielleicht? Sie hatte sich mehr oder weniger an den Mann herangeschmissen und ihn dann aus ihrer Wohnung geworfen. Nicht, dass er sie nicht provoziert hätte, erinnerte Fi sich selbst, als sie sich umdrehte, um an die Decke zu starren. Wie er da so fast nackt herumging und so...*Liam* vor ihrer Nase präsentierte. Er musste wissen, was für einen Effekt er auf sie hatte.

Oder auch nicht? Sie hatte es ihm nicht wirklich gesagt, oder?

Das war genau der Grund, warum sie keine Beziehungen einging, erinnerte Fi sich selbst. Dating und flirten waren nicht ihre Stärken. Es endete immer damit, dass sie ihre Gabe vor der Person, mit der sie zusammen war, nicht verbergen konnte und sie hatte ein paar sehr unangenehme Enthüllungen erlebt. So wie das Mal, als sie versehentlich entdeckte, dass ihr Liebhaber daran arbeitete, eine weitere Frau mit in ihr Schlafzimmer zu bringen. Und da war etwas mit komischen Sexspielen. Das hatte sie so schnell wie möglich hinter sich gelassen. Es gab Dinge, die besser unentdeckt blieben und einige Fantasien blieben besser unausgesprochen.

Fis Gabe versetzte sie oft in eine peinliche Situation, sehr ähnlich der in diesem Moment, wo sie versucht hatte, die Kontrolle zu übernehmen und es war komplett nach hinten losgegangen.

„Ich musste dem Mann sagen, dass ich ein Curry hatte..." Fi stöhnte und bedeckte ihr Gesicht. „Das ist jetzt alles, woran er denkt, wenn er mich sieht."

KAPITEL DREIZEHN

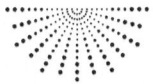

„Bist du sicher, dass du heiraten willst?", fragte Liam Dylan, der aufhörte, in seinem Notizbuch zu schreiben und ihn von der gegenüberliegenden Seite des Tisches ansah. Liam war wieder in der Schiffskombüse aufgetaucht – es war ihr vorübergehendes Büro und es war nah genug an Fis Wohnung, dass er nicht zu viel mehr Regen aufgesaugt hatte.

„Ja, ich bin sicher", sagte Dylan und lehnte sich zurück, um Liam anzuschauen.

„Frauen sind verrückt", sagte Liam und streckte seine Beine in der Jogginghose, die er in einem der Zimmer gefunden hatte, aus.

„Das sind sie", stimmte Dylan zu. Er erkannte die Laune seines Freundes und griff hinter sich, um eine kleine Schranktür aufzumachen und eine Flasche Whiskey herauszuziehen.

„Wie wär's mit einem kleinen Schluck?"

„Warum nicht?", sagte Liam achselzuckend und über- kreuzte seine Arme, während seine Gedanken durcheinanderwirbelten. Fi und er hatten in wenigen Augenblicken von sich necken und verspielt sein zu wütend gewechselt. Da ging noch etwas anders vor, aber Liam hatte noch nicht die Chance gehabt, dem näher nachzugehen. Er mochte keine Rätsel, aber fühlte sich herausgefordert, sie zu lösen. Was er aber wirklich nicht mochte, waren unbeantwortete Fragen, und von denen hatte Liam eine Menge für Fi.

„Warum eigentlich nicht? Das Wetter ist jedenfalls danach", sagte Dylan leichthin, als er ihnen beiden eine kleine Menge Whiskey einschenkte. „Slainté."

„Da draußen schüttet es", kommentierte Liam.

„Genau. Bist du hier, um über das Wetter zu reden, oder mich davon zu überzeugen, nicht zu heiraten?"

„Weder noch. Ich wollte nur wissen, warum du dich auf ewig an eine Frau binden willst, das ist alles."

„Du hast Grace kennengelernt. Du liebst Grace."

„Ja, das tue ich. Sie ist eine tolle Frau und sie hat mir das Leben gerettet. Ich stehe für immer in ihrer Schuld. Ich würde sie heiraten, wenn du es nicht tust."

„Und trotzdem zweifelt er an der Ehe." Dylan sah an die Decke und schüttelte seinen Kopf.

„Ich versuche nur, die Frauen zu verstehen."

„Für das Unterfangen brauchst du mehr als einen Nachmittag und eine Flasche Whiskey", sagte Dylan mit einem Lächeln auf dem Gesicht.

„Meinst du nicht, dass du irgendwann von Grace die Nase voll hast?"

„Nein. Es gibt Momente, in denen ich sie erwürgen möchte und sie mich, also nehmen wir etwas Abstand. Aber du musst dich nur ein bisschen abregen, bevor du wieder weißt, warum du den anderen liebst. Außerdem ist sie magisch. In jeder Hinsicht. Mein Leben mit ihr wird nie langweilig sein und dafür bin ich ewig dankbar."

„Ich denke, das ist ein Segen. Du hast recht – das wird ein faszinierender Tanz für euch beide in den kommenden Jahren."

„Und ich begrüße jeden Schwung und jede Drehung dabei. Also raus damit, Liam – ist es Fi?"

„Warum sagst du das?"

„Nur so eine Ahnung", sagte Dylan achselzuckend.

Liam stöhnte und rieb sich mit seiner Hand über sein Gesicht, bevor er seinen Whiskey auf einmal herunterkippte. Die Hitze ging seine Kehle herunter, wärmte seinen Bauch und ließ ihn wünschen, dass ihn etwas anderes wärmen würde.

„Es ist etwa vier Stunden her, seit ich sie gesehen habe. Wie können die Klatschtanten jetzt schon die Neuigkeiten verbreiten?"

„Ich brauche nur eine Klatschtante", erinnerte ihn Dylan und schenkte Liam noch einen Schluck ein.

„Natürlich – Gracie. Klar weiß sie es. Was hat sie gesagt?", fragte Liam.

Dylan sah ihn mit erhobenen Augenbrauen an. „Na, sieh mal einer an, mein guter Mann. Ich hatte keine Ahnung, dass wir heute Nachmittag ‚er hat gesagt, sie hat gesagt' spielen. Du machst dir sonst nichts aus Tratsch."

„Das stimmt nicht ganz, wie du sehr wohl weißt. Ich halte mich gern auf dem Laufenden."

„Klar, wenn es um Projekte geht und den Puls des Dorfs und die Reaktion der Bewohner. Aber du hast dich noch nie für Frauenklatsch interessiert."

„Das stimmt auch nicht. Ich liebe Frauen. Ich lasse sie immer um mich herum tratschen."

„Und schenkst ihnen so gut wie keine Aufmerksamkeit dabei. Komm schon, erzähl mir, was los ist."

„Ach Mann, du machst mich kirre. Ja, es ist Fi. Wir haben Vergangenheit", sagte Liam.

„Ah, es wird klarer."

„Ja, das tut es. Eine Nacht in Kroatien. Nichts zu Ernsthaftes, aber sie war für mich da, um mir über die Trennung zu helfen. Ich mag sie. Sie ist intelligent und gleichzeitig unsicher. Da ist etwas an ihr, das...ich weiß nicht. Sie ist für mich ein Rätsel, das ich lösen will."

„Sie fasziniert dich."

„Das tut sie. Und ich weiß nicht warum. Sie ist eigentlich nicht mein Typ."

„Sie ist aber ein tolles Mädchen. Du könntest es schlimmer treffen. Ich schulde ihr sehr viel."

„Warum?", fragte Liam Dylan mit schräggelegtem Kopf.

„Sie war maßgeblich daran beteiligt, dass ich Gracie bekam. Erinnerst du dich, als ich losging und sie bei einer Freundin in Italien fand? Fi war die Freundin. Sie hatte mich kontaktiert. Intelligente Frau."

„Das ist sie. Und witzig und einer von den Kerlen und auch wieder nicht."

„Du magst sie."

„Das habe ich dir doch gesagt, oder?"

„Beruhige dich, ich versuche nur, alles klar zu sehen. Warum bist du jetzt so aufgewühlt?"

„Sie hat mich aus ihrer Wohnung geworfen. Einen Moment haben wir geflirtet" – Liam beschloss, den Teil

wegzulassen, als Fi ihm angeboten hatte, Sex zu haben –
„und im nächsten hat sie mich rausgeschmissen. Ich
verstehe es nicht. Und sie wollte nicht mit mir reden oder
mir sagen warum." Er beschloss, auch den Teil über Fis
Magenverstimmung wegzulassen. Es wäre nicht gut, sie
weiter zu beschämen.

„Hm", sagte Dylan und drehte sich, um eine Tüte
Chips aus dem Schrank zu ziehen. Sie griffen beide eine
Handvoll und knabberten geräuschvoll, während sie über
die Situation nachdachten. „Was willst du?"

„Ich will wissen, warum sie mich so irritiert."

„Ich hoffe, dass du ihr das nicht so gesagt hast."

Liam hielt inne, dann sagte er: „Ich glaube nicht."

„Also vielleicht solltest du sie umwerben? Du kennst
dich mit Frauen aus, trotz deines Protests, dass du das
nicht tust. Mach dein Ding und sie wird über kurz oder
lang mit dir zusammen sein. Aber wenn du ihr weh tust,
muss ich dich umbringen."

„Siehst du? Das ist genau der Grund, warum ich sie
nicht sehen will. Du kannst in dieser Stadt nicht mit
jemanden ausgehen, ohne dass alle etwas dazu zu sagen
haben. Gott, wir haben sogar gewettet, wann du und
Gracie zusammenkommt."

„Und ich vermute mal, dass du das lustig gefunden
hast?", lächelte Dylan und nahm noch einen Chip aus der
Tüte.

„Wenn es nicht um mich geht, ist es sehr lustig."

„Mein Vorschlag wäre, wenn du im Moment verwirrt
bist, dann fang nichts an, was du nicht durchziehen kannst.
Ich weiß, ich weiß" – Dylan hielt bei Liams Gesichtsausdruck die Hände hoch – „das klingt lächerlich. Man kann

nicht wissen, was am Ende mit Fi dabei herauskommt. Ich meine nur, behandle sie mit Vorsicht. Wenn du dir nicht vorstellen kannst, dass du mit ihr länger zusammen bist als in deinen anderen Beziehungen, dann behalte sie als Freundin. Es gibt keinen Grund, nicht nett zu ihr zu sein."

„Ich weiß nicht, was ich für uns sehe. Nichts eigentlich, da sie mich gerade aus ihrer Wohnung geworfen hat."

„Dann hast du deinen Marschbefehl bekommen. Respektier es. Sei ihr Freund und sei locker. Sie wird dir schon sagen, wenn sie interessiert ist."

„Ich soll eine Verzögerungstaktik anwenden?"

„Warum nicht? Wir sind sowieso eine Weile hier. Jetzt erzähl mir, in welcher Wohnung war Fi? Hat sie jetzt eine eigene hier?"

Trotz seines Protests über Klatsch erzählte Liam Dylan alle Neuigkeiten, während das Boot sanft unter ihnen schaukelte und der Regen auf das Deck hämmerte. Momente wie dieser erinnerten ihn immer an die Verbindungen, die er mit seinen Kumpanen auf See geknüpft hatte, denn es gab keine bessere Gesellschaft als mit Freunden durch Stürme zu fahren.

KAPITEL VIERZEHN

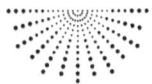

Sie war in der Bucht, das wusste Fi sofort, saß mit überkreuzten Beinen im Sand und starrte auf das Wasser. Ein Päckchen Tarotkarten lag zu ihren Füßen und sie schien sich selbst eine Legung zu geben. Fi mischte die Karten, starrte aufs Wasser und dachte über ihre Frage nach.

„Zeig mir die Zukunft", sagte Fi und deckte eine Karte auf.

Wenn dies Wirklichkeit wäre und kein Traum, wäre Fi in der Lage gewesen zu sagen, dass Tarotkarten nicht für solche offenen Fragen benutzt werden. Aber da sie für diese Geschichte tief in ihr Unterbewusstsein gezogen wurde, konnte sie nur aus der Ferne zusehen und abwarten, wie es sich abwickelte.

Die erste Karte zeigte Unentschiedenheit und eine Weggabelung. Fi wollte den Traum durchbrechen und anmerken, dass die Zukunft genauso funktionierte. Menschen hatten eine Wahl. Die nächste Karte deutete auf Reisen und Erkundung. Fi sah sich selbst, zehn Jahre in der Zukunft, ein Glas Wein trinkend auf einem Balkon in Ecuador, wo sie auf die geschäftigen Straßen heruntersah. Sie beobachtete sich und schaute nach Anzeichen, was kommen würde, und was sie in ihrem Gesicht sah, machte sie...traurig, stellte sie fest. Von außen sah diese Fi zufrieden aus. Weltreisende, gut angezogen, selbstbewusst und erfolgreich. Aber die Falten um ihre Augen und der angespannte Mund zeugten von Traurigkeit. Sie war einsam, merkte Fi. Die Szene veränderte sich, zog sie zurück zum Strand, wo sie eine weitere Karte umdrehte, die einen anderen Pfad zeigte.

Diese zeigte Liam. Natürlich tat sie das, dachte Fi verärgert; er war alles, worüber sie den ganzen Tag nachgedacht hatte, bevor sie endlich eingeschlafen war. Der Wind zerzauste sein Haar und Fi sprang auf, Freude ging über ihr Gesicht, als sie ihm ihre Hände hinhielt. Als ein schimmerndes blaues Licht in der Bucht aufblitzte, zwang Fi sich aus dem Traum heraus – ganz heraus, bis sie an die Decke ihrer neuen Wohnung schaute. Ihr Herz raste und ihre Stirn war feucht vom Schweiß.

„Das ist nicht fair", sagte Fi laut und sah zum Stuck in der Zimmerecke hoch. Sie war mit dem eingeschalteten kleinen Licht auf dem Nachttisch eingeschlafen und jetzt setzte sie sich auf, lehnte sich gegen das Kopfende vom Bett und atmete tief ein, um sich zu beruhigen.

Sie hatte diese Träume nicht oft, weil sie ihr Bestes getan hatte, sie sich abzugewöhnen. Das Training – und gelegentlich eine Schlaftablette – halfen, sie von diesen Momenten zu schützen.

Es hatte angefangen, als sie noch ziemlich jung war und war für alle eine ziemliche Überraschung gewesen. Im zarten Alter von drei hatte Fi Cait aufgeweckt, um ihr zu sagen, dass Mr O'Sullivans Scheune brannte. Glücklicherweise hatte Cait zu dem Zeitpunkt die Geheimnisse von Grace's Cove soweit akzeptiert, dass sie ihren Unglauben abgelegt und Mr O'Sullivan angerufen hatte, wo sie einen sehr verärgerten Haushalt aufweckte. Ihr Ärger verwandelte sich in Dankbarkeit, als sie es schafften, das Feuer zu entdecken und zu löschen, bevor es viel Schaden anrichtete oder ihre Tiere verletzte. Seit dem Tag hatte Cait den Träumen ihrer Tochter viel Aufmerksamkeit geschenkt, und Fi hatte versucht, sie zu unterdrücken so gut sie konnte. Es war keine im Dorf offiziell bekannte Eigenschaft von ihr und doch folgte ihr Geflüster. Es hatte sie in jungem Alter als anders herausgehoben und in Kombination mit ihrer Fähigkeit, Gedanken zu lesen, war ihr sehr bewusst, was die Leute ihr nicht ins Gesicht sagten.

Grace als Verbündete zu haben war das Beste für sie; sie waren nicht nur Familie, sie mochten sich wirklich. Wo Grace ihre Magie umarmte und ihrer Familie gegenüber rücksichtslos alles durchsetzte, hatte Fi leise versucht, ihre zu unterdrücken und ein normales Leben zu führen. Ungeachtet ihrer unterschiedlichen Vorgehensweise mit ihren Gaben, waren die Mädchen immer unzertrennlich und das hatte geholfen, etwaige Einsamkeit zu bekämpfen, die sonst aufgekommen wäre, wenn die anderen Kinder vor ihnen zurückschreckten. Es hatte auch geholfen, dass Grace unglaublich attraktiv und dynamisch war – sie war eine ernstzunehmende Kraft. Sie war dazu geboren, beliebt zu sein und zog Fi in ihrem Kielwasser mit.

Als die Jahre vergingen, hatte Fi aufgehört, über die Träume zu reden, es sei denn, sie enthielten etwas, das absolute Beachtung benötigte. Wenn jemand in ernsthafter Gefahr war – so wie damals, als David vom Kliff gefallen war und sein Bein brach, ohne jemanden in der Nähe, der ihn sehen konnte – da half Fi ganz sicher. Aber andere Dinge? Nicht so diskrete Träume? Wenn es um die ging, ließ sie es einfach sein. Es wäre nicht gut für sie, Mr Flanagan zu erzählen, dass seine Frau vielleicht die Gesellschaft des ortsansässigen Arztes genoss. Oder in der Schule zu verkünden, dass Susan in den neuen Jungen aus Derry verknallt war. Was Fi anbelangte, war das einmischen. Sie glaubte fest, dass niemand wusste, was die Konsequenzen wären, wenn man sich in solche Situationen einmischte und Fi hatte nicht das Bedürfnis, dieses Gewicht auf ihren Schultern zu tragen.

Jetzt mit dem Traum von heute Nacht fand sie sich äußerst verärgert. Hatte sie *gefragt,* wie ihre Zukunft aussah? Nein, hatte sie nicht. Fi brauchte oder wollte diese Antworten nicht. Was sie wollte, war, eine Nacht durchzuschlafen, den Junggesellinnenabschied ihrer Freundin zu genießen und ihre Familie zu sehen. Liam kam in ihren Plänen nicht vor.

Nach einem kurzen Blick auf ihr Telefon sah sie, dass es fast drei Uhr morgens war und erlaubte sich für einen Moment, darüber nachzudenken, wie Liam über den Sand zu ihr ging. Ihr Traumselbst hatte glücklich ausgesehen – wirklich glücklich – und das war etwas, was sie nie richtig gefühlt hatte, merkte Fi. War das das fehlende Stück ihres Puzzles? Liebe? Ein Mann?

Fi schüttelte frustriert ihren Kopf, atmete tief ein und begutachtete ihre Maniküre. Es war nicht fair zu denken, sie könnte allein nicht glücklich sein. Sie liebte ihr Leben, genoss ihre Arbeit wirklich und war fasziniert vom Reisen. Sie weigerte sich zu glauben, dass ein Mann der Schlüssel zu ihrem Glück sein sollte. Da musste noch etwas anderes sein, was sie störte, grübelte Fi und dann stöhnte sie laut auf, als es ihr kam.

„Ist das eine von diesen Lektionen des Lebens, wo ich alle Aspekte von mir akzeptieren muss, damit ich glücklich bin?", fragte Fi den Stuck an der Decke. Als er nicht antwortete – weil, ach nee, es war ein lebloses Objekt – sah Fi ihn böse an.

„Also du meinst, ich wäre glücklich mit Liam, aber nicht glücklich, meinem Weg zu folgen – einem Weg, den ich wirklich liebe?"

Immer noch keine Antwort.

„Ich hasse diese Träume", sagte Fi. Sie rollte sich herum, machte das Licht aus und zog zusätzlich noch ein Kissen über ihren Kopf.

KAPITEL FÜNFZEHN

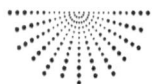

„Oh, das wird ein Spaß werden." Keelin, Graces Mutter, klatschte in ihre Hände, als sie, gefolgt vom Rest des inneren Kreises aus Freunden und Familie, Gallagher's Pub betrat. Das erste Mal seit langer Zeit war Gallagher's Pub für die Öffentlichkeit geschlossen, um für einen Tag das inoffizielle Hauptquartier der Junggesellinnenabschiedsfeier zu werden. Keelin und Flynns Bauernhof war von den Männern für einen Tag mit Highlandspielen und Unmengen von Whiskey in Beschlag genommen worden. Unter strikten Versprechungen, dass sie dortbleiben würden, fühlten sich die Frauen wohl dabei, das Dorf für ihre Feier zu vereinnahmen.

Fi rief einen Willkommensgruß herüber und half dem Team der Makeup- und Haarstylisten, ihre Materialien auf zwei langen Tischen auszubreiten, die sie aus dem Hinterzimmer geholt hatte. Cait hatte in einem staubigen Schrank eine alte Kleiderstange gefunden und Fi hatte alle Kleider, die sie ausgewählt hatte, daran aufgehängt. Vielleicht hatte sie es etwas übertrieben, dachte Fi, als sie die Stange ansah, die vor Tüll und Satin explodierte, aber besser zu viel Auswahl als nicht genug.

Auf einen Teil des Abends freute sie sich nicht besonders: Grace hatte gebeten, dass sie etwas taten, um alle ihre besonderen Gaben zu ehren. So wie sie Grace einschätzte, dachte sie wahrscheinlich an so etwas wie die Göttinnen rufen, während sie nackt durch einen Steinkreis tanzten. Wenn es das war, was sie wollte, hätte sie sich eine andere erste Brautjungfer aussuchen sollen, dachte Fi, als sie die Frauen anlächelte, die hinter Keelin hereinkamen. Jede strahlte wie die nächste, und sie hatten alle einen besonderen Platz in Fis Herzen. Für einen Moment hielt sie inne und sah sie alle an, wie sie schwatzten und sich umarmten, in der Tür wie ein Wasserfall über die anderen hinwegredeten, als ob sie sich seit Jahren nicht gesehen hätten.

Sie vermisste sie, stellte Fi fest. So viel sie auch reiste, Grace's Cove und die Menschen darin waren immer noch ihr Zuhause und ihr Herz. Sie nahm sich vor, öfter nach Hause zu kommen und ging nach vorn, um die Gruppe zu begrüßen.

„Aislinn, ich habe dich vermisst", sagte Fi. Sie wurde von einer Wolke Körperöl umhüllt, das nach Rosen duftete, als Aislinn sie umarmte. Die Armbänder an ihren Handgelenken klimperten leise. Aislinn lehnte sich zurück, schüttelte ihre wilde Haarmähne, die inzwischen von Grau durchzogen war, und sah in Fis Augen.

„Ich sehe Kummer in dir. Was ist los?", fragte Aislinn.

„Würdest du still sein? Heute geht es um Grace", zischte Fi, schob sie weg und gab ihr einen warnenden Blick, als Keelin quietschte und ihre Arme um Fi warf.

„Wir reden später", sagte Aislinn und ging weiter in den Pub.

„Reden über was?", sagte Keelin und sah von Fi zu Aislinn. Mit verengten Augen sah sie Fi genauer an. „Was ist mit dir los?"

Tief einatmend schaute Fi zur Decke und zählte bis drei. Göttin bewahre mich vor Familie, die sich einmischt, dachte sie und zwang sich zu lächeln.

„Gar nichts, Keelin. Nur Aislinn, die neugierig ist. Du siehst toll aus", sagte Fi, nicht nur als Ablenkungsmanöver. Keelin sah in ihrem Alter gut aus, ihr kurviger Körper war immer noch so großzügig wie jeher, und ihre rotblonden Haare wurden durch die leuchtend weißen Strähnen, die inzwischen darin erschienen waren, nur verbessert. Sie hatte ihre Haare seitlich aus dem Gesicht geflochten und der Rest fiel ihren Rücken herunter. Auch wenn in ihrem schönen Gesicht jetzt Falten zu sehen waren, machte es sie in Fis Augen nur attraktiver. Keelin war wie eine zweite Mutter für sie gewesen und jedes Jahr sah sie atemberaubender aus.

„Du wirst vor dieser Meute keine Geheimnisse behalten können, wie du weißt", erinnerte Keelin sie. „Wenn du bereit bist, komm und sag mir, was dich bedrückt."

„Was stimmt nicht?", fragte Morgan hinter Keelins Rücken und Fi verkniff sich ein Stöhnen. Morgan – eine atemberaubende Schönheit seit dem Tag, als sie geboren wurde, so wie Fi das beurteilen konnte – sah nervös über Keelins Schulter.

„Morgan, schön, dich zu sehen. Es ist lange her. Wie war deine Reise in die Staaten?"

„Oh, es war so toll. Wir haben die ganzen Touristensachen gemacht, die ich schon mein ganzes Leben machen wollte! Wir waren am Times Square in New York und der Golden Gate Bridge in San Francisco. Ich bin so froh, dass wir diese Reise gemacht haben."

„Ich kann nicht glauben, dass ihr drei Monate in einem Wohnmobil herumgereist seid. Zusammen. Und ihr habt euch nicht gegenseitig umgebracht", sagte Fi. Sie nutzte jede Unterhaltung, um die beobachtenden Blicke ihrer Tanten zu vermeiden und sie davon abhielten, zu viele bohrende Fragen zu stellen.

„Na ja, ich würde sagen, es gab Momente. Aber Patrick – er hat es inzwischen gut drauf, meine Launen abzuschwächen. Oh, da ist Kira. Ich habe sie nicht gesehen, seit sie ihren Masters gemacht hat. Kira!" Morgan rief Aislinns Tochter zu ihnen herüber.

„Kira! Es ist, was, drei Jahre her?", fragte Fi und umarmte ihre Freundin.

„Na, wenn du nicht so viel unterwegs wärst, hättest du uns vielleicht ab und zu mal besucht." Kira war eine Mischung aus mystisch und pragmatisch. Sie trug ihre Haare lang und ihre Absätze hoch und hatte einen ausgeprägten Sinn für Geschäftsdinge. Dank Morgan und Aislinns Unterricht war sie eine sehr erfolgreiche Fotografin geworden und hatte die Galerien ihrer Mutter und ihre eigene Arbeit zu einem weltbekannten Erfolg gemacht. Sie teilte ihre Zeit zwischen Grace's Cove und ihren Reisen auf.

„Das musst du gerade sagen", sagte Fi. „Warst du nicht gerade in Nairobi?"

„Südafrika, um genau zu sein", sagte Kira. „Ist alles gut?"

„So gut, wie es sein kann. Kira, du siehst fantastisch aus", sagte Fi und bewunderte Kiras Aufmachung. Sie trug schmale Lederhosen mit Springerstiefeln und einer dünnen Spitzenbluse in Lavendel, ihre Haare waren wild und fielen ihr die Schultern herunter. Ein Federohrring hing von einer dünnen Silberkette an ihrem Ohr und ein Mix aus metallischen Ketten hing dicht aneinander um ihren Hals. Sie hätte eigentlich lächerlich aussehen müssen, aber bei Kira funktionierte es irgendwie.

„Danke, du auch. Obwohl du aussiehst..." Kira verstummte bei Fis Blick.

„Wenn noch eine von euch versucht, meine Aura zu lesen, fange ich an zu schreien."

„Ich muss deine Aura nicht lesen, um zu wissen, dass du müde aussiehst. Diese dunklen Ringe unter deinen Augen erzählen mir das schon so." Kira deutete auf Fis Gesicht. „Du hast Glück, dass hier ein Makeupteam ist, die dich hübsch machen, sonst würdest du auf den Fotos ausgezehrt aussehen."

„Habe ich gesagt, dass ich dich vermisst habe? Ich glaube, ich habe vergessen, was für eine Zicke du bist", sagte Fi.

„Ich dachte, das war das, was du an mir magst", sagte Kira mit einem breiten Grinsen auf ihrem schönen Gesicht.

„Das wird sich noch herausstellen", murmelte Fi, dann lachte sie, als Kira sie in die Rippen stocherte.

„Meine Damen", rief Cait von der Bar. „Ich habe Mimosas. Heute wird ein langer Tag, also denkt dran – trinkt zwischendurch Wasser. Und esst den ganzen Tag."

„Sie redet so, als ob wir nicht irisch wären", sagte Grace und quetschte sich zwischen Fi und Kira. „Das ist nicht unsere erste Feier."

„Nein, aber du weißt, dass Cait gern die Kontrolle hat. Lassen wir sie doch einfach", sagte Kira, drehte sich um und zog Grace an sich. Trotz ihrer Launen erwärmte sich Fis Herz und sie warf ihre Arme um die Mädchen. Sie hatte die beiden ermisst. So viele ihrer Erinnerungen hatten mit ihnen zu tun. Es war schön, mit Leuten zusammen zu sein, die sie wirklich kannten. Das war das eine Ding, wenn sie die ganze Zeit reiste – sie traf ständig neue Leute und musste ihren Hintergrund darlegen. In mancher Hinsicht war es nett, weil Fi immer die Geschichte kontrollierte und jemand Neues sein konnte, wenn sie wollte. Aber auf der anderen Seite war es einsam. Nichts war damit gleichzustellen, Zeit in der Gesellschaft von Menschen zu verbringen, die sie durch und durch kannten.

„Was ist mit dir los?", fragte Grace und drehte sich, um in Fis Gesicht zu sehen.

Den Gedanken streichen wir wieder. Fi rollte mit ihren Augen und drehte sich weg. „Ich schwöre, wenn mich noch eine Person fragt..."

„Fragt dich was?" Cait tauchte an Fis Ellenbogen auf und Fi sah sich verzweifelt nach einer Mimosa um.

„Ich glaube, es ist definitiv Zeit für Alkohol", murmelte sie. Sie ignorierte ihre Mutter, ging zur Bar und ergriff eine Mimosa. Nach ein paar Schlucken beruhigten sich ihre Nerven, als sie zur Gruppe sah.

Sie hatten es klein gehalten, weil sowieso niemand Menschenmengen mochte, und die Gruppe bestand aus ihren liebsten und engsten Personen: Keelin, Margaret, Cait, Aislinn, Morgan und Kira. Die Einzige, die fehlte, war Fiona, und Fi hob ein Glas auf sie.

„Ich bin hier. Das weißt du", bellte Fiona hinter Fis Schulter.

Fi ließ fast ihr Getränk fallen. „Verdammt, Fiona. Du solltest es besser wissen, als sich so an jemanden heranzuschleichen", beschwerte sie sich und drehte sich, um sie anzustarren.

„Wenn du aufhören würdest, deine Kraft so sehr zu blockieren, hättest du gesehen, dass ich schon die ganze Zeit hier bin", sagte Fiona und lächelte liebevoll über die Gruppe der Frauen, die um die Haar- und Makeupstylisten schwärmten. Grace ging um die Stange mit Kleidern herum und drehte sich mit ihren Händen auf ihren Hüften, um Fi fragend anzusehen. Als sie Fiona sah, kam sie herüber zur Bar und nahm eine Mimosa in die Hand.

„Fiona! Du bist hier."

„Natürlich bin ich hier. Wenn die Stylisten weg sind, mache ich mich sichtbarer. Im Moment sollst du nur wissen, dass ich immer bei dir bin. Heute sollte ein froher und mächtiger Tag für euch alle sein. Wenn Frauen zusammenkommen, um Liebe zu feiern, ist es magisch."

„Das ist es, oder?", seufzte Grace und hob ihr Glas, um einen Schluck zu nehmen. „Ich hatte nicht gedacht, dass ich sentimental werden würde, aber ich kann nicht anders. Ich bin so glücklich und möchte einfach, dass alle so fühlen."

„Nicht jeder bekommt seine Liebe. Du hast Glück", bemerkte Fiona. „Manche Leute erlauben sich nicht das, was direkt vor ihnen steht und verpassen ihre Chance."

„Ja, manche Leute tun das", sagte Grace und blickte auf Fi.

„Okay, Ihr Lieben!" Fi schob sich von der Bar weg und klatschte in ihre Hände, um die Aufmerksamkeit aller zu bekommen. „Das Thema für die Party heute Abend ist unbräutlich. Ihr wählt ein lächerliches Brautkleid für die ganze Nacht und ja, es gibt Spiele. Ihr habt die freie Auswahl an Kleidern auf der Stange; ich habe eine Menge verschiedener Alternativen gekauft, da ich nicht wusste, was Ihr mögt. Nehmt, was euch gefällt und dann werden die Makeupkünstler ihre Wunder vollbringen."

Ihre Ansage wurde mit Kreischen begrüßt, während die Frauen die Stange angriffen. Fi verbiss sich ein Lachen, als Gracie sich selbst direkt in die Mitte warf und laut erklärte, dass sie das schlimmste Kleid überhaupt aussuchen würde.

„Können wir heute einfach Grace feiern?" Fi drehte sich zu Fiona.

„Vorerst ja. Du hast ein gutes Herz, Fi. Hör darauf."

KAPITEL SECHZEHN

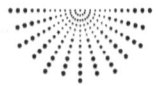

„Wenn ich das mal sagen darf, ihr seht alle aus wie..." Fi kämpfte damit, die richtigen Worte zu finden.

„Wie eine Hochzeitstorte?" Aislinn wirbelte in ihrer gerüschten Explosion aus Organza und Satin, und Fi konnte sich nicht entscheiden, ob sie wie ein Cupcake oder ein Nymphensittich aussah.

„Wie eine Nutte?" Keelin posierte in ihrem hautengen Kleid aus Pailletten und Spitze, das einen leichten Hauch mehr als schlampig und fast unsittlich aussah.

„Als sollte ich in einem Musikvideo aus den Achtzigern auftreten?", fragte Kira und bewunderte die riesigen Schulterpolster an ihrem gerüschten Kleid.

„Wie ein Spitzenuntersetzer?", fragte Cait und sah fassungslos auf ihren Reifenrock aus Spitze herunter.

„Wie Madonna?", fragte Gracie und tanzte in ihrem Kleid aus weißem Leder, Spitze und Perlen durch den Raum. Wie Fi es geschafft hatte, so ein Kleid zu finden, an dem kein Stoff oder Verzierung verschmäht wurde, war ihr unerklärlich, aber sie hatte sofort gewusst, dass Gracie es lieben würde.

„Als würde ich auf meinen verschollenen Liebhaber warten, der aus dem Krieg zurückkommt?", fragte Morgan und drehte sich in ihrem Kleid, das tatsächlich aussah wie eine Mischung aus einer Milchmädchenuniform und einer gespenstischen Erscheinung, die auf das Wasser starrte.

„Als wäre ich das letzte Mädchen auf dem Ball?", fragte Margaret und wirbelte in ihrem Prinzessinnenkleid mit furchtbaren rosa Rüschen und Falten, die den weiten Rock herunterfielen.

„Und du...Fi. Meine Güte, du siehst aus wie eine Dominatrix", sagte Gracie und lachte schallend, als sie Caits schockiertem Ausdruck sah.

„Da liegt sie gar nicht so falsch", flüsterte Kira.

Fi unterdrückte ein Lachen, als sie auf ihr „Kleid" heruntersah. Es bestand hauptsächlich aus weißem Latex und es klebte an jedem Zentimeter ihres Körpers, so dass sie nass und glänzend aussah. Dann hatte der furchtlose Designer beschlossen, Perlenbänder kreuzweise darüber zu verteilen und flatternde Spitzenärmel anzunähen. Ein Teil von Fi genoss es, so ein Kleid zu tragen, da sie sonst nie im Leben in so etwas gesehen werden wollte.

„Es ist was Besonderes, das ist sicher", bemerkte Fi.

„Und wie sehe ich aus?", fragte Fiona, die jetzt vor den Frauen sichtbar wurde, nachdem die Friseure und Makeup-künstler gegangen waren. Die Frauen drehten sich gleichzeitig um riefen ihre Bewunderung aus, als Fiona sich in einem hautengen Satinkleid drehte. Keelin und Margaret umarmten sich, einen Tränenschleier in ihren Augen, als sie Fiona anlächelten. Fi wusste, sie konnten sie nicht oft

„sehen" – diese besondere Gabe ging an Grace. Jahrelang hatte Gracie als Vermittlerin für die Familie agiert und ihnen alle notwendigen Nachrichten von Fiona weitergegeben. Aber in Momenten wie diesem in der Lage zu sein, Fiona wirklich zu sehen, war erstaunlich.

„Wer hätte gedacht, dass du endlich in meiner Bar auftauchst und das dann als Flittchen? Das sollte mich aber eigentlich nicht wundern", witzelte Cait, obwohl Fi ihre Mutter gut genug kannte, um zu wissen, dass sie von Fionas Gegenwart genauso bewegt war wie der Rest der Gruppe.

„Na, wenn ich nicht ein bisschen Spaß haben kann, jetzt, wo ich mir über meinen Ruf keine Gedanken mehr machen muss", sagte Fiona achselzuckend.

„Ich glaube nicht, dass du dir jemals über deinen Ruf Sorgen gemacht hast", sagte Margaret.

„Das stimmt. Was für ein langweiliges Leben ich gehabt hätte, wenn ich meine Zeit damit verbracht hätte, mich um anderer Leute Meinungen zu scheren."

„Jetzt, wo alle hier sind", sagte Fi und lenkte die Aufmerksamkeit auf sich zurück. „Es ist Zeit für unser erstes Spiel. Ich habe eine kleine Schnitzeljagd geplant."

Die Frauen jubelten.

„Danach treffen wir uns in Aislinns Hinterhof für den zweiten Teil des Abends. Teil drei ist dann wieder hier um zehn Uhr."

„Was ist Teil zwei?", fragte Gracie.

„Das findest du dann dort heraus", sagte Fi.

„Und drei?"

„Wenn ich euch Teil zwei nicht sage, warum würde ich euch dann drei erzählen?"

„Wer weiß, du bist komisch."

„Seit wann bin ich komisch?"

„Du warst schon immer komisch."

„Das von der Frau, die Stürme verursacht, wenn sie schlechte Laune hat und den ganzen Tag in ihrem Haus Zaubersprüche vor sich hinmurmelt", sagte Fi und lachte, als Gracie eine Handbewegung machte, als ob sie sie verzaubern wollte.

„Vorsicht, oder ich mische ein ganz besonderes Getränk für dich", warnte Gracie.

„Das ist furchteinflößend." Fi drehte sich um. „Okay, meine Damen, hier sind eure Aufgaben. Jetzt sehen wir mal, was ihr erreichen könnt. Ihr könnt Teams bilden, es allein machen oder alle zusammen."

„Oh, lass es uns alle zusammen machen. Das macht mehr Spaß", sagte Morgan.

Fi hielt sich damit zurück, sie darauf hinzuweisen, dass sie keine Gewinnerin ausmachen könnten, wenn sie als Gruppe gingen. Es war Gracies Party; sie konnte entscheiden.

„Grace?"

„Als Gruppe macht es viel mehr Spaß."

„Als ganze Gruppe also", sagte Fi und drehte sich zur Tür. „Und es gibt keine Regeln. Ihr könnt alle Werkzeuge und Kräfte nutzen, die euch zur Verfügung stehen."

„Ohhhh, lasst uns beginnen", jubelte Gracie.

„Als Erstes holt ihr euch einen Kuss von Mr Murphy."

„Oh, das ist keine Herausforderung." Kira rollte mit ihren Augen. „Er küsst jeden."

„Ihr müsst ihn erstmal finden", sagte Fi.

„Oh, du hast Mr Murphy versteckt", lachte Cait.

„Was ist noch auf der Liste?" Gracie nahm sie aus Fis Hand und lachte, als sie las. „Erratet die Anzahl der Kondome im Glas. Wo ist das Glas? Hm, überredet Mrs Culligan, uns allen kostenlose Scones zu geben. Das wird schwierig, die Frau ist geiziger als eine Schottin."

„Ich kümmere mich um Mrs Culligan. Sie hat hier schon oft umsonst ein Pint getrunken", sagte Cait.

„Tanzt die Hauptstraße hinunter und holt euch drei anzügliche Pfiffe." Grace lachte und Fi entriss ihr das Blatt.

„Das reicht. Auf geht's, meine Damen, los", feuerte Fi die Gruppe an.

Sie strömten aus dem Pub in einer Explosion aus Spitze und Rüschen und gingen Richtung Zentrum in der Hoffnung, Mr Murphy zu finden.

„Das ist wirklich schön, Fi. Du hast gute Arbeit geleistet", sagte Cait und ging neben Fi.

„Danke, Mama. Ich denke, Grace wird heute Abend Spaß haben."

„Das tut sie schon. Schau sie dir nur an." Cait nickte zu Gracie, die vor einem der Fenster des Cafes tanzte, sehr zur Freude der Gäste.

„Willst du darüber reden, was dich verstört? Hast du wieder einen Traum gehabt?", fragte Cait, als sie langsam der Gruppe folgten, die vor ihnen die Straße entlanghüpften.

„Das habe ich, ja, aber es ist etwas, das ich für mich selbst herausfinden muss."

„Ist es das? Du weißt, dass ich immer hier bin", sagte Cait und drückte Fis Arm.

„Das weiß ich. Und ich bin dir sehr dankbar. Es ist nur...kompliziert."

„Liam", sagte Cait und es war keine Frage.

„Nein. Ja...vielleicht nicht. Ich weiß nicht. Vielleicht ist er es. Vielleicht euer Geschenk des Hauses. Vielleicht einfach mein Leben", sagte Fi.

„Du weißt, dass ich mich nicht einmische", begann Cait und Fi warf ihr einen Blick zu. „Okay. Ich mische mich manchmal ein. Aber hier halte ich mich zurück. Ich kann nichts dazu sagen, was mit dir und Liam los ist, es sei denn, du erzählst mir, was in deinem Herzen ist. Fürs erste sage ich nur, gib dir selbst Raum zum Wachsen."

„Was meinst du?"

„Du hältst dich immer an diese starre Vorstellung, wie dein Leben auszusehen hat. Alles, was dich von diesem Weg abbringt, wird weggestoßen. Ich bewundere deine Hartnäckigkeit, aber ich denke auch, dass du vielleicht eine flexiblere Sichtweise annehmen solltest für deine Zukunft. Du weißt nicht, was sie bringt."

„Das weiß ich schon irgendwie. Wenigstens manchmal." Fi presste ihr Nasenbein, als der Traum wieder vor ihren Augen aufblitzte.

„Die Zukunft voraussagen bedeutet nicht, dass ein bestimmter Weg deine Bestimmung ist, Fi. Wir haben alle eine Wahl. Du kannst deinen Weg jederzeit ändern", erinnerte Cait sie.

„Und wenn meine Vorhersehungen mir mehr als eine Zukunft zeigen?"

„Du wählst den Weg aufgrund der Informationen, die du zu dem Zeitpunkt hast."

„Genau davor habe ich Angst", seufzte Fi.

„Trödelt nicht so! Ich habe Mr Murphy gefunden. Er versteckt sich hinten in Mary Margarets Laden. Holen wir ihn uns, Mädels!", kreischte Gracie und ein Haufen von Satin und Spitze rannte los.

„Los!" Cait ergriff Fis Arm und zusammen rannten sie die Straße herunter, gerade rechtzeitig, um zu sehen, wie Gracie Mr Murphy in einem filmreifen Kuss nach hinten bog. Die Wangen des alten Mannes leuchteten in einem alarmierenden Rot und die ganze Gruppe Frauen jubelte.

„Ich glaube, das ist der erste richtige Kuss, den er seit Jahren hatte", sagte Cait, als sie anhielt und ihren Kopf über das Spektakel schüttelte.

„Oh, und was für ein wunderbarer Kuss", sagte Mr Murphy.

„So ein toller Kuss, ich glaube, jetzt will ich tanzen", sagte Gracie. Sie hakte sich in Fis Arm ein und zog sie in das Getümmel, als sie alle zusammen die Hauptstraße heruntertanzten.

Es war ein Bild, über das die Stadt noch Jahre redete – der Tag, an dem der Verkehr stoppte, als die magischen Frauen aus Grace's Cove auf die Straße gingen und für einen Moment die Zeit stillstand, als sie nach Herzenslust tanzten.

KAPITEL SIEBZEHN

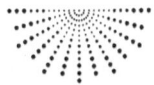

„Ich hatte keine Ahnung, dass du dein Bein so hoch bekommst. Und in dem Kleid", sagte Keelin lachend zu Margaret, als sie alle in Aislinns Hinterhof gingen. Die Schnitzeljagd war geschafft und zur allgemeinen Freude hatte Fi sie alle als Gewinnerinnen erklärt. Grace's Cove war zum Stillstand gekommen, als die Frauen in ihren merkwürdigen Brautkleidern unterwegs waren und Fi war sicher, die Bilder würden sie noch Jahre verfolgen.

„Ich habe es immer noch drauf, nur dass du es weißt", sagte Margaret und tanzte ein paar Schritte Cha-Cha-Cha, als sie zu Fis zweitem Teil der Feier ging.

„Was hast du jetzt geplant, Fi? Setzen wir uns alle in einen Kreis und singen Lieder?", kicherte Gracie.

Fi hatte eine große Picknickdecke in Aislinn Garten ausgelegt und Kissen in einem Kreis herum platziert. Lichterketten blinkten über ihnen – glücklicherweise hatte noch kein Regen ihre Aktivitäten ruiniert. Fi bezweifelte, dass die Elemente Gracie an einem ihrer großen Tage betrügen würden.

„So etwas in der Art", sagte Fi und ergriff ein kleines Päckchen, das sie auf den Tisch gelegt hatte. „Sucht euch alle ein Kissen und setzt euch hin." Die Frauen lachten immer noch über ihre Erlebnisse und ließen sich erleichtert hinfallen.

„Da ist ein extra Kissen", sagte Kira und deutete darauf.

„Das ist Fionas Kissen", erklärte Fi. Sie konnte ihre Silhouette gerade so sehen, wie sie flimmerte – aber ihre Farbe war pur und alle wussten, dass sie in der Nähe war.

„Also jetzt kommen wir zum ernsten Teil des Abends", sagte Fi.

„Oh oh. Ich muss nicht durchs Feuer gehen und so, oder?"

„Nein, das ist der lustige Teil des Abends", witzelte Fi und Grace grinste sie an.

„Mal ganz ernst – und weil ich weiß, dass es dir wichtig ist, Gracie – wir sind alle zusammengekommen, um dir ein Geschenk zu machen, von dem wir hoffen, dass du weißt, dass es all unsere Liebe für dich enthält."

Gerührt hielt Grace eine Hand auf ihr Herz und sah sich im Kreis der Frauen um, die sie anstrahlten. Fi lehnte sich herüber und gab ihr die kleine Schachtel. Grace packte das silberfarbene Papier vorsichtig aus und seufzte vor Freude über das Armband, das sie fand. Es war handgemacht aus Silber, jeder Stein im Armband repräsentierte eine Frau in ihrem Kreis und jeder hatte seine eigenen Eigenschaften. Rosenquarz für Keelin und ihre Mutterliebe für Grace. Achat für Morgan, der ihren Mut repräsentierte. Und so weiter bis zu Fis Stein – ein Saphir für Wissensdurst.

„Das ist fantastisch", sagte Gracie und strich mit ihren Händen über das Armband. „Es ist wirklich kraftvoll und ich kann fühlen, wie viel Liebe durch diese Steine fließt."

„Es wird dir mit deinen Heilungen und deinen Heilmitteln helfen", sagte Keelin – sie hatte schon immer eine Vorliebe für Steine gehabt. „Es sollte deine Energie durch Liebe leiten."

„Das kann ich fühlen."

„Wir werden noch ein bisschen extra, em, Pep hinzufügen", sagte Fi und stolperte über ihre Worte. Dies war der Teil, bei dem sie sich unbehaglich fühlte, aber Keelin und Aislinn hatten darauf bestanden. „Wir werden jetzt gemeinsam unsere Energie anwenden, um das Armband zu segnen. Fiona ist hier und sie wird ihre Liebe auch hinzufügen."

Da – sie hatte einfach die Worte Magie oder Kraft vermieden, indem sie „Energie" benutzte. Liebe war Energie, oder? Definitiv unbehaglich blickte sie zu Keelin, die ihren Gesichtsausdruck registrierte und übergangslos übernahm.

„Ich möchte gern das Armband in die Mitte des Kreises legen und dass wir uns an den Händen nehmen." Keelin wartete, bis die Frauen beflissen Hände hielten und alle schlossen ihre Augen. Fi sah sich einen Moment um und beobachtete die Gelassenheit auf allen Gesichtern, bevor sie ihre Augen zumachte. Ein warmes Summen begann durch ihr Inneres zu vibrieren, als ob sie in eine Steckdose eingesteckt war und das Gefühl ließ sie ihre Augen wieder öffnen, als Keelin anfing zu sprechen.

„Wir fordern den Kreis auf, immer offen zu sein und doch niemals gebrochen. Möge die Liebe der Göttin dieses

Armband segnen und immer in deinem Herzen sein. Neun Frauen, neun Steine, neun Kräfte darin. Frohes Treffen und frohes Scheiden und frohes erneutes Treffen."

Fis Augen weiteten sich, als ein Blitz – das Blau aus der tiefsten Stelle im Wasser der Bucht – für einen Augenblick über dem Armband schwebte, bevor er außer Sichtweite verschwand. Sie blinzelte, sah sich im Kreis um und stellte fest, dass alle anderen lächelten und zufrieden waren. Wie konnten die Frauen so lässig mit der Magie umgehen, die sie erschufen? Es war etwas, das Fi nie leichtgefallen war und abermals wurde sie gezwungen, sich damit auseinanderzusetzen. Es war schwer zu ignorieren, was direkt vor ihrer Nase war.

„Ich kann nicht glauben, dass du Magie bei meiner Party erlaubt hast." Gracie lachte über Fis Gesicht, als sie das Armband aufnahm und es an ihrem Handgelenk befestigte. Es glitzerte dort, als würde es von innen erleuchtet werden und alle Frauen nickten zustimmend.

„Es ist schließlich deine Party. Es wäre nicht okay, wenn ich weglassen würde, was...was *dich* ausmacht", sagte Fi. Sie wand sich unbehaglich in ihrem Latexkleid und wünschte, sie hätte eine andere Wahl für ihr Outfit getroffen.

„Und dich auch. Wenn du bereit bist, es zu akzeptieren", sagte Gracie und Fi rutschte wieder herum, als alle Blicke auf sie gingen.

„Es ist nicht, dass ich es nicht akzeptiere und das ist einfach die Wahrheit. Es ist nur nichts, womit ich mich wohlfühle. Du hast es angenommen und warst gleich in deinem Element, Gracie. Seit dem Moment, als du gehen konntest, warst du voller Feuer und Magie. Aber das bin ich nicht." Fi zuckte mit einer Schulter.

„Du musst nicht so leben wie Grace, um deine Kraft zu akzeptieren", sagte Aislinn sanft.

„Ich akzeptiere sie. Ich möchte nur nicht darauf angewiesen sein oder sie nutzen, um zu leben."

„Glaubst du, dass es das ist, was wir tun? Es als Stütze nutzen, um unsere Leben aufrechtzuerhalten?", fragte Keelin mit erhobener Augenbraue.

Fi merkte, dass sie ihre Familie vielleicht beleidigte. „Nein, das glaube ich überhaupt nicht. Ich beneide euch um eure Akzeptanz dessen, was ihr habt. Ich bin einfach...ich denke, ich habe immer das Bedürfnis gehabt zu beweisen, dass ich es allein schaffe. Ohne irgendwelche zusätzlichen...Fähigkeiten."

„Aber diese Fähigkeiten *sind* du. Du würdest einem Rugbyspieler nicht sagen, dass er seine Muskeln im Spiel nicht benutzen soll. Oder einer Sängerin, dass sie ihre Stimme nicht verwenden soll. Es ist einfach Teil dessen, wer du bist", sagte Morgan.

„Ich...ja, vermutlich", sagte Fi und hasste es, dass die Aufmerksamkeit schon wieder auf sie gerichtet war. Gracie sah ihr Elend und kam zu ihrer Rettung.

„Genug über Fi. Dies ist meine Nacht, meine Damen! Da war noch eine dritte Runde, glaube ich?"

„Jawohl! Im Pub. Sollen wir los?" Fi sprang auf, dankbar, dass sie diese bestimmte Diskussion hinter sich lassen konnte.

„Sie werden nicht lockerlassen, das weißt du", flüsterte Kira an ihrer Schulter.

„Solange sie mich heute Abend in Ruhe lassen, kann ich mit ihnen umgehen", erwiderte Fi.

„Dann lass uns feiern und ich lenke sie ab, wenn ich sehe, dass sie dich in die Ecke drängen."

„Es wird hoffentlich zu laut sein, als dass sie überhaupt reden können", grinste Fi.

KAPITEL ACHTZEHN

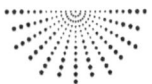

„E s ist ein Club!"", jauchzte Grace, als sie erneut durch die Tür von Gallagher's Pub gingen.

„Es ist ein Pubclub", berichtigte sie Kira.

„Das ist das nächstbeste nach einem Tanzclub in Grace's Cove." Fi lächelte und zwinkerte Cait zu, die genauso begeistert dabei gewesen war, den Pub für den Abend in ein opulenten Nachtclub umzuwandeln. Shane und ein paar der ortsansässigen Burschen hatten den ganzen Tag gearbeitet, während sie unterwegs waren, und jetzt hatte der Pub kaum noch seinen üblichen Charm. Stattdessen war schwarzer Samt an den Wänden aufgehängt, der die Werbung für Guinness und die Schilder für Whiskey versteckte, und ein echter Discoball hing in der Mitte der Decke. In der Ecke stand ein glänzendes Pult für den DJ und alle Fenster waren mit dem gleichen schwarzen Samt abgedeckt. Hohe verspiegelte Tische standen an verschiedenen Stellen im Raum und Lichterketten und kleine Kerzen vervollständigten das Bild. Das

Einzige, was geblieben war, war die lange polierte Theke, die Gallagher's Pub immer dominiert hatte.

Der DJ hinter dem Pult richtete sich auf und warf den Damen ein entwaffnendes Grinsen zu, bevor er „Girls Just Want To Have Fun" auflegte.

„Ja!", kreischte Aislinn, warf ihre Hände in die Luft und tänzelte über den...na ja, was jetzt der Tanzboden in Gallagher's Pub war.

„Meine Güte." Fi verbiss sich ein Lachen.

„Whiskey", beschloss Grace, drehte sich um und sah Fi flehentlich an. „Wir brauchen alle Whiskey."

„Ich mach das schon", sagte Fi. Sie fing Caits Blick auf und sie bewegten sich wie eins, die Bewegungen von Mutter und Tochter so im Einklang, dass sie sich ohne Zusammenstöße unter der Bar duckten und Tabletts, Gläser und Whiskeygläser herauszogen. Denn es würde natürlich Whiskey geben.

„Champagner auch?", fragte Cait und hielt eine Flasche hoch, die sie aus dem Glaskühlschrank hinter der Bar gezogen hatte.

„Ja. Ich glaube nicht, dass Margaret einen Whiskey nimmt."

„Dann kennst du Margaret nicht", lachte Cait. „Aber ja, sie würde wahrscheinlich stattdessen lieber ein gutes Glas Rotwein oder Champagner trinken."

„Das ist super. Schau, wie sie sich amüsiert." Fi lächelte und lehnte sich auf die Theke. Sie sah zur Mitte des Tanzbodens, wohin Grace sich mit mehr Begeisterung als Grazie begeben hatte.

„Oh, hier sind die anderen." Cait nickte zur Tür und der Jubel im Raum wurde lauter, als der Rest der Frauen aus dem Dorf durch die Tür hereinkamen. Fi hatte gedacht, es wäre nett, alle einzuladen – es war eine kleine Stadt und da Grace hier permanent lebte, wollte sie niemanden ausschließen. Sie hatte den Tag so gestaltet, dass sie erst mit der kleineren, intimeren Gruppe der Freundinnen Spaß hatten und dann der Rest aus dem Dorf zur Party dazukommen konnte. Sie hatte das Motto der Party bekanntgegeben und jetzt lachte Fi sich fast kaputt über die Mischung aus komischen Brautkleidern, die durch die Tür kamen.

„Schau dir Meredith an! Ich schwöre, ihr Kleid ist so furchtbar, dass sie schon wieder schön aussieht", lachte Cait und blickte auf die Bäckerin, die ein kariertes Hochzeitskleid trug. Da waren Schleier, Schleppen, Glitzer und hochgetürmte Haare auf den Köpfen. Es war, als ob ein Textilgeschäft und ein Kosmetikladen im Raum explodiert wären und Fi konnte nicht aufhören zu lachen.

„Das ist sehr viel witziger, als ich erwartet hatte", gab Fi zu.

„Na los, geh zu deinen Freundinnen. Ich kann diese Bar mit geschlossenen Augen handhaben. Es kommt auch bald noch Hilfe – schau mich nicht so an, Fi", warnte Cait und lenkte ab von Fis Protest darüber, dass ihre Mutter an so einem besonderen Abend arbeitete. Aber so wie sie Cait kannte, würde sie die ganze Nacht hinter der Theke stehen. Das war, wo sie am glücklichsten war, dachte Fi, als sie mit einem Tablett voller Whiskeygläser auf die Tanzfläche ging.

„Ladies! Lasst den Abend beginnen", rief Fi und die Frauen umringten sie.

Stunden später war alles ein bisschen verschwommen.

Sie hatten getanzt – oh, und wie sie getanzt hatten, dachte Fi und lachte leise vor sich hin, als sie sich gegen die Bar lehnte. Sie war schließlich atemlos vom Tanzboden heruntergegangen, um ein Glas Wasser zu finden. Sie war nicht sicher, wann sie das letzte Mal getanzt hatte, stellte Fi fest, schon gar nicht stundenlang, während ein DJ Musik auflegte. Jetzt um fast ein Uhr in der Früh war Fi erstaunt zu sehen, wie Margaret mitten in den Kreis sprang und einen fröhlichen irischen Stepptanz begann. Wo hatte sie das gelernt?

Fi stürzte ihr Glas Wasser begierig hinunter. Die kühle Flüssigkeit beruhigte ihren Atem und sie füllte es noch einmal auf. Dann ging sie um die Seite der Bar herum, lehnte sich dagegen und beobachtete die Tänzerinnen.

Als die Tür aufflog und fast laut gegen die Wand knallte, erschrak Fi und ihre Kinnlade fiel nach unten. Erstarrt sah sie zu, wie Dylans Junggesellenparty laut jubelnd durch die Tür strömte, um die Frauen zu holen.

Liams Augen gingen zu ihren und Fi stand wie erfroren da, während sich alles in ihrem Inneren in warme flüssige Hitze verwandelte.

KAPITEL NEUNZEHN

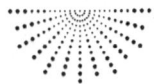

W as hatte sie da an?

Der Anblick von Fi in glänzendem Latex, das jede Wölbung und Kurve ihres schlanken Körpers umhüllte und sie aussehen ließ wie eine engelhafte Dominatrix, ließ Liam erstarren. Jeder Gedanke in seinem Kopf schien sich in einem großen Knoten zu verfangen und seine Nerven spielten verrückt, als seine ganze Aufmerksamkeit zu Fi ging. Er sah weder den Raum noch die anderen Leute oder irgendetwas anderes als diese Frau – seine Frau – die an der Bar stand, ihre leuchtenden Augen groß in ihrem Gesicht.

Als sie sich ihre Lippen leckte, vernebelte sich Liams Blick und er ging auf sie zu.

„Hey, Freund, mach mal langsam." Dylan stellte sich ihm in den Weg und ergriff seine Schultern. „Ich weiß, was du vorhast, aber denk dran, dass ihre Familie hier ist."

Liam schüttelte seinen Kopf, um die blinde Lust, die sein Hirn vernebelte, zu beseitigen und sah Dylan in die Augen.

„Sieh mich nicht so an. Ich sage nein."

„Solltest du nicht schon genug getrunken haben, dass du mit mir nicht über Vernunft redest?", zischte Liam.

„Das habe ich. Aber selbst ich kann sehen, dass das eine schlechte Idee ist. Du kannst sie nicht über deine Schulter werfen und gehen. Nicht so. Nicht so spät. Und absolut nicht, wenn sie so angezogen ist."

„Sie sieht aus..."

„Ja, wie ein feuchter Traum. Das ist genau der Grund, warum du sie mit nichts als Respekt behandeln wirst. Oder ich schaffe dich hier selbst hinaus. Verstanden?"

„Ich..." Liam atmete bebend ein. „Jawohl. Verstanden."

„Guter Junge. Jetzt sei ein Gentleman und biete ihr ein Getränk an."

„Wie soll ich mit ihr reden, wenn sie so aussieht?"

„Schau nicht nach unten. Sieh ihr ins Gesicht. Das Kleid ist...na ja, das können wir ein andermal diskutieren. Ich habe meine eigene Braut, bei der ich vorsichtig sein muss, damit ich sie nicht überwältige." Dylan warf einen Blick auf Grace, die ihm vom Tanzboden aus zuwinkte.

„Du bist viel zu vernünftig zu dieser späten Stunde bei deiner Junggesellenfeier."

„Dann hol mir doch einen Whiskey. Es wird eine lange Nacht werden, denke ich."

Dylan lachte. Er klopfte Liam auf die Schulter, sicher, dass die Krise abgewehrt worden war und ging, um seine Braut auf dem Tanzboden zu begrüßen. Jubel erfüllte den Raum, als sie sich umarmten und obwohl seine Gedanken ganz woanders waren, lächelte Liam hinter ihnen her.

Sie hatten einen ganzen Tag lang gefeiert aber aus irgendeinem Grund schien es, dass, je mehr Liam trank, desto nüchterner wurde er. Liam und die anderen Jungs, die den Tag bei Flynn mit Highlandspielen und einem Grillabend am riesigem Lagerfeuer verbracht hatten, stolperten in unterschiedlichen Phasen der Trunkenheit umher. Liam war stolz darauf, dass er mit Alkohol umgehen konnte, aber er war ganz bestimmt nicht nüchtern.

Das war Fi auch nicht, so wie es aussah, als er ihr näherkam. Sie stand still an der Bar und beobachte ihn. Er zwang sich, seinen Blick auf ihrem Gesicht zu halten und versuchte, ihr ein breites Lächeln entgegenzubringen.

„Oh, haben wir ein bisschen was getrunken?", lachte Fi, und dann schlug sie eine Hand über ihren Mund, als sie hickste.

„Wäre jetzt ein guter Zeitpunkt, um auf den Esel hinzuweisen, der den anderen ein Langohr schimpft?", fragte Liam und lehnte sich gegen die Bar.

„Ich bin ein bisschen wacklig, das gebe ich zu", sagte Fi, hob ihre Nase in die Luft und fiel dann mit einem Lachen zusammen. „Aber das ist, wofür diese Parties sind, oder? Und was fällt euch ein, mit eurer Party herzukommen und meine gut organisierte Feier zu stören?"

„Wir haben unsere Frauen vermisst", sagte Liam achselzuckend.

„Pah, das ist eine Lüge. Ihr Männer beschwert euch andauernd über eure Frauen und dass wir zu viel reden. Jetzt wollt ihr bei uns sein?"

„Natürlich. Wir denken, dass ihr zu viel redet. Aber wir wären verloren ohne euch", sagte Liam. Er sah Fi mit erhobener Augenbraue an. „Wofür ist diese Aufmachung?"

„Also Liam. Es klingt, als würdest du Frauen wirklich respektieren."

„Ich respektiere Frauen. Sie machen die Welt besser. Sie sind Feuer und Eis, Stärke und Schönheit und Männer würden in einem kalten und unerbittlichen Ort aussterben ohne Frauen, die unsere Schiffe aufrichten. Ihr seid die Kapitäne, die Navigatoren und das Rückgrat der Menschheit. Ich bewundere und respektiere Frauen absolut."

„Und doch reden wir zu viel."

„Niemand ist perfekt, Liebling, obwohl du nah dran bist", gab Liam zu. Es war ihm egal, dass er heute Abend keinen Filter hatte.

„Bin ich das? Warum?"

„Du bist feurig und trotzdem unsicher. Du bist brillant, aber nicht überheblich deswegen. Ich mag, wie mutig du bist – du machst, was du willst und bereist allein die Welt. Nicht viele Menschen können das. Du weißt, wie man zuhört, wie man Freund ist; du kannst mit den Jungs rumhängen und trotzdem ganz und gar feminin sein wenn nötig. Du bist das perfekte Paket und ich versuche mein verdammt Bestes, dich nicht in diesem Kleid zu sehen und unschickliche Gedanken zu haben."

„Verdammt, Liam. Du verwirrst mich. Du hast mich neulich abgewiesen, als ich es mit dir machen wollte und jetzt sagst mir diese Dinge. Nach wie vielen Whiskeys?"

„Männer funktionieren so, Schatz. Wir sind komplizierte Wesen."

„So kompliziert nun auch wieder nicht", grummelte Fi.

Liam sah zu, als sie am Latexoberteil ihres Kleids zupfte. Stöhnend sah er weg.

„Würdest du aufhören, dich so zu bewegen? Ich versuche, das Kleid nicht anzusehen."

„Was stimmt nicht mit diesem Kleid?"

„An diesem Kleid ist nichts verkehrt. Du bist in dem Kleid die Fantasie eines jeden Mannes. Ich versuche, respektvoll dir gegenüber zu sein, aber du trägst ein Outfit, das mein Hirn in eine entschieden unschickliche Richtung lenkt. Das ist nicht dein Fehler; aber ich bin nur ein schlichter Mann mit einer sehr lebhaften Vorstellungskraft."

„Stimmt das? Und was stellst du dir so vor, Liam?", fragte Fi und leckte ihre Lippen erneut.

Liams Blut loderte in seinen Adern. „Nein. Absolut nicht. Ich sehe deine Mutter. Und da ist dein Vater. Stell mich nicht auf die Probe, Fi. Du bist nicht fair."

„Da hast du vermutlich recht, obwohl ich versucht bin, mit dir noch ein bisschen mehr zu spielen", sagte Fi.

Ihre Worte schickten rasende Lust durch Liam. Er trat einen Schritt zurück und hielt seine Hände hoch. „Ich werde mit deiner Mutter tanzen. Oder jemandem anderes. Egal wer."

„Es war nett, mit dir zu reden, Liam." Fi strahlte ihn an und wedelte etwas mit ihren Fingern, bevor sie sich umdrehte und nach einer Flasche Whiskey griff.

Liams Mund wurde trocken, als er sah, wie sich das Latex über ihrem Hintern dehnte. Er drehte sich um, stürzte sich zwischen die Tänzer, nahm einfach jemanden und wirbelte herum. Er ließ die Musik die Leidenschaft aus seinem Kopf trommeln.

„Gut gemacht, Junge", rief Dylan, als er an Liam vorbeisprang.

„Ich hasse dich dafür, dass du mich hierher gebracht hast", rief Liam.

„Nee, das wird schon alles. Trink aus!" Dylan schob

ihm eine Flasche Whiskey zu, eine von vielen, die durch
die Menge herumgereicht wurden und Liam trank. Es war
ihm jetzt egal, was die Nacht bringen würde, solange er die
Gedanken an Fi in dem Kleid ertränken konnte.

„Slainté. Das wird eine Wahnsinnshochzeit."

KAPITEL ZWANZIG

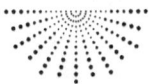

Sie war zu Wasser übergegangen. Das war wahrscheinlich besser, dachte Fi, als sie sah, wie sich eine der Frauen lächerlich machte und in Liams Arme warf. Sie drehte sich, um aus Gewohnheit Gläser zu waschen und hinter der Bar aufzuräumen.

„Das ist die beste Party", schwärmte Gracie und lehnte sich über die Theke, um einen Schmatzer auf Fis Wange zu drücken. „Vielen Dank, dass du das für mich organisiert hast."

„Es ist das Beste, das ich in unserem kleinen Dorf machen konnte, da du dich geweigert hast, dich für ein Wochenende in Frankreich entführen zu lassen."

„Pah." Gracie winkte das mit einer Hand weg. „Wer braucht schon Frankreich? Ich habe alles, was ich brauche, direkt hier."

„Hast du das?", fragte Fi und stellte ein Glas ab, um ihre Arme auf die Bar zu legen und auf den Tanzboden zu schauen, wo der DJ pflichtbewusst weiterspielte, obwohl es fast drei Uhr morgens war und die Leute wie die Fliegen umfielen.

„Natürlich. Siehst du das?" Gracie zeigte auf Cait und Keelin, die zusammen zu einem Lied schaukelten, während Dylan Aislinn in einem krummen Kreis über den Tanzboden führte. „Das ist Liebe. Sie alle. Jede absolut einzigartig, jede magisch auf ihre Art und sie sind alle genau hier. In diesem Raum ist mehr Aufregung und Magie als in der ganzen Welt. Warum sollte ich weggehen, um es zu finden? Meine Wurzeln sind hier, ja, aber auch so viel Schönheit und Erstaunliches. Ich liebe es, auf dem Kliff zu wohnen und den Herzschlag des Ozeans in der Bucht zu spüren, und zuzusehen wie meine Pflanzen wachsen und Bestandteil der Heilmittel für die Welt werden. Ich bin zufrieden hier, Fi. Ich muss nicht um die Welt rasen, um glücklich zu sein."

„Darum beneide ich dich", seufzte Fi.

„Du könntest das auch haben. Wenn du es zulässt." Gracie nickte zu Liam.

„Mein Glück sollte nicht von einem Mann abhängen. Was für eine Art Frau wäre ich, wenn das so wäre?"

„Ich sage nicht, dass es von einem Mann abhängen soll. Männer sollen nicht verantwortlich sein für dein Glück. Aber ein Partner – ein guter – kann das Leben bereichern."

„Ich glaube, mir geht es auch so gut." Fi zuckte mit der Schulter.

„Meinst du? Ich bin da nicht so sicher."

„Jetzt ist nicht die Zeit, philosophisch zu werden, meine Liebe", sagte Fi und richtete ihre Mauern sanft auf.

„Ach, wenn es je Zeit ist, philosophisch zu werden,

dann um drei Uhr morgens nach einem oder drei Gläser Whiskey. Die Hexenstunde, Fi – sie deckt große Wahrheiten auf."

„Betrunkene und Kinder lügen nie", stimmte Fi zu.

Grace warf ihren Kopf zurück und lachte. „Ich liebe dich, Fi. Ich nehme jetzt meinen Mann mit. Ich vertraue darauf, dass du dafür sorgst, dass Liam sicher nach Haus kommt?"

„Ich? Warum ich? Er hat Freunde hier", schmollte Fi.

„Die alle Frauen haben, die andere Dinge im Kopf haben."

Fi blickte hoch und sah einige Paare aus dem Pub schlüpfen, die Arme umeinander geschlungen, flüsterten sie sich gegenseitig in die Ohren.

„Okay. Ich stelle sicher, dass Liam gut nach Haus kommt."

„Das ist gut. Habe ich dir heute schon gesagt, dass ich dich liebe?"

„Das hast du. Mehrmals. Ich freue mich für dich, Gracie. Dylan ist ein guter Mann und ich weiß, dass ihr ein wunderbares Leben zusammen haben werdet."

„Oh, und jetzt versuchst du, mich um diese Stunde zu Tränen zu rühren", sagte Gracie und drückte Fis Arm, bevor sie durch den Raum ging, um ihre Arme um Dylan zu werfen. Es wurde leer auf der Tanzfläche und abgesehen von Liam, Margaret und Sean und ihren Eltern waren alle andere verschwunden. Der DJ ließ das letzte Lied ausklingen und alle sahen auf bei der Stille, die im Raum aufkam.

„Raus mit euch allen. Ich schwöre, wenn ich irgendjemanden von euch sehe, wie ihr versucht aufzuräumen,

komme ich nicht zu Gracies Hochzeit", drohte Cait. Sie
zeigte sich als strenge Pubbesitzerin und scheuchte sie mit
Handbewegungen davon. Fi kam um die Theke herum, um
sich zu verabschieden und war schockiert, als ihre Mutter
sie Richtung Tür schob. „Du auch, Fi. Raus mit dir."

„Aber es ist meine Party. Es ist meine Aufgabe
aufzuräumen."

„Liam, kümmere dich darum, dass Fi sicher nach
Hause kommt", sagte Cait zu Liam, der ein Auge
geschlossen hatte und sie schief angrinste.

„Der Mann? Der ist so besoffen, dass er kaum noch
stehen kann", lachte Fi.

„Dann ist es deine Pflicht, ihn nach Hause zu bringen.
Geh schon, Fi. Du hast deinen Gästen gegenüber eine
Verantwortung."

„Das meinst du jetzt nicht ernst. Du wirfst mich
morgens um drei aus meinem eigenen Pub?"

„Ich möchte dich daran erinnern, dass der Pub mir
gehört und du kannst von Glück sagen, dass ich dir
erlaube, hier zu arbeiten." Cait zeigte auf die Tür. „Raus."

„Und ich werde dich daran erinnern, wenn dir das
nächste Mal Personal fehlt und du mich anrufst, um zu
helfen", meckerte Fi, als sie mit einem summenden Liam
aus der Tür trat. Ihre Kinnlade fiel nach unten, als die
Tür hinter ihr zuknallte. „Meine eigene Mutter wirft
mich mit einem betrunkenen Mann auf die Straße. Sie
hat anscheinend keine Bedenken wegen meiner
Sicherheit."

„Du bist eine furchterregende Frau, Fi. Ich würde dir
nicht gern in einer dunklen Gasse begegnen. Es sei denn,
du trägst dieses Kleid und fühlst dich mir gegenüber

amourös", sagte Liam, grabschte ihren Arm und versuchte, sie in einen schiefen Tanz zu schwingen.

„Okay, dann kümmern wir uns mal um dich", seufzte Fi, hakte sich bei Liam ein und zog ihn die Straße hinunter. Dann hielt sie so abrupt an, dass er fast über sie fiel, als er weiterging. „Ich weiß nicht, wo du wohnst."

„Es ist...in einer Straße." Liam sah die dunkle Straße hinunter, dann drehte er sich im Kreis. „Hm. Eine dieser Straßen."

„Wirklich? Und welche ist es?"

„Die mit einer Wohnung."

„Und wie sieht das Gebäude aus?"

„Es hat eine blaue Tür." Liam hielt inne, schaute hoch in den Himmel und dann wieder auf sie. „Verdammt, Fi, habe ich dir gesagt, wie köstlich du heute Abend aussiehst? Ich möchte dich aufschlecken wie Eiscreme."

„Ohhhkay, dann gehen wir einfach mal weiter", sagte Fi und ignorierte die lustvollen Beben, die sie bei seinen Worten durchliefen. Ihr Körper erinnerte sich definitiv an Liams Mund auf ihr und jede Sekunde war ein Traum gewesen. Da sie keine andere Wahl hatte, zog Fi an seinem Arm und nahm ihn mit zum Wasser und zu ihrer Wohnung. Liam summte auf dem ganzen Weg ein unerkenntliches Lied und als sie vor ihrer Tür anhielten, zog er sie an sich heran.

„Hey!", sagte Fi.

„Ich hatte gar nicht die Gelegenheit, heute Abend mit dir zu tanzen. Tanzt du mit mir, hübsche Fi?"

„Ich...okay, Liam, ich tanze mit dir", sagte Fi und ließ sich von Liam eng an ihn ziehen. Er roch nach dem Meer, merkte sie, als sie sich gegen seinen Körper drückte und ihr Gesicht an seiner Brust anlehnte. Salzwasser und etwas Erdiges – jedenfalls alles sehr männlich. Ihr Herz flatterte in ihrer Brust, als er ihr vorsang, in Gälisch dieses Mal, und sie beide in einem langsamen Tanz unter dem schwachen Licht des Mondes bewegte. Die Wellen schwappten sanft ans Ufer und Fi legte ihre Arme um seinen Nacken und genoss seine Wärme. Für einen Moment ließ sie sich in seinen Armen schweben und stellte sich vor, wie sie jede Nacht zu ihm nach Haus kommen würde – dieser sanfte Gigant von einem Mann, der sie respektierte und ihr das Gefühl von Sicherheit gab, auch wenn er eine ganze Ladung Whiskey im Pub getrunken hatte.

„Komm schon, Liam. Lass uns dich ins Bett bringen", sagte Fi und zog sich zurück, bevor ihr Herz sie etwas Dummes machen ließ, so wie ihm sagen, dass sie mehr wollte. Sie zog ihn nach oben.

Der Mann schlief schon, bevor er im Bett landete. Nachdem sie sichergestellt hatte, dass er es bequem hatte, mit einem Glas Wasser an seiner Seite, schälte Fi sich aus ihrem Kleid und zog ein lockeres T-Shirt und eine Schlafhose an. Sie rollte sich in ihrem Fenstersitz zusammen, beobachtete das Mondlicht, wie es über das Wasser tanzte und fragte sich, wonach sie suchte.

KAPITEL EINUNDZWANZIG

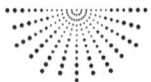

Fi schreckte auf, als sie jemand in seine Arme nahm. Verwirrt schob sie sich weg, blickte benommen um sich und versuchte herauszufinden, wo sie war und was passierte.

„Sch, ich bringe dich nur ins Bett", flüsterte Liam an ihrem Ohr.

Fi blinzelte zu ihm hoch, als er sie eng an sich drückte, den Flur hinuntertrug und sie aufs Bett legte. Ihre Kinnlade fiel nach unten, als er neben ihr ins Bett kroch, sie an sich und die Decke über sie beide zog. Fi wollte protestieren, aber sie wollte auch seine Wärme genießen und ließ sich vom Schlaf übermannen.

Stunden später wachte Fi wieder auf, schockiert, dass sie einen Arm um ihre Taille spürte. Für einen Moment blieb sie liegen und genoss das Gefühl eines Mannes in ihrem Bett, bevor sie sich bewegte und anfing, aus den Laken zu schlüpfen.

„Guten Morgen...oder soll ich sagen, guten Nachmittag?" Liam nahm ihr Handgelenk und zog sie zurück.

„Ist es echt schon so spät?", fragte Fi. Sie saß steif auf der Bettkante und weigerte sich, sich wieder neben ihn zu legen. Ein Teil von ihr musste zugeben, dass es total gemütlich aussah mit ihm, und so wie sich ihr Kopf gerade anfühlte, fände sie nichts besser, als wieder ins Bett zu kriechen und sich in seine Arme zu kuscheln. Aber genau wegen des Gefühls nahm sie sanft seine Hand weg. „Ich muss zur Toilette. Möchtest du Kaffee?"

„Tee, wenn du hast", sagte Liam und lächelte sie so entwaffnend an, dass Fi spürte, wie ihr Magen flatterte. Er sah niedlich aus mit seinem strubbeligen Haar und den schläfrigen Augen. Irgendwann in der Nacht musste er sein Hemd ausgezogen haben und ihr Blick ging über die Muskeln in seiner Brust, was das Flattern in ihrem Magen verstärkte. Tief einatmend flüchtete Fi ins Badezimmer und ermahnte sich, dass dieser Mann vor kurzem noch ihre Annäherungsversuche abgewiesen hatte und jetzt war nicht die Zeit, um *diese* Gedanken über ihn zu haben. Sie war entschlossen, Liam in der Freundschaftszone zu behalten, so wie sie es sich selbst versprochen hatte nach dem Abend neulich, als sie ihn aus ihrer Wohnung geworfen hatte. Es war nicht das erste Mal, dass er es schaffte, dass sie mehr wollte, aber ihr stand weder der Sinn noch das Herz danach, mit einem Mann zu spielen. Fi hatte nie Manipulation oder Flirttaktiken angewandt und immer die feineren Details verpasst, die mit diesen Spielen einhergingen. Stattdessen hatte sie es klar ausgedrückt, wenn sie mit jemandem zusammen sein wollte und wenn er nicht das gleiche fühlte, hatte sie es abgehakt. Einfach. Es sollte einfach sein, sagte Fi zu sich selbst, als sie in die Küche ging und den Wasserkocher anschaltete. Warum fühlten sich die Dinge mit Liam nicht einfach an?

„Ich war gestern einkaufen, falls du Lust auf Frühstück hast", rief Fi den Flur herunter. Liam ließ einen lauten Jubelschrei heraus, was sie als bejahend auffasste, also begann sie, Sachen aus dem Kühlschrank zu nehmen. In kurzer Zeit hatte sie Tomaten und Speck auf ein Blech gelegt, um es in den Ofen zu schieben. Sie steckte Brot in den Toaster, schüttete Bohnen in einen Topf auf dem Herd und schlug Eier in eine Schüssel. Summend machte Fi den Tee, dann goss sie die Eier in eine Pfanne. Sie mochte es zu kochen. Da ihre Mutter nie eine tolle Köchin gewesen war, hatte ihr Vater ihr das Grundwissen in der Küche beigebracht. Durch die beiden konnte Fi sowohl einen guten Cocktail mixen als auch ein richtiges Essen servieren, ohne in Schweiß auszubrechen.

„Was macht dein Kopf?", fragte Fi, als Liam auf der anderen Seite der Küchentheke erschien. Sie hatte beschlossen, die Tatsache, dass sie gerade zusammen im Bett gekuschelt hatten, zu überspielen.

„Ein bisschen benommen, aber nichts, womit ich nicht fertig werde." Liam nahm dankbar den Becher Tee, den sie ihm gab.

„Du warst herrlich betrunken letzte Nacht." Fi warf ihm einen Blick zu.

„Genau wie du, wenn ich mich erinnere. Obwohl alles, worauf ich mich konzentrieren kann, warst du in dem Kleid. Warum musst du so mit dem Herzen eines Mannes spielen?", murrte Liam.

Fi kicherte. „Ich hatte nicht geplant, gestern Abend

irgendwelche Männer zu sehen. Es ist deine Schuld, dass ihr alle aufgetaucht seid."

„Und ich werde Dylan für immer dankbar sein, dass er uns dazu gebracht hat. Der Anblick von dir in dem Kleid wird ewig in meinem Kopf eingebrannt sein. Ich denke nicht, dass du es wieder anziehen möchtest, während du mir Frühstück servierst, oder?"

Fi gab ihm einen Blick.

„Das ist wohl ein Nein. Obwohl ich sagen muss, du siehst in diesem Outfit auch schön aus. Ich glaube nicht, dass es viel gibt, in dem du nicht fantastisch aussiehst. Aber irgendwie ist dieser Aufzug etwas ganz Besonderes. Vielleicht, weil ich denke, dass den nicht viele Männer zu sehen bekommen?", fragte sich Liam laut.

Fi drehte sich um und stemmte ihre Hände in die Hüften. „Was machst du da?"

„Ich? Ich mache dir ein Kompliment."

„Warum?"

„Na, warum nicht? Kann ich dir nicht sagen, dass du gut aussiehst?"

„Nein, das kannst du *nicht*."

„Warum nicht? Ich dachte, alle Frauen hören gern Komplimente."

„Das tun sie. Aber du...machst alles kompliziert."

„Wie das? Ehrlichkeit macht nie etwas kompliziert." Liam nahm einen Schluck von seinem Tee und beobachtete sie über den Becher mit stürmischen Augen, als er versuchte, sie einzuschätzen.

„Weil du mich abgewiesen hast. *Wieder*, sollte ich sagen, und das sagt mir alles, was ich darüber wissen muss, wo wir miteinander stehen", sagte Fi, drehte sich,

um die Eier zu rühren und den Speck im Ofen zu
überprüfen.

„Ich habe dich nicht aus dem Grund abgewiesen, an
den du denkst. Es war einfach nicht die richtige Zeit."

„Na, das Angebot ist jedenfalls vom Tisch."

„Frauen sind schon heikel, oder?", fragte Liam ins
Leere, hob seinen Blick zur Decke und wieder zurück zu
Fi „Wie ist das mir gegenüber fair? Wenn ich dich
bedrängen würde, mit mir zu schlafen, wäre ich ein
mieser Kerl, der nur das eine will. Aber wenn du es
machst und *ich* sage nein, dann bist du überhaupt nicht
mehr an mir interessiert? Ich glaube kaum, dass das
gerecht ist, Fi."

Sie starrte ihn einen Moment an, getroffen von seinen
Worten. „Wenn du es so sagst, dann höre ich mich
irgendwie wie ein Arsch an, oder?"

„Es ist nur ein doppelter Standard, das ist alles." Liam
zuckte mit der Schulter.

„Du hast absolut recht, Liam. Es tut mir leid", sagte Fi
und lehnte sich herüber, um seinen Arm zu berühren. Sie
meinte jedes Wort. „Ich wäre auch wütend auf dich, wenn
du von heiß auf kalt wechseln würdest, wenn ich dich bei
Sex abweise. Das ist nicht richtig von mir. Dafür entschuldige ich mich. Kann ich dir als Entschädigung Frühstück
anbieten?"

„Ah, Essen. Der Weg zu meinem Herzen." Liam
lächelte sie entwaffnend an und Fis Herz hüpfte in ihrer
Brust. Sie belud seinen Teller, dann ihren, kam um die
Theke herum und kletterte auf den Hocker neben ihm. Für
eine Weile saßen sie in freundschaftlicher Stille, während
Fis Hirn versuchte herauszufinden, was sie störte.

„Ich glaube...in Anbetracht von allem...ist es am besten, wenn wir Freunde sind", begann Fi zögernd.

„Ich habe nie aufgehört, dein Freund zu sein", sagte Liam und schnitt in seine gebackene Tomate.

„Ich weiß. Ich meine nur...einfach Freunde. Es ist wahrscheinlich am besten."

„Warum?"

„Weil du hier bist. Ich reise viel. Beziehungen auf Entfernung funktionieren selten. Ich mag dich, Liam. Ich habe dich immer gemocht. Es wäre besser, wenn wir das nicht mit einer Beziehung zerstören", sagte Fi und fühlte sich selbstsicherer, als die Worte herauspurzelten.

„Ich reise auch viel, Fi. Wir fahren oft an die gleichen Orte. Ich vermute, wir würden gut zusammen reisen können, wenn du es zulassen würdest."

„Ich bin sicher, dass wir das könnten. Aber...na ja, ich glaube, es ist vielleicht zu kompliziert. Wir haben viele gemeinsame Freunde und Geschäftspartner. Meinst du nicht, es wäre besser, das alles nicht zu vermischen?" Fi drehte sich um und sah in seine Augen.

„Nein", sagte Liam einfach, bevor er sich wieder seinem Essen zuwandte.

„Na, ich bin nicht sicher, wie ich darauf antworten soll", gab Fi zu und lachte, als sie ihren Teller wegschob und aufstand, um mit ihrem Becher zu ihrem Fenstersitz zu gehen. Der Sitz war schon ihr Lieblingsplatz geworden, und bei dem launischen Himmel draußen, der ihr inneres Chaos reflektierte, trank sie ihren Tee und rollte sich zusammen, um auf das Wasser zu schauen.

„Ist alles in deinem Leben immer ordentlich aufge-reiht?", fragte Liam und schubste sie, damit sie ihm Platz machte. Obwohl es für zwei sehr eng war, schaffte Liam es, sich ihr gegenüber hinzuquetschen, so dass sie seine attraktiven Gesichtszüge studieren konnte.

„Normalerweise schon", gab Fi zu und drehte sich weg, um wieder auf das Wasser zu schauen. „Ich habe gern die Kontrolle."

„Und dies gibt dir das Gefühl, außer Kontrolle zu sein?", fragte Liam und zeigte mit seinem Becher auf sie beide.

„Es gib kein *dies*", grummelte Fi.

Liam zeigte diesmal ein fast wildes Lächeln, das ihr Lust direkt in den Bauch schoss. „Komm schon, Fi. Ich hätte dich nie als Lügnerin eingestuft."

„Okay – hier ist offensichtlich eine Anziehungskraft. Eine simple gesunde Lust. Wir sind zwei attraktive Menschen. Wir haben ein bisschen Vergangenheit. Das ist normal. Es ist nichts dramatisches", sagte Fi.

„Ist es das nicht? Was ist, wenn ich wollte, dass es etwas größeres ist?"

„Na, dann müsstest du das bei anderen Frauen finden, Liam. Ich bin übermorgen weg für mein nächstes Projekt. Ich bin wahrscheinlich erst wieder zur Hochzeit zurück." Fi hatte ein Projekt angenommen, das ihr vor zwei Tagen angeboten worden war. Es war etwas überraschend gekommen, aber sie hatte gedacht, dass es für ihre Karriere die richtige Entscheidung war. Wenn sie Glück hatte und alles schnell abschließen konnte, wäre sie nur ein paar Wochen weg.

„Ich kann warten", sagte Liam.

„Kannst du das? Weil dies mein Leben ist, Liam. Eins, das ich sehr liebe. Ich reise gern in andere Länder, oft ohne

viel Vorwarnung. Ich packe leicht, bleibe selten lange und
bin immer unterwegs. Es ist wichtig für mich, die Welt zu
erkunden."

„Ich bin Segler, Fi. Das ist das, was ich tue."

„Ja, aber ich nicht. Also werden wir die Welt auf
unseren unterschiedlichen Pfaden erforschen", sagte Fi
und dann wurde sie weicher, als er sie nur ansah. „Hör
mal, wir sind Freunde, okay? Ich mag dich, Liam. Wirklich. Aber ich glaube, es ist mir wichtiger, dass wir
Freunde bleiben, als etwas zu versuchen, das unser
Verhältnis ruinieren könnte. Ich verleugne die Anziehungskraft nicht, aber ich glaube, es ist besser für alle, wenn wir
nur Freunde sind."

„Ich respektiere deine Entscheidung unter einer Bedingung", sagte Liam und spielte mit ihren Fingern.

„Was ist die Bedingung?"

„Wenn die Zeit kommt, wenn du vielleicht anders
denkst, lass mich versuchen, deine Meinung zu ändern."

„Warum? Du könntest jede Frau haben. Warum bist du
hinter mir her?"

„Weil du nicht jede Frau bist, Fi. Ich kann auf den richtigen Moment warten."

„Das ist nicht...das war nicht meine Absicht mit dieser
Unterhaltung", sagte Fi und warf Liam einen frustrierten
Blick zu, als er vom Fenstersitz aufstand und anfing, die
Küche aufzuräumen.

„Das ist okay. Ich kann ausgezeichnet verhandeln, Fi.
Ich weiß, wann ich mich zurückziehen muss und wann ich
drängen muss. Du bist noch nicht so weit."

„Ich bin vielleicht nie so weit. Ich möchte vielleicht

immer einfach nur befreundet sein", rief Fi fast von der anderen Seite des Zimmers.

„Das ist auch in Ordnung für mich. Aber ich habe den Verdacht, dass ich irgendwann deine Meinung ändern werde."

„Das ist nicht...Liam. Nein. Du kannst das nicht so im Raum stehenlassen. Es macht alles nur komisch."

„Du bist die Einzige, die alles komisch macht. Wir sind Freunde. Das habe ich verstanden." Liam hielt seine Hände hoch und lächelte sie über die Theke an. „Obwohl ich keine Versprechungen darüber machen kann, was alle in der Stadt denken, wenn ich mitten am Nachmittag aus deiner Wohnung komme nach einer späten Nacht im Pub."

„Oh Scheiße", fluchte Fi und sah aus dem Fenster. Der Mann hatte absolut recht. War das nicht Grund genug für ihre Laune?

KAPITEL ZWEIUNDZWANZIG

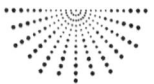

„Was höre ich da, Liam wurde gesehen, wie er gestern Nachmittag aus deiner Wohnung kam? Und ausgerechnet von Mary Margaret, nicht von meiner eigenen Familie?", fragte Gracie, als Fi am nächsten Abend in den Pub kam. Sie wollte ein letztes Bier mit ihrer Familie trinken, bevor sie am Morgen abflog.

„Und auch dir einen schönen Abend, Miss Gracie, es ist schön zu sehen, dass du dich so gut erholt hast von deiner Party. Oh, und nichts zu danken, dass ich so eine tolle Feier für dich organisiert habe." Fi stemmte eine Hand in ihre Hüfte und sah Grace mit zusammengekniffenen Augen an.

„Oh, würdest du still sein? Ich wäre schon noch dazu gekommen", sagte Grace. Dann sprang sie vom Hocker, legte ihre Arme um Fi und warf sie fast um, bevor sie sie zur Bar zog. „Es war der beste Junggesellinnenabschied, den ich je hatte."

„Es ist der einzige Junggesellinnenabschied, den du je hattest", bemerkte Fi, setzte sich auf einen Hocker und lächelte Cait an, die am anderen Ende der Bar mit Mr Murphy stritt.

„Hallo, Fi. Danke, dass du meiner Verlobten so eine tolle Party geschmissen hast. Sie hat gestern den ganzen Tag davon geschwärmt." Dylan lehnte sich von seinem Sitz neben Grace vor und lächelte sie an.

„Da – *das* ist ein richtiges Dankeschön. Nicht so wie diese undankbare Magd hier", sagte Fi verschnupft.

„Ich schwöre zur Göttin, wenn du mir nicht Details über Liam erzählst, und zwar *jetzt sofort,* werde ich dich erwürgen." Gracie knallte mit ihrer Hand auf die Theke.

„Gracie, du fragst doch wohl nicht meine Tochter vor ihrer Mutter, ob sie mit einem Mann geschlafen hat, oder?", wollte Cait von hinter der Bar wissen.

Grace hatte den Anstand zu erröten. „Nein, tue ich nicht."

„Das ist auch besser so. Also, Fi, du sagst besser die Wahrheit, warum Liam gestern Nachmittag aus deiner Wohnung gekommen ist. Und lüg deine Mutter nicht an."

„Mama!" Fi wurde rot. „Erstens bist du diejenige gewesen, die mich mit einem betrunkenen Mann auf die Straße gesetzt hat. Wenn etwas passiert wäre, dann wäre es deine Schuld."

„Ich habe dich ganz bestimmt nicht auf die Straße gesetzt. Ich habe nur sichergestellt, dass du nicht die ganze Nacht aufbleibst und aufräumst. Man sollte meinen, sie würde ihre Mutter mehr würdigen", schniefte Cait und goss ein Glas Rotwein ein, von dem sie wusste, dass Fi ihn mochte und reichte ihn über die Bar.

„Ich weiß dich zu schätzen. Dreh den Spieß jetzt nicht um", warnte Fi, als sie einen Schluck Wein nahm. „Und

Liam war in meiner Wohnung, weil er zu besoffen war, um mir zu sagen, wo er wohnt. Der Mann hat geschlafen, bevor er im Bett war, das kannst du mir glauben."

„Du bist ein gutes Mädchen", sagte Cait und wusste ohne Zweifel, wann ihre Tochter die Wahrheit sagte. „Du bist eine gute Freundin, Fi."

„Ich versuche es wenigstens", sagte Fi und warf Grace einen Blick zu. „Selbst für die undankbaren unter uns."

„Oh, halt die Klappe. Ich bin dankbar. Du bist die beste, beste Freundin in der ganzen Welt. Aber...was ist mit..." Grace sah Cait an und dann wieder Fi.

„Liam? Wir sind Freunde. Das ist alles", sagte Fi nachdrücklich.

„Wirklich? Oh Mann, ich hatte auf mehr gehofft."

„Das verstehe ich. Aber der Zeitpunkt ist falsch. Es ist etwas kompliziert und ich mag den Mann genug, dass ich ihn als Kumpel behalten möchte."

„Aber was ist kompliziert?", fragte Grace und nahm einen Schluck von ihrem Whiskey.

„Das." Fi zeigte auf Grace, dann Dylan und dann kreiste sie mit ihrem Finger in der Luft. „Zu viele überlappende Freundschaften und Geschäftsbeziehungen. Es ist einfach besser so, alles in allem."

„Aber was ist mit..." Grace stellte sicher, dass Cait auf der anderen Seite des Pubs war. „Du weißt schon."

„Eine Nacht macht noch keine Beziehung aus, Gracie. Also, wir haben ein bisschen Vergangenheit. Das ist nichts. Wir haben darüber gesprochen und wir finden es gut, dass wir Freunde sind. Wirklich."

„Wenn du das sagst..." Grace sah nicht überzeugt aus.

„Lass sie, Grace. Es klingt, als ob sie es für sich gut

geregelt haben. Kein Grund, sich in ihre Angelegenheiten einzumischen." Dylan legte einen Arm um Graces Taille und drückte sie.

„Sagt der Mann, der Fi erlaubt hat, sich in unsere Zukunft einzumischen."

„Das war, weil du zickig warst und mich ignoriert hast."

„Wie bitte?" Graces Aufmerksamkeit wand sich ab, sehr zu Fis Erleichterung, und sie entspannte, als Grace Dylan mit allem bombardierte, was er gemacht hatte, wodurch sie zu der Zeit so zickig war.

„Wann geht dein Flug?", fragte Cait und lehnte sich über die Theke.

„Am Nachmittag. Von Shannon."

„Und wann bist du wieder zurück?"

„Wenn alles gut geht, hoffentlich direkt vor der Hochzeit. Jedenfalls laut Dylan."

„Laut Dylan was?" Grace schaltete sich wieder ein.

„Mein nächstes Projekt. Dylan hat mich angeheuert, um einige Verträge zu einer Firmenfusion zu überprüfen."

„Hast du? Das hast du mir gar nicht gesagt. Du nimmst mir meine beste Freundin direkt vor meiner Hochzeit weg?" Gracie schmollte.

„Du hast jede Menge Hilfe hier", sagte Dylan und zog an einer von Graces Locken. „Und ich kann sie bei diesem Projekt gebrauchen."

„Aber..."

„Aber was? Es sollte nur ein paar Wochen dauern", lächelte Dylan.

„Okay, aber wenn hier etwas schief läuft, weil Fi nicht

da ist, um alles bis ins kleinste Detail zu kontrollieren, dann gibt es Ärger für dich", warnte Grace.

„Merk ich mir", sagte Dylan und trank von seinem Guinness.

„Und wo wir dabei sind, ich muss packen und ein paar Sachen zu Hause erledigen. Papa trifft mich dort, um mir zu zeigen, wie ich den Strom abschalte und so." Fi schob sich von der Theke zurück und umarmte Grace und Dylan. „Mach dir keine Sorgen, Grace. Ich bin in der Woche vor der Hochzeit wieder da, um bei allem zu helfen. Das verspreche ich."

„Okay. Viel Spaß in – wohin fliegst du?"

„Spanien." Fi strahlte.

„Okay. Genieß die Tapas und alles. Ich bin hier und schufte vor mich hin."

„Ich werde arbeiten, Gracie. Es ist ein Job. Gib mir keine Schuldgefühle. Trotz allem, was du denkst, dreht sich die Welt nicht nur um deine Hochzeit."

„Oh, jetzt wird sie gemein", sagte Grace und kniff Fi in die Taille. „Das wirst du bereuen, wenn ich dich bei der Hochzeit Gelb tragen lasse."

„Das würdest du nicht machen", sagte Fi und hielt schockiert an der Tür an.

„Wer weiß? Ich erwarte dich hier eine Woche vorher. Nicht eine Sekunde später."

„Brautmonster", rief Fi und winkte Cait auf dem Weg heraus zu. Sie würde ihre Eltern noch sehen, bevor sie abflog. Summend schlenderte sie den Bürgersteig entlang, ihre Gedanken schon bei der Reise und nicht bei dem, was sie hinter sich ließ.

ALS LIAM ETWA FÜNFZEHN MINUTEN, nachdem Fi gegangen war, in den Pub kam, konnte Grace nicht anders, als sich über den Zeitpunkt wundern. Hatten sie es mit Absicht geplant, dass sie sich verpassten? Grace's Cove war eine kleine Stadt; es war fast unmöglich, sich vor jemandem zu verstecken.

„Hi Liam", rief Grace und klopfte auf den Hocker, den Fi gerade freigemacht hatte. „Wie wäre es mit einem Pint?"

„Ich muss passen. Ich bin nur gekommen, um meine Rechnung von neulich zu begleichen und mich zu verabschieden."

„Verabschieden?" Grace sah Liam mit erhobener Augenbraue an, während Cait über ihre Schulter blickte, wo sie an der Kasse seine Rechnung aufrief.

„Gehst du wieder auf Abenteuer, Liam?", fragte Cait. Sie drehte sich um und schob ein Stück Papier zu Liam herüber.

„Ein kleines. Dylan braucht etwas Hilfe mit einem Projekt in Spanien, für das er die Verantwortung trägt."

„Tut er das?", sagte Grace und drehte sich, um Dylan mit erhobener Augenbraue anzusehen.

Liam interpretierte ihre Reaktion als etwas, das mit der Hochzeit zu tun hatte, grinste und klopfte ihr auf die Schulter. „Keine Sorge, Grace. Ich müsste direkt vor der Hochzeit wieder da sein. Wenn ich irgendetwas für dich mitbringen kann für die Feier, sag mir Bescheid. Ich bin gern Botenjunge für dich."

„Das ist nett von dir, Liam. Ich weiß es zu schätzen.

Ich hätte gern etwas spanischen Wein. Ich schicke dir eine Liste", sagte Grace und sah ihn mit klimpernden Wimpern an, während ihre Hand Dylans Oberschenkel fest umklammerte.

„Mach das. Dylan, ich melde mich. Cait, wie immer, du hast den besten Pub in ganz Irland."

„Das tue ich. Vergiss es nicht, wenn du bei den schicken Spaniern bist", sagte Cait und lächelte ihn an, als sie mit ihm abrechnete.

„Das könnte ich nicht. Mein Herz gehört in deinen Pub, das verspreche ich dir."

„Gute Reise", rief Grace lieblich. Sie wartete, bis die Tür fest hinter Liam geschlossen war, bevor sie sich umdrehte, um Dylan böse anzusehen.

„Was?", fragte Dylan und lächelte Grace an.

„Misch dich nicht ein, hat der Mann gesagt. Hast du das gehört, Cait?"

„Das habe ich ganz sicher gehört, Gracie."

„Nicht einmischen, sagt er. Misch dich nicht in anderer Leute Beziehung ein, werde ich von diesem Mann gerügt!", sagte Grace und grub einen Finger in Dylans Taille.

„Au!" Dylan lachte, ergriff ihre Finger und brachte ihre Hand zu seinen Lippen. „Ich habe keine Ahnung, wovon du sprichst."

„Du hast Fi für das Projekt in Spanien angeheuert."

„Das habe ich."

„Und es sieht aus, als würde Liam auch nach Spanien fliegen."

„Anscheinend."

„Ob das wohl für das gleiche Projekt ist, Dylan?"

„Ach ja, ich müsste meine Unterlagen durchsehen, aber ich glaube, es könnte dasselbe Projekt sein."

„Du bist ein hinterhältiger Mann, Dylan. Das ist es, was ich an dir mag", verkündete Gracie. Sie drehte sich, als Cait sich unter die Bar bückte und sah zu, wie sie ein großes Buch mit Ledereinband hervorzog.

Cait knallte das Register auf die Theke und öffnete es an einer leeren Seite. „Okay, Wetten werden angenommen."

„Oh, darauf habe ich gewartet!", sagte Dylan und grub in seiner Tasche nach seiner Brieftasche. „Jetzt bin ich dran."

„Du hast eine fiese Seite an dir, mein Lieber", sagte Grace und drehte sich zu Cait. „Ich wette fünfzig auf drei Wochen von heute."

KAPITEL DREIUNDZWANZIG

Ihre Mutter war ungewöhnlich fröhlich darüber, dass sie auf diese Reise ging, was Fis Verdacht genug erregte, dass sie fast – *fast* – in Caits Gedanken eingetaucht wäre. Aber es war schon so lange her, seit sie diese spezielle Fähigkeit angewandt hatte, dass sie sich eingerostet und unbenutzt angefühlt hatte. Fi entschied sich dagegen, hielt ihre ausgefeilten Schilder aufrecht und verzichtete darauf, Gedanken aus dem Kopf ihrer Mutter zu pflücken. Aber die Tatsache, dass sie es in Erwägung gezogen hatte, ihre Kraft zu nutzen, war merkwürdig und sie grübelte darüber nach, während sie am Flughafen in der Abflugschlange stand.

Dylan hatte erste Klasse gebucht – was viel aussagte über die Transaktion, um die es ging – und sie hatte zwei Ordner voll mit Verträgen, die sie auf dem Flug nach Barcelona überprüfen wollte. Es war eine willkommene Ablenkung von der Hochzeitsplanung und anderen persönlichen Dingen, fand Fi, als sie den Gurt ihrer Ledertasche höher auf ihre Schulter schob und die Flugbegleiterin anlächelte, die ihren Pass nahm.

„Genießen Sie Ihren Urlaub." Die Flugbegleiterin strahlte sie an.

„Es ist Arbeit. Aber ich hoffe, mich auch zu entspannen", sagte Fi und ging zum Flugzeug, ihre Gedanken schon bei den Verträgen und was sie von Barcelona wusste. Sie war erst zweimal vorher dort gewesen, jeweils nicht länger als eine Woche, und sie hatte die Stadt sehr gemocht. Hoffentlich würde sie etwas Zeit für sich haben, um etwas anzusehen und vielleicht ein bisschen einzukaufen.

Sie liebte fliegen, besonders wenn sie die Gelegenheit hatte, in der ersten Klasse zu sitzen. Was nicht oft passierte, trotz des Kalibers der Firmen, für die sie arbeitete und was sie ihr zahlten. Fi kam ganz nach ihrer Mutter und war eher sparsam als extravagant, sie gab ihr Geld wirklich nur aus, wenn es das wert war. Sie hatte sich zum Beispiel eine schöne Ledertasche geleistet, die ihr lange gute Dienste leisten, Jahre halten und nie aus der Mode kommen würde, statt drei oder vier Taschen in den aktuellen Farben der Saison zu kaufen. Genügsam wie sie war, hatte Fi nie für ein Flugticket erster Klasse selbst gezahlt. Sie nahm lieber ein besseres Hotelzimmer oder kaufte sich ein schönes Kunstwerk, als das Geld für eine begrenzte Zeit im Flugzeug auszugeben. Aber wenn die Firma anbot, die Flugkosten zu übernehmen, hatte sie kein Problem damit, einem gewissen Luxus zu frönen. Mit einem Lächeln für die Flugbegleiterin in der ersten Klasse setzte Fi sich auf ihren Sitz und akzeptierte eine Mimosa als Willkommensgetränk.

Entspannt nippte sie an ihrem Drink und zog die erste Akte heraus, die Dylan ihr gegeben hatte, um sich mit der Fusion bekannt zu machen. Es war schon faszinierend, sich in sein Geschäft zu vertiefen und eine Ahnung davon zu bekommen, was für einen Mann Grace heiraten würde.

Am Anfang war sie nicht sicher gewesen, dass ein erfolgreicher Unternehmer, der in ganz Europa einen guten Ruf hatte, gut zu Grace passen würde, aber nachdem sie sie zusammen gesehen hatte, konnte Fi schätzen, wie die beiden sich in vielerlei Hinsicht ausglichen. Wo Grace feurig war, dämpfte Dylan sie mit seiner Ruhe und seiner kühlen Art. Wo Dylan skrupellos sein konnte, bot Grace ihm Freundlichkeit an. Zusammen waren sie ein tolles Paar, und Fi freute sich darauf zu sehen, wie sie als Partner zusammenpassen würden.

„Na, das ist ja eine Überraschung."

Fi ließ fast ihre Mimosa in ihren Schoß fallen, als sie hochsah und Liam erblickte, der über ihr stand. In seinem grauen Anzug sah er überhaupt nicht aus wie der raue Seemann, der vor ein paar Tagen in ihrer Wohnung aufgewacht war.

„Liam! Was machst du denn hier?", fragte Fi und für einen Moment setzte ihr Herzschlag aus. War er ihr gefolgt, als er hörte, dass sie abflog?

„Es scheint, dass ich genau wie du nach Barcelona fliege. Ich habe nicht gewusst, dass dies dein neues Projekt ist", sagte Liam, schaute auf sein Ticket und setzte sich neben sie.

„Ich habe nicht gewusst, dass du ebenfalls an einem anderen Projekt arbeitest", sagte Fi und hob ihr Kinn. Sie wartete, während die Flugbegleiterin ihn nach seiner

Getränkewahl fragte. Sie trank ihre Mimosa und alle Puzzleteilchen fügten sich zusammen. Sie hatten beide an unterschiedlichen Punkten ihrer Karrieren für Dylan gearbeitet. Es war kein Zufall, dass sie gleichzeitig zum gleichen Projekt flogen.

„Dylan hat mich gestern gebeten, hinzufliegen und mich um ein paar Dinge zu kümmern. Ich vermute, dass er mit dir dasselbe gemacht hat?"

„Ja, er hat mich vor ein paar Tagen gefragt, ob ich die Übersetzungen für die Fusion übernehme."

„Ah", sagte Liam und nickte der Flugbegleiterin dankend zu, als sie ein Bier vor ihn stellte. „Ich glaube, ich verstehe, was er beabsichtigt."

„Er mischt sich ein", sagte Fi verschnupft.

„Das mag sein, aber ich noch nie erlebt, dass Dylan persönliches Einmischen mit Geschäftlichem verbindet. Er würde dich nicht für den Job anheuern, wenn er nicht überzeugt davon wäre, dass du qualifiziert bist. Auch wenn er möchte, dass ich Sex habe."

Fi verschluckte sich an ihrem Getränk und gegen ihren Willen warf sie ihren Kopf zurück und lachte.

„Na gut, da hast du recht. Ich bin qualifiziert, um bei dieser Fusion mitzuarbeiten und ich vermute, dass du qualifiziert bist, für was auch immer du dabei tust, also...Prost, Partner", sagte Fi und erhob ihr Glas.

„Slainté", sagte Liam und stieß mit ihr an, bevor er einen großen Schluck nahm.

„Was kannst du mir über das Projekt erzählen?", fragte Fi. Sie beschloss, dass es besser war, über geschäftliche Dinge zu sprechen. Es wäre nicht gut, wenn sie über Liams

Bemerkung über Sex haben nachdenken würde. Nein, das wäre überhaupt nicht gut.

„Er wollte für seine Mietwagenfirmen schon seit geraumer Zeit zu einer anderen Reederei wechseln. Wir exportieren viele unserer Autos aus Spanien und sind schon eine Weile nicht mehr glücklich über die Kosten oder Umweltpraktiken des Frachtschiffs. Diese neue Firma scheint nicht nur schneller zu sein, sondern auch sehr viel umweltfreundlicher in ihren Methoden."

„Mietwagen? Ich habe nicht gewusst, dass Dylan auf dem Markt ist."

„Eigentlich elektrische Autos. Er arbeitet daran, eine bessere Flotte von Mietwagen für umweltbewusste Touristen aufzubauen. Es ist ziemlich gewinnbringend und ich glaube, es macht ihn glücklich. Ich bin nicht so sicher bei dieser Firma, mit der wir fusionieren – meine Nachforschungen landen immer wieder in Sackgassen. Das ist ein weiterer Grund, warum ich die Fusion überwache. Wenn ich das Gefühl habe, dass da etwas nicht stimmt, ziehen wir uns heraus."

„Wow, Dylan vertraut dir so sehr?", fragte Fi, dann zuckte sie bei Liams verletztem Gesichtsausdruck zusammen.

„Trotz meines Auftretens bin ich ein ziemlich kompetenter Wirtschaftsanalyst."

„Entschuldige, das war unhöflich von mir. Ich weiß, dass du kompetent bist. Ich meinte nur, dass er viel Vertrauen in dich hat, wenn du in der Lage bist, einen..." Fi ging durch ihre Akten. „Vertrag über zehn Millionen Euro zu stornieren."

„Ja. Ich habe mir sein Vertrauen verdient."

Fi seufzte und klappte die Akte zu. Sie lehnte sich hinüber und drückte Liams Arm.

„Wirklich, es war nicht meine Absicht, so kalt-schnäuzig zu sein. Ich bin es einfach nicht gewohnt, auf dieser Ebene zu verhandeln, daher habe ich mir vorgestellt, dass bei so einer gravierenden Entscheidung mehr Leute involviert sind."

„Meine Gefühle sind verletzt." Liam schniefte und sah zur Seite.

Fi lächelte, weil sie wusste, dass er jetzt spielte. „Was kann ich tun, um es wieder gutzumachen?"

„Geh zum Essen mit mir."

„Das klingt wie eine Verabredung", sagte Fi.

„Es klingt wie zwei einsame Freunde, die in einer großen Stadt zusammen Nahrung brauchen."

„Solange es dabei bleibt", seufzte Fi und trank aus, als die Flugbegleiter herumgingen, um alles für den Takeoff vorzubereiten.

„Eins nach dem anderen", sagte Liam.

Fi rollte mit ihren Augen und verkniff sich ein Lachen, als der Kapitän den Takeoff verkündete und sie sich bereit machten, die grünen Hügel Irlands hinter sich zu lassen.

KAPITEL VIERUNDZWANZIG

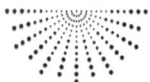

„Ich nehme an, dass Dylan uns im gleichen Hotel untergebracht hat?", fragte Fi, als sie zum Taxistand am Flughafen gingen.

Der Flug war relativ ereignislos abgelaufen, abgesehen davon, dass Fi versucht hatte, so zu tun, als ob das Essen im Flugzeug das Abendessen war, das sie Liam versprochen hatte. Fi lachte, als er drohte, sie zu zwingen, seine Reiseführerin für die gesamten drei Wochen zu sein, statt mit ihm essen zu gehen. Dann gab sie schnell nach und es blieb bei ihrer ursprünglichen Vereinbarung.

„Er hat für mich in ein Hotel gebucht, das *The One* heißt", sagte Liam, sah zu ihr herüber und dann zur Taxischlange draußen.

Fi beschloss, den Hotelnamen nicht zu kommentieren, obwohl sie sich fragte, ob da eine unterschwellige Bedeutung war. Der Verlobte ihrer Freundin war nicht gerade subtil.

„Ist das wirklich der Name?"

„Das ist es. Ich habe dort schon mal übernachtet",

sagte Liam mit einem Lachen und hielt die Tür des Taxis für sie auf.

Fi lächelte und sprach den Taxifahrer in fließendem Spanisch an. *„Hola, nos quedaremos en el hotel llamado* The One *en el centro de la ciudad."*

Liam sah sie an und lächelte.

„Was?", frage Fi.

„Ich mag dich Spanisch sprechen hören. Das ist sexy."

„Danke. Kumpel", sagte Fi und legte extra Betonung auf das Wort. Sie drehte sich und sah aus dem Fenster, als das Taxi sich zum Stadtzentrum bewegte. Sie mochte die Architektur von Barcelona, wo manche Straßen Kopfsteinpflaster hatten, Häuser und Wohnungen sich übereinander türmten und gewundene Gassen zu entzückenden kleinen Restaurants führten. Es war eine Stadt, in der sie umherwandern konnte und sie hoffte, während ihres Aufenthalts die Zeit zu finden, sich für eine Weile zu verlieren. Es war etwas, das sie oft genoss, wenn sie einen freien Nachmittag hatte. Sie würde in einer Stadt drauflos gehen, abbiegen wo es ihr gefiel und sehen, wo sie landete.

Liam war vermutlich auch ein Wanderer, dachte Fi, als sie sein Gesicht ansah. Dieser Liam war ein anderer Liam als der, den sie kannte – der auf die Uhr schaute und auf sein kleines Smartphone in seiner Hand, um sicherzugehen, dass die Zeit auf beiden synchronisiert war. Sie würde sich selbst belügen, wenn sie sagte, dass Liam in einem Anzug weniger attraktiv war als Liam in seinen Segelklamotten. Vielleicht war es einfach nur Liam, dachte Fi und drehte ihren Kopf, um wieder auf die Stadt zu sehen. Der Mann sah in allem gut aus, was er anhatte...und noch besser ohne Kleidung.

Bei dem Gedanken stieg Fi Hitze ins Gesicht. Sie hoffte, dass er es nicht bemerkte und fing eine Unterhaltung mit dem Taxifahrer über die besten Restaurants im Umkreis ihres Hotels an.

Zufrieden mit seinen Antworten lächelte Fi, als sie vor einem beeindruckenden modernen Hotel mit glänzenden Fenstern anhielten. Es war perfekt für eine Geschäftsreise, aber nicht etwas, das Fi für sich selbst gewählt hätte. Sie bevorzugte kleine Plätze in versteckten Ecken – Gästehäuser und von Einheimischen geführte Hotels. Da würde sie die besten Tips bekommen für Restaurants oder Ausflüge, weil den Menschen, die sie führten, ihre Gäste wichtig waren und sie sich Zeit für sie nahmen.

Nachdem sie eingecheckt hatten, gingen sie zum Aufzug gegenüber des Empfangs. Das Foyer war schlicht und modern gehalten in Weiß und Blau mit goldenen Akzenten. Wenigstens war es nicht übertrieben eingerichtet, dachte Fi, als sie anhielt, um auf den Aufzug zu warten.

„In welchem Stockwerk bist du?", fragte Liam, als sich die Türen öffneten.

„Warum willst du das wissen?", entgegnete Fi.

„Damit ich den Knopf drücken kann?" Liam sah sie mit erhobener Augenbraue an und Fi rollte mit ihren Augen und lehnte sich herüber, um den Knopf für den 11. Stock zu drücken. Als Liam keinen anderen Knopf drückte, seufzte sie.

„Gleicher Stock?"

„Korrekt. Stell dir vor", grinste Liam und federte auf seinen Fersen. „Ich bin sicher, Dylan hat das so arrangiert, weil es praktisch ist. Wir haben wahrscheinlich den geichen Zeitplan jeden Tag."

„Ich bin mir sicher", murmelte Fi und trat aus dem Aufzug in einen langen Flur in gedämpften Grautönen mit sanfter Beleuchtung. „Ich wünsche dir eine gute Nacht."

„Warte, ich dachte, wir würden essen gehen", sagte Liam hinter ihr.

Fi drehte sich um. „Heute Abend?"

„Klar, warum nicht?"

„Weil ich die Verträge durchlesen wollte."

„Du hast sie im Flugzeug gelesen. Ich habe dich beobachtet."

„Vielleicht will ich sie nochmal lesen."

„Es ist noch nicht mal vier Uhr. Und in Spanien essen alle sehr spät. Sagen wir neun zum Abendessen?"

„Ist es das Abendessen, das ich dir schulde?"

„Klar." Liam lächelte sie an und Wärme durchfloss ihr Inneres.

„Okay. Ich sehe dich um neun in der Lobby."

„Ich treffe dich an deiner Tür", erwiderte Liam. „Was soll ich anziehen?"

„Warum fragst du mich?"

„Es ist dein Essen. Du wählst das Restaurant."

„Jeans und ein ordentliches Hemd sollten ausreichen. Es wird informell."

„Das ist perfekt für mich. Ich bin sicher, dass du einen tollen Platz findest, mit dem du mich beeindrucken kannst."

„Ich halte mich an die Empfehlung vom Taxifahrer. Es könnte ein Imbisswagen sein, wer weiß."

„Da habe ich schon einige der besten Essen gehabt."

„Verdammt", lachte Fi und steckte ihre Schlüsselkarte in den Schlitz in der Tür. „Ich auch."

„Bis später", rief Liam.

Fi ließ die Tür hinter sich ins Schloss fallen. Das Zimmer war schön, wenn auch nicht sehr groß, was in europäischen Hotels zu erwarten war. Aber das Bett sah bequem aus, am Fenster war ein schöner Arbeitsplatz für sie und sie hatte als Bonus einen Sessel, um zu entspannen. Nachdem sie sich im Badezimmer frischgemacht hatte, ließ Fi sich in den Sessel fallen und öffnete die Vorhänge, um über Barcelona zu schauen. Unter ihr brummte die Stadt mit Leben und Fi atmete tief ein, froh, wieder in der Mischung aus Arbeit und Stadtleben zu sein.

Sie prüfte ihren Kalender und schicke eine Bestätigung für ihr Treffen mit Luis Dominado, dem Direktor der Reederei, der auf einen Vertrag mit Dylans Firma hoffte, am nächsten Morgen um elf. Der wichtigste Teil ihres Jobs war sicherzugehen, dass alle Verträge, die Dylan letztendlich unterschrieb, nicht nur die genaue Sprache, sondern auch die genaue Interpretation – unter allen geltenden Rechten – in beiden Sprachen widerspiegelten. Bei internationalen Deals konnte es knifflig werden, wenn Verträge unterschrieben wurden, die offen zur Interpretation oder nicht präzise übersetzt waren. Ihr Job war sicherzustellen, dass alles so eindeutig wie möglich für alle beteiligten Parteien war.

Fi schob alles andere beiseite und verlor sich in ihrer Arbeit. Mehrere Stunden gingen vorbei, bevor sie auf die Uhr sah.

„Mist", sagte Fi, da ihr klar wurde, dass sie etwas Zeit

brauchen würde, um zu duschen und sich fertigzumachen. Sie schob die Papiere zur Seite und eilte zu ihrem Koffer, um auszupacken. Sie zog ein einfaches schwarzes Kleid heraus, sah es einen Moment an und legte es dann zur Seite. „Nur Freunde, Fi."

Um Punkt neun klopfte es an ihrer Tür und Fi musste dem Mann anrechnen, dass er pünktlich war. Sie atmete seufzend aus und begutachtete sich selbst in dem bodenlangen Spiegel an der Tür. Eine tiefrote Bluse, die an der Seite ihrer Taille verknotet war, kombiniert mit schmalen Jeans und goldenen Sandalen. Sie hatte große goldene Kreolen an ihre Ohren gehängt und etwas braunes Augenmakeup aufgetragen. Alles in allem dachte sie, dass sie gut aussah, aber nicht so, als hätte sie zu viel Energie darauf verwendet. Warum sie überhaupt darüber nachdachte...Fi schüttelte ihren Kopf und ergriff ihre Handtasche.

„Wow, du siehst toll aus", bemerkte Liam sofort und Fi musste zugeben – er auch. In einer dunklen Jeans und einem gut geschnittenen Leinenhemd, dessen Ärmel bis zu den Ellenbogen aufgerollt waren, sah er lässig aus, selbstbewusst und sehr männlich.

„Danke. Du auch. Obwohl, warum das wichtig ist für ein Essen mit Freunden, weiß ich nicht", sagte Fi und hob ihre Nase etwas in die Luft.

„Freunde können sich gegenseitig Komplimente machen", erinnerte Liam sie, als sie zum Aufzug gingen.

„Du hast absolut recht. Ich habe keine Ahnung, warum ich so zickig bin. Muss die Zeit des Monats sein." Fi lächelte und dann lachte sie, als Liam zusammenzuckte.

„Em..."

„Was? Freunde reden über solche Sachen. Oder, Kumpel?"

Fi lachte den ganzen Weg hinunter in die Lobby.

KAPITEL FÜNFUNDZWANZIG

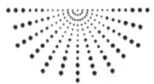

Sie entschieden sich für Tapas, wie man das in Spanien so macht, und Fi war froh über die Empfehlung des Taxifahrers. Statt eines vornehmen Restaurants wanderten sie eine kurvige Gasse hinunter zu einem kleinen Lokal mit einer gewölbten Eingangstür. Der Besitzer sah auf und strahlte einladend. Sein Lächeln wurde breiter, als Fi ihn auf Spanisch begrüßte. Er schwatzte vor sich hin und führte sie nach hinten, weg von der Bar, an der Leute stehend ihre Tapas essen konnten, zu einem Tisch unter einem runden Steinalkoven.

„Ich gehe davon aus, dass du gern an einem Platz bleiben möchtest? Oder wolltest du heute Abend in verschiedenen Restaurants Tapas probieren?", fragte Fi Liam und lächelte, als der Besitzer ihr ein kleines Stück Papier mit der Weinliste und den Tagesgerichten reichte.

„Hierbleiben ist gut. Es waren ein paar lange Tage, und ich würde mich gern mit einem hübschen Mädchen neben mir an einem Ort entspannen." Liam grinste sie an und Fi schoss fast eine Antwort zurück, bevor sie das Zwinkern in seinen Augen sah.

„Dieses hübsche Mädchen stirbt vor Hunger", sagte Fi und sah ihn über das Blatt in ihrer Hand hinweg an. „Ist es dir recht, wenn ich für uns bestelle?"

„Nur zu." Liam machte eine Handbewegung und Fi drehte sich, um mit dem Besitzer zu reden. Sie diskutierten über den Wein und suchten ein paar gute Gerichte aus. Während sie sprachen, fand Fi heraus, dass er in dem Restaurant als Koch angefangen und sich über die Jahre seinen Weg nach oben gearbeitet hatte, bis es ihm gehörte. Jetzt kochte sein Sohn in der Küche und seine Frau stand an der Bar. Fi erzählte ihm, wer ihr das Restaurant empfohlen hatte und versprach, dass sie wiederkommen würde, bevor ihre Zeit hier vorbei war. Erfreut über ihre Bemerkungen strahlte der Besitzer und klatschte in seine Hände. Er rief seiner Frau etwas in rasantem Spanisch zu. Die Ehefrau, eine Frau mit sanften Rundungen, glänzenden braunen Augen und Haaren, die sich weich um ihre Schultern lockten, erschien an seiner Seite mit einer Flasche Wein. Zusammen entkorkten sie sie mit viel Fanfare und warteten aufs Fis Bestätigung, bevor sie jedem ein Glas einschenkten. Der Besitzer ließ die Flasche stehen und lächelte sie an, bevor er ging, um neue Gäste zu begrüßen, die ins Restaurant getreten waren.

„Er scheint nett zu sein", kommentierte Liam.

„Das ist er. Das war seine Frau; er war hier Koch, bevor er sich seinen Weg nach oben gearbeitet hat, bis es ihm gehörte. Ich mag Lokale wie dieses, weil sie auf ihr Essen stolz sind. Es ist vielleicht nicht immer das vornehmste, aber ich jedes Gericht ist mit Liebe gemacht und die Zutaten werden sorgfältig ausgesucht."

„Ich beobachte dich total gern, wenn du mit jemandem in einer anderen Sprache redest. Ist es das, was dich zum Übersetzen gebracht hat?" Liam hielt sein Glas hoch und stieß leicht an ihres. Durch das Licht sah der Wein im Glas wie geschmolzen aus.

„Teilweise, ja." Fi lehnte sich zurück und lächelte dankend, als der erste Gang, ein Teller mit Aufschnitt und ein Schälchen mit Oliven, zum Tisch gebracht wurde. Sie nahm einen Schluck von ihrem Wein. Köstlich, wie erwartet – sie liebte spanische Weine. „Ich sehe Sprache als eine Brücke. Wir haben das Glück, Englisch zu sprechen, und da es auf der Welt eine recht verbreitete Sprache ist, kommst du in anderen Ländern oft damit durch. Aber ich liebe es, wenn die Gesichter der Leute aufleuchten, wenn sie merken, dass ich ihnen auf ihrer Ebene begegnen und mit ihnen kommunizieren kann. Es eröffnet mir Dinge und ich konnte deswegen viel mehr von der Welt sehen. Ich bezweifle zum Beispiel, dass wir dieses Restaurant gefunden hätten, wenn ich nicht mit dem Taxifahrer hätte sprechen können. Oder eine Million anderer kleiner Tips, die ich über die Jahre erhalten habe, oder Erfahrungen, die ich machen konnte, weil ich mich durch eine andere Sprache navigieren kann."

„Also du liebst das Reisen und die neuen Erfahrungen? Du möchtest nicht irgendwo sesshaft werden?", fragte Liam und probierte eine eingelegte Olive.

„Ich weiß nicht, ob ich es mir ersehne so wie die meisten Leute, das gebe ich zu." Fi schürzte ihre Lippen und begutachtete den Teller mit Essen, bevor sie eine Scheibe Fleisch aussuchte.

„Wie stellst du dir die Leute vor, die sich niederlassen wollen?"

„Oh, du weißt, wie es ist – Hochzeit, Babys, Haus, ein Hund...solche Dinge."

„Das bedeutet bei dir sesshaft?"

„Ich...na ja, hm, ich habe wohl noch nie so richtig darüber nachgedacht." Fi kaute für einen Moment, genoss den würzigen Geschmack und nahm einen Schluck von ihrem Glas. Der Wein passte perfekt zum Fleisch und sie freute sich auf die nächsten Gerichte. „Ich sollte nicht sagen, dass Leute, die sich für ein sesshaftes Dasein entscheiden, sich damit abfinden, weil das so klingt, als wäre diese Art Leben nicht gut genug. Oder weniger, als es sein könnte. Und so zu denken ist nicht fair, da in meiner Familie einige absolut glücklich damit sind. Also, was ich sagen möchte, ist, dass ich nicht glaube, dass Menschen, die sesshaft sind, es akzeptieren, dass sie dadurch weniger vom Leben haben. Ich meine sesshaft im wirklich bildlichen Sinne, also sich in einem Haus niederlassen und dableiben."

Liam grinste sie über den Tisch an und Fi starrte ihn an.

„Ich weiß, dass ich etwas abschweife, aber ich versuche, den Gedanken zu beschreiben."

„Ich verstehe, was du sagst. Du hast das Gefühl, dass sich dieser spezielle Lebensstil für dich einschränkend anfühlen könnte."

„Da! Das ist eine gute Art, es auszudrücken. Gracie und ich diskutieren das immer wieder. Sie ist so zufrieden, wie sie es nur sein kann in ihrem Haus auf den Klippen. Sie braucht nicht mehr und liebt ihr Leben. Ich? Ich würde verrückt werden, das steht mal fest. Ich würde...unruhig werden, denke ich? Ich sehne mich nach neuen Abenteuern. Ich liebe reisen und sehen, was über dem nächsten Horizont liegt."

„Das verstehe ich. Ich habe schließlich Seemannsblut in mir." Liam grinste sie wieder an und Fi lächelte zurück. Egal, was zwischen ihnen war, sie war wirklich gern in Liams Gesellschaft.

„Was hat dich aufs Wasser getrieben?"

„Mein Vater war Fischer. Direkt aus Kinsale. Ich bin da aufgewachsen und habe mich auf dem Wasser wohler gefühlt als auf dem Land. Er hat für Flynn gearbeitet, hast du das gewusst?"

„Hat er das? Das habe ich nicht gewusst. Mann, wir haben viele überschneidende Verbindungen, oder?", sagte Fi.

Sie sah auf, als der Besitzer mit dem nächsten Gang kam. Es war eine tolle gebräunte Tortilla de patatas und Fis Augen leuchten bei dem Anblick auf. Fi gab zustimmende Kommentare und Geräusche über das Gericht ab und lenkte ihre Aufmerksamkeit wieder zurück zu Liam, nachdem sie dem Besitzer versichert hatte, dass er die beste Tortilla de patatas im ganzen Land hatte.

„Es sieht so aus", sagte Liam und griff den Faden ihrer Unterhaltung wieder auf. „Ich war aber nicht so scharf darauf, ein Berufsfischer zu werden, also bin ich zur Uni, um zu sehen, was ich sonst noch lernen könnte."

„Und da hast du dann Dylan getroffen?"

„Ich habe ihn nach der Uni kennengelernt. Ich habe

ihm in einem Pub in Dublin aus der Patsche geholfen und danach haben wir schnell Freundschaft geschlossen. Wir stellten fest, dass unsere Interessen parallel liefen."

„Aus der Patsche? Und worum war es da gegangen?"

Liam lächelte sie nur über den Tisch an, bevor er ein Stück von der Tortilla aß. „Das ist köstlich", sagte er.

Fi rollte mit ihren Augen. „Okay, du schützt deine Freunde bis zum Ende. Schon kapiert. Also, du hast dich mit Dylan zusammengetan und er hat dich einfach so eingestellt?"

„Nicht allzu lange danach. Seitdem arbeite ich mit ihm. Mir haben vor allem einige seiner Segelcharter gefallen und ich war froh, auf seinen Reisen dabei zu sein. Er mochte besonders mein Auge für Details und die Fähigkeit, andere gut zu managen. Er vertraut mir und ich ihm."

„Manchmal leidet eine Beziehung darunter, wenn man zusammenarbeitet. Hast du das auch mal festgestellt?"

„Bisher noch nicht. Solange wir ehrlich miteinander sind. Ehrlichkeit wird im Berufsleben immer geschätzt und Dylan und ich sind immer aufrichtig miteinander. Ich mag vielleicht nicht immer alles, was er sagt", sagte Liam und zuckte mit seinen breiten Schultern. „Aber ich schätze eine ehrliche Stimme mehr als eine, die nur auf das Geld schaut."

„Er stellt Geld nicht vorn an?"

„Versteh mich nicht falsch, der Mann macht gern Geld. Und er ist verdammt gut dabei, was für mich von Glück ist. Aber das ist nicht sein Endziel."

„Wie kann das nicht sein Endziel sein? Will er nicht, dass sein Geschäft gewinnbringend ist?"

„Sein Unternehmen kann gewinnbringend und gleichzeitig ethisch sein. Da ist kein Widerspruch, mein schönes Mädchen", sagte Liam und versuchte es wieder. Er lachte, als Fi ihm über den Tisch ihre Zähne zeigte.

„Es ist beruhigend, gute Dinge über Dylan zu hören vom jemandem außer Grace. Nach dem, was ich beim Googeln über ihn herausgefunden habe, scheint er einen guten Ruf zu haben. Aber es ist auch schön, das von jemandem zu hören, der ihm nahesteht."

„Und Gracie? Sie hat Magie, oder? Fühlt du dich damit wohl?"

Fi öffnete ihren Mund und dann schloss sie ihn wieder, schockiert über seine Frage. Niemand außerhalb ihres Kreises hatte ihr je so eine direkte Frage gestellt und jetzt kämpfte sie damit, wie sie darauf antworten sollte.

Sie brauchte einen Moment, nahm die Weinflasche und schenkte ihnen nach, bevor sie durch das Restaurant blickte, das sich füllte. Sie hatte keine Ahnung, was Grace Dylan oder Liam über ihre Magie erzählt hatte, obwohl sie wusste, dass Grace Liam nach seinem Missgeschick in der Bucht geheilt hatte.

„Sie ist eine Heilerin, ja", sagte Fi, sah hinunter auf die Tortilla und schnitt sorgfältig ein weiteres Stück ab. Sie legte es in ihren Mund, genoss den Geschmack und hoffte, dass Liam über etwas anderes reden würde.

„Also du darfst mich über Dylan ausfragen, aber ich kann nichts über Grace wissen?" Liam sah Fi mit erhobener Augenbraue an, bevor er einen großen Schluck von seinem Wein nahm. Durch die Lautsprecher kam ein leichtes Violinsolo, dessen Noten sich durch das Gerede der Leute im Restaurant webten.

„Nein, du kannst schon nach ihr fragen", sagte Fi und

sah wieder von Liam weg, während sie über ihre Antwort nachdachte. Sie hatte noch nie mit jemandem darüber reden müssen und war nicht ganz sicher, was am besten war.

„Jetzt habe ich dich in Verlegenheit gebracht", sagte Liam und lehnte sich in seinem Stuhl zurück, um sie anzusehen.

Fi sah in seine Augen und sah wieder weg. „Mir ist nicht unbehaglich."

„Und jetzt ist sie eine Lügnerin?"

„Warum meinst du, dass es mir unbehaglich ist?", erwiderte Fi.

„Ich kann Menschen gut lesen. Ich studiere Körpersprache, Gesichtsausdrücke und so weiter. Deine Energie wechselte gerade von hell und offen zu komplett verschlossen."

„Sie ist meine beste Freundin", sagte Fi und nahm noch einen Schluck von ihrem Wein.

„Und Dylan ist meiner. Ich habe Respekt vor Grace. Ich schulde ihr mein Leben." Liam lehnte sich über den Tisch und strich mit einem Finger über Fis Handrücken, lenkte ihren Blick zu seinen Händen und dann hoch zu seinen Augen. „Ich würde nie etwas tun, das sie verletzen würde und stehe für immer in ihrer Schuld. Ich würde sie mit meinem Leben beschützen, genau wie ihre Geheimnisse. Zumindest das solltest du verstehen."

Fi atmete aus und zog ihre Hand aus Liams heraus. Die Nähe verursachte alle möglichen Gefühle und die Farbe seiner Aura fing an, sich um seine Schultern herum zu zeigen. Es war ein schönes gesundes Blau, stellte sie fest. Blaue Auras repräsentierten Ehrlichkeit für sie. Sie fand, dass typischerweise Menschen mit solcher Aura kreativ und insgesamt solide Leute waren. Ganz abgesehen davon, dass es dem Meer glich, dachte Fi, und dann hörte sie auf, über seine Aura nachzudenken. Es war nichts, worüber sie gern oft grübelte, aber sie würde sich selbst belügen, wenn sie nicht dem vertraute, was ihr eine Aura zeigte. „Ich denke, es ist, weil ich noch nie mit jemandem außerhalb des Kreises darüber geredet habe."

„Also gibt es einen Kreis?", fragte Liam und lehnte sich zurück, als der Besitzer kam, die Teller abräumte und eine Auswahl von Obst und Käse als nächsten Gang hinstellte. Fi schwatzte mit ihm und hoffte, dass Liam seine Fragen vergessen würde, aber wusste instinktiv, dass er das nicht würde.

„Ich meinte nur unseren engen Freundeskreis. Offensichtlich wissen Graces Freunde und Familie von ihren Talenten."

„Ich finde es unglaublich. Haut dich das nicht einfach um?" Liams Augen leuchteten vor Aufregung. „Es ist der Grund, warum Seeleute nach Meerjungfrauen suchen und alte mythische Geschichten lesen. Wir verbringen unser ganzes Leben damit zu hoffen, einen Hauch von so etwas zu sehen. Es persönlich zu erleben? Das war ein reiner Segen. Gracie ist selbst wie ein Engel."

„Es ist schwer zu sagen, wo die Energie herkommt", stimmte Fi zu, vorsichtig in ihrer Wortwahl. „Aber ich glaube definitiv, dass da ein spirituelles Element ist."

„Bist du katholisch?"

Erleichtert ausatmend über den Themenwechsel zuckte Fi mit einer Schulter. „Nicht wirklich. Es war nichts, was in unserem Haus bestärkt wurde. Mama fand, dass wir unsere eigenen Entscheidungen über Religion treffen konnten, als wir älter wurden. Mich hat es nie wirklich angezogen."

„Ich bin auch kein Fan von organisierter Religion. Ich glaube, die Natur ist Religion genug, oder?" Liam lächelte sie an und Fi lächelte zurück. Sie versank in seinen Augen.

„Du bist also ein Heide?"

„So etwas in der Richtung. Ich glaube an Mutter Ozean und die Rhythmen der Natur mehr als alles andere. Natur findet immer einen Weg."

„Das tut sie", stimmte Fi zu. „Hast du Familie, Liam?"

„Glaubst du etwa, dass ich ein Findling war?" Liam lachte und lehnte sich wieder in seinem Stuhl zurück, um sie anzusehen. „Ja, das habe ich. Ich habe dir von meinem Vater erzählt, dem Fischer. Mama war Lehrerin, und zwar eine strenge. Das musste sie auch bei fünf Jungen."

„Fünf!" Fi verschluckte sich fast an ihrem Wein. „Die arme Frau."

„Ja, und daran erinnert sie uns auch jeden Tag. Sie ist eine gute Frau und hat bei uns immer für Ordnung gesorgt. Meine Brüder und ich stehen uns nahe, auch wenn wir über den Globus verteilt sind."

„Das ist schön. Ich habe immer davon geträumt, einen Bruder oder eine Schwester zu haben. Gracie kam dem am nächsten. Und Kira, obwohl sie etwas jünger war."

„Deine Eltern wollten keine weiteren Kinder?"

„Nein, meine Mutter war eine unwillige Mutter, obwohl sie heftig liebt. Ich hätte mir keine bessere Mutter als sie wünschen können. Aber sie war zufrieden mit einem Kind. Das andere ist ihr Pub."

„Es ist ein toller Pub."

„Das ist er", stimmte Fi zu. „Ich bin da aufgewachsen. Wenn du jemals ein Geschäft wie das eröffnen willst, ist sie die Frau dafür, den richtigen Rat zu geben."

„Ich habe ein- oder zweimal darüber nachgedacht. Aber ich möchte gern einfach los können, wenn ich will. Das kannst du nicht machen mit einem Pub, der jeden Tag geöffnet werden soll."

„Das kannst du, wenn du den richtigen Manager einstellst."

„Das stimmt. Vielleicht irgendwann mal, wenn ich nicht mehr so wanderlustig bin. Wo wir von wandern sprechen, sollen wir zurück zum Hotel?"

„Wie spät ist es?"

„Es ist schon halb zwölf." Liam lächelte über ihren Schock und winkte dem Besitzer. „Ich vermute mal, dass du für morgen früh einen klaren Kopf haben möchtest."

„Das tue ich." Fi lehnte sich herüber und drückte Liams Hand, zufrieden mit ihrem Essen und ihrer Unterhaltung. „Das war schön. Ich bin froh, dass wir das gemacht haben und dass du hier bist. Es ist schön, einen Freund auf Reisen dabei zu haben."

„Auf die Freundschaft", sagte Liam und sie tranken beide ihren Wein aus. Fi ignorierte den kleinen Zug von Lust, der durch ihr Inneres ging, genau wie die Stimme in ihrem Kopf, die sie um mehr von Liam bettelte. In diesem Moment war er ein Geschäftspartner und musste das auch bleiben.

KAPITEL SECHSUNDZWANZIG

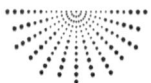

Sie schlief bis zum Morgen durch in ihrem wunderbar bequemen Hotelbett, ausnahmsweise ohne Träume. Vielleicht war es der Wein, der sie ins Vergessen sinken ließ, und wenn dem so war, beschwerte Fi sich nicht. Es war schön, nicht in einem Zustand von Unruhe oder Unbehagen aufzuwachen und sie genoss einen Espresso in ihrem Zimmer, während sie die Papiere las, die sie sich hatte kommen lassen. Sie hatte heute Morgen gute Laune, das Abendessen war hervorragend gewesen, dieser Job könnte interessant sein und sie hatte ein paar Wochen Zeit, um Barcelona zu erkunden. Alles in allem kein schlechter Wochenbeginn.

Fi zog eine schwarze Hose mit einem schwarzen Blazer und einer Bluse in einem gedeckten Rosa an, glättete ihr Haar und legte eine feine silberne Halskette um. Sie stieg in Stiefel mit niedrigen Absätzen und überprüfte nochmal ihre Tasche, um sicherzugehen, dass sie alles hatte – Laptop, Notizbuch, Verträge und Stifte. Zufrieden nahm sie den Aufzug in die Lobby und lächelte den

Concierge an, als sie über den glänzenden Boden ging, um auf ein Taxi zu waren. Ihre Besprechung war in der Schiffswerft, so hatte sie die Gelegenheit, sich die Boote anzusehen und wie das Unternehmen funktionierte. Nicht, dass es wichtig war, da dies Liams Aufgabenbereich war, aber es interessierte sie immer zu sehen, wie verschiedene Betriebe geführt wurden.

„Fährst du in die gleiche Richtung?"

Fi drehte sich um und lächelte Liam an, als er an ihre Seite trat. Der Mann trug einen Anzug sehr gut, dachte sie, als sie seinen hellgrauen Anzug und sein strahlend weißes Hemd ansah. Er war die Art von Mann, der seine Kleidung lässig trug, als wollte er ausdrücken, dass er lieber Jeans anhätte und sein gleichgültiges Verhalten verstärkte nur seine selbstbewusste Erscheinung.

„Bist du auch in der Besprechung in der Werft um elf?", fragte Fi.

„Bin ich. Wäre es zu forsch zu bemerken, wie du heute aussiehst? Da wir geschäftlich unterwegs sind?" Liam hatte ein kleines Lächeln auf den Lippen.

„Das wäre es." Fi lächelte zurück und glitt in das Taxi. Sie wartete, während Liam um das Auto herumging und sich neben sie setzte.

„Dann werde ich davon absehen, dir zu sagen, dass du in dem Anzug fantastisch aussiehst. Da möchte ich gleich alles aufknöpfen und sehen, was unter dem ordentlichen Äußeren liegt."

Hitze schoss durch Fi und sie war sicher, dass ihre Wangen rot waren. Dankbar für die große Sonnenbrille, die sie aufgesetzt hatte, drehte sie sich um und warf Liam einen Blick zu.

„Das war unhöflich von mir, oder?" Liam hielt seine Hände hoch, obwohl sein Lächeln sagte, dass es ihm egal war.

„Du solltest deine Kollegin nicht belästigen", bemerkte Fi.

Schuldbewusst nahm Liam seine Hände wieder herunter.

„Du hast recht. Es tut mir leid. Ich habe dich nur geneckt. Ich denke, dass ich glaube, dass ich bei dir die Grenzen überschreiten kann, und das sollte ich eigentlich nicht. Entschuldigung. Während der Arbeitszeit werde ich dich mit dem größten Respekt behandeln."

„Und nach der Arbeitszeit?"

„Das hängt davon ab, ob du mich bittest, dass ich dich respektieren soll oder nicht." Liams Stimme hatte einen dunklen tiefen Ton, der Lust durch Fi jagte.

„Das werde ich mir merken", sagte Fi und drehte sich, um zu schauen, wie die Stadt an ihnen vorbeizog. Eine angenehme Stille breitete sich zwischen ihnen aus und Fi war dankbar für einen Moment, um an ihrer Fassung zu arbeiten. Sie musste Liam bewundern. Jedesmal, wenn er eine Grenze überschritt und sie ihn darauf hinwies, respektierte er ihre Wünsche und ließ davon ab. Es war ein komplizierter Tanz, bei dem er testete, wo ihre Grenzen waren und sie sie ihm zeigte. Sie respektierte ihn dafür, dass er es versuchte, aber auch dafür, dass er sich zurückzog, wenn sie darum bat. Letzte Nacht, als sie zum Hotel zurückgingen – sie hatten entschieden, zu Fuß zu gehen – war sie sicher gewesen, dass er versuchen würde, ihre Hand zu halten oder an der Tür zu ihrem Hotel-zimmer etwas zu versuchen. Stattdessen war er der absolute Gentleman, ging gesellig an ihrer Seite und brachte sie zu ihrer Tür, ohne sie zu mehr zu drängen. Nicht einmal ein Gutenachtkuss, von dem sie sicher gewesen war, dass er den versuchen würde. Sie fühlte sich komischerweise beraubt, ein Teil von ihr wollte mehr. Aber da sie die Regeln aufgestellt hatte, war es auch an ihr, sie zu befolgen.

Sie fragte sich auch, was mit ihr nicht stimmte, dass sie kein Interesse daran hatte, mit einem Typen wie Liam zusammen zu sein. Da waren viel schlimmere Kerle in ihrer Vergangenheit gewesen und sie war sich langsam nicht mehr sicher, warum sie entschieden hatte, dass sie nur Freunde sein sollten. Fernab von den Blicken der Familie und Freunden erschien eine Beziehung mit Liam nicht mehr so kompliziert.

Das Taxi hielt an zwei großen Metalltoren zur Schiffswerft. Der Fahrer blickte über seine Schulter und sah sie fragend an.

„*Si, bien.*"

Ein Mann kam aus einer Tür am Tor und ging lächelnd auf sie zu. Gebräunt mit verspiegelter Brille, die seine Augen schützend verdeckten und in einem schmal geschnittenen dunkelblauen Anzug gab er das perfekte Bild eines erfolgreichen spanischen Geschäftsmannes ab. Trotz der Gedanken, die Fi gerade über Liam gehabt hatte, gefiel ihr dieser Mann. Er war der Typ, auf den sie normalerweise stand – polierter wohlhabender Geschäftsmann. Als Liam ums Taxi ging und ihr seine Hand hinhielt, musste Fi sich selbst daran hindern, ein kleines Seufzen herauszulassen. Beide waren attraktiv auf ihre eigene Art – einer elegant und drahtig, der andere breit und ein bisschen ungehobelt. Sie fände es sehr schwierig zu sagen, welchen sie bevorzugte.

„Du musst Fiona sein." Der Mann drehte sich um, strahlte sie an und streckte seine Hände aus. „Ich bin Luis. Ich werde mit euch an diesem Projekt arbeiten."

„Ah, danke, Luis. Es freut mich, dich kennenzulernen", sagte Fi und drehte sich, um ihm auf das Grundstück zu folgen.

„Und hier ist unsere Werft. Mein Englisch ist nicht so gut. Macht es dir etwas aus, wenn wir Spanisch reden?" Damit wechselte Luis zu Spanisch und schloss Liam im Prinzip aus. Fi folgte ihm und führte die Unterhaltung weiter. Er sprach hauptsächlich über die Schiffe, als er sie über einen Kieshof zu einem langen grauen Betongebäude führte. Luis schwatzte weiter und zeigte auf verschiedene Eigenschaften der Boote, während Fi ihr Bestes tat, für Liam schnell zu übersetzen. Als sie hineingingen, begann Luis Fi nach ihrem Leben und ihrer Familie zu fragen.

„Reist du viel für die Arbeit?"

„Ja, das tue ich. Es macht mir Spaß."

„Dein Mann findest das okay?"

„Kein Mann." Fi lächelte.

„Eine so schöne Frau wie du? Ich bin schockiert", sagte Luis und nahm seine Brille ab, um braune Augen zu enthüllen.

„Wir treffen alle unsere Entscheidungen, Luis", sagte Fi. Sie fügte ihren Worten etwas Frechheit hinzu, um ihn ein wenig herauszufordern.

„Das stimmt wohl. Man muss manchmal für die Arbeit etwas opfern. Bitte, wenn du allein hier bist, würde ich dich gern heute Abend zum Essen einladen. Geht aufs

Geschäft, natürlich." Luis lächelte und Fi fing an, ihn zu mögen. „Ich weiß, wie es ist, wenn man allein in einer fremden Stadt ist."

„Das wäre nett, danke."

„Wunderbar. Ich hole dich um neun von deinem Hotel ab. Welches Hotel?"

„The One."

„Perfekt. Wollen wir zum Geschäftlichen übergehen?" Luis schob eine Glastür zu einem Konferenzraum auf. Eine Wand bestand aus Fenstern und man hatte einen ungehinderten Blick auf die Werft und das Wasser. Auf dem Tisch lagen Stapel von Dokumenten und eine Anzahl von Notizbüchern. Ein Seitentisch bot Kaffee und eine Auswahl an Gebäck.

„Kaffee?"

„Ja, bitte. Liam? Kaffee?"

„Tee für mich", sagte Liam und Fi merkte, wie Luis bei der Wahl schniefte.

„Natürlich."

„Heiße Verabredung heute Abend?", flüsterte Liam Fi zu.

„Warum denkst du das?"

„Ich erkenne, wenn ein Mann eine Frau um ein Date bittet."

„Er wollte nur nicht, dass ich allein esse. Er hat gesagt, es geht auf das Geschäft." Fi zuckte mit den Achseln.

„Wenn das so ist, warum hat er mich dann nicht eingeladen? Oder versucht, mich in die Unterhaltung einzubeziehen?"

„Vielleicht denkt er, dass du nervig bist", witzelte Fi und lächelte Luis an, als er mit einem Kaffee für sie zurückkam. Er hatte den Tee auf der Anrichte stehenlassen, was Liam zwang, sich die Tasse selbst zu holen. Liam sah Fi mit erhobener Augenbraue an, aber sie schüttelte nur leicht den Kopf.

„Sollen wir anfangen?", fragte Fi und Luis nickte, dann sah er von ihr zu Liam.

„Du übersetzt unsere Diskussionen?"

„Natürlich", sagte Fi und sie machten sich an die Arbeit. Sie schoben alles andere beiseite, so dass sie die Einzelheiten des Vertrags ausarbeiten konnten. Liam bei der Arbeit zu beobachten war faszinierend, stellte Fi fest, weil er wirklich alle Details für eine Fusion dieser Art wusste und alle seine Fragen waren messerscharf. Als die Stunden vergingen, wurde ihre Bewunderung für beide Männer größer.

„Ah, ich glaube, das ist genug für einen Tag." Luis sah gequält aus und blickte auf seine Uhr. „Ich habe eine Verabredung zum Mittagessen."

Fi sah auf ihr Tablet. Es war drei Uhr und sie wurde erneut an den Tagesablauf der Spanier erinnert. Sie musste sich umstellen, während sie hier war.

„Ich würde mich gern in der Werft umsehen, wenn das okay ist?"

„Da ist leider ohne Begleitung nicht möglich. Morgen aber sicher", sagte Luis und ließ sie nach einem kurzen höflichen Nicken für Fi allein.

„Ich mag ihn nicht", sagte Liam, als sie auf ein Taxi warteten.

Fi sah ihn schockiert an. „Was? Warum?"

„Ich mag ihn einfach nicht. Ich mag seine Ausstrahlung nicht. Er sollte dich nicht zum Abendessen einladen."

„Du bist eifersüchtig", sagte Fi, erstaunt über seine Kommentare.

„Ich bin nicht eifersüchtig. Ich sage dir nur, dass ich ihn nicht mag."

„Ich glaube, du lässt deine privaten Gedanken deinen Geschäftssinn verwirren."

„Vielleicht tue ich das. Aber wenn es nur geschäftlich war – warum hat er mich nicht eingeladen?"

„Wie schon gesagt, vielleicht findet er dich einfach nur nervig? So wie ich?" Fi warf ihm einen Blick über ihre Schulter zu, bevor sie sich ins Taxi setzte.

„Zweifelhaft. Du findest mich charmant, aber erlaubst dir nicht, darüber nachzudenken. Trotzdem wäre es höflich gewesen, wenn Luis uns beide eingeladen hätte, damit wir uns alle besser kennenlernen können."

„Mach dir keine Gedanken, Liam. Vielleicht lädt er dich morgen zum Essen ein." Fi lachte wieder, dann seufzte sie, als er nur seinen Kopf schüttelte und aus dem Fenster schaute.

Und das war genau der Grund, warum sie nicht in einer Beziehung sein wollte, erinnerte Fi sich selbst.

KAPITEL SIEBENUNDZWANZIG

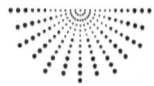

F i wählte ein schlichtes schwarzes Kleid mit einer passenden Strickjacke für das Abendessen. Sie entschied sich für nur ein bisschen Lipgloss, kleine Diamantenstecker und kein Augenmakeup. So würde sie ein angemessenes Erscheinungsbild für ein Arbeitsessen abgeben. Nicht, dass sie ihrer Kleidung in irgendeiner Weise Bedeutung beimessen sollte, aber als Frau in der Geschäftswelt sah sie sie oft als Rüstung. An manchen Tagen wollte sie aussehen, als würde sie in die Schlacht ziehen, während sie an anderen einen weicheren Ton bevorzugte. So oder so, trotz aller Fortschritte der Frauen in der Geschäftswelt wurden sie immer noch nach ihrem Aussehen beurteilt.

„Du hast Luis und Liam heute auch ihren Anzügen nach beurteilt", sagte Fi laut zu sich selbst, als sie eine gesteppte Chanel Handtasche ergriff, die zu ihrem Kleid passte. Wenn man fair wäre, wurde vielleicht jeder nach seinem Aussehen beurteilt – Männer oder Frauen. Wie auch immer, sie dachte, dass sie für das Essen professionell aussah und war gespannt auf das Restaurant, das Luis ausgesucht hatte. Sie summte leise vor sich hin, nahm den Aufzug hinunter zur Lobby und ging nach draußen – wo Luis an einer schwarzen Limousine lehnte.

„Du bist früh dran", sagte Fi und blickte kurz auf die schmale Armbanduhr an ihrem Handgelenk. „Entschuldige, dass ich dich warten ließ."

„Auf eine schöne Frau warte ich immer gern", sagte Luis und beugte sich vor, um auf jede ihrer Wangen einen Kuss zu legen. Fis Nackenhaar sträubte sich; sie hoffte, dieses Essen würde nicht damit enden, dass sie ungewollte Annäherungsversuche abwehren musste. Sie nahm einen Hauch eines seifigen Aftershaves wahr und war froh, dass er sich nicht mit Parfum überschüttet hatte. Sie konnte es nicht ausstehen, wenn Leute zu viel Parfum oder Aftershave auflegten; davon tränten ihre Augen und es verschaffte ihr Kopfschmerzen.

Luis glitt auf den Ledersitz ihr gegenüber und sagte dem Fahrer, er sollte losfahren. „Wie war der Rest deines Tages? Hast du Gelegenheit gehabt, unsere schöne Stadt zu genießen?", fragte Luis und drehte sich zu ihr. Mit fest verschränkten Händen im Schoß drehte Fi ihren Körper etwas von ihm weg, ihre Körpersprache professionell, und lächelte Luis im schummrigen Licht des Autos an.

„Ich hatte ein tolles Mittagessen am Wasser und konnte das Buch zu Ende lesen, das ich schon eine Weile beenden wollte."

„Was liest du gerade?"

„Ach, du wirst lachen", sagte Fi und wurde etwas rot.

„Sag schon."

„Na ja", sagte Fi und sah sich schuldbewusst im Auto

um. „Es war eins der Harry Potter Bücher. Ich habe so tolle Sachen darüber gehört, aber immer gedacht, sie wären nur für Kinder, bis mich jemand davon überzeugt hat, sie einfach mal zu versuchen."

„Harry Potter?" Luis schlug sich auf sein Bein und lachte. „Das sind meine Lieblingsbücher!"

„Wirklich?", lachte Fi, entzückt über seine Reaktion. Sie hatte sich gefragt, ob er ein steifer Geschäftsmann wäre, der sich nicht erniedrigen würde, solche Bücher zu lesen. „Ich finde, dass sie eine schöne Ablenkung sind."

„Sie sind klasse. Warum auch nicht? Es ist schöne Unterhaltung mit einer Welt voll Magie. Es macht Spaß, sich das vorzustellen, oder?"

„Das stimmt, das tut es." Fi lächelte Luis warm an und er erwiderte es.

Das Restaurant war modern – viel vornehmer als das vom Vorabend – und sie merkte, dass Luis hier Stammkunde war als der Oberkellner ihn mit seinem Namen ansprach. Alles war protzig – von den Acrylstühlen an den Tischen, von denen Fi dachte, sie würde auf den Boden fallen, wenn sie sich hinsetzte, bis zu den glänzenden goldenen Weingläsern. Kronleuchter voller Kristalle hingen von der Decke und die Leute im Raum passten zu dem Prunk. Fi fühlte sich ziemlich schäbig angezogen in ihrem einfachen Kleid mit Strickjacke; die anderen Frauen waren glänzend, unmissverständlich sexy und mit Edelsteinen behangen.

„Was für ein Restaurant", murmelte Fi und wünschte sich für einen Moment zurück in das Restaurant, in dem sie mit Liam am Abend davor gewesen war. Das war mehr ihr Geschmack. Sie würde sich in einem kleinen einheimischen Restaurant oder einer Kneipe um die Ecke immer wohler fühlen – so war sie aufgewachsen. Reisen sollte sie aus diesen Gewohnheiten herausholen, und auch wenn sie mit dem Prunk der anderen Leute im Restaurant nicht mithalten konnte, hatte sie jedenfalls die Intelligenz und Erfahrung der Welt.

„Gefällt es dir? Ich war nicht sicher, ob du es vornehm magst oder nicht", sagte Luis.

„Nicht immer, aber ab und zu macht es Spaß", sagte Fi und erinnerte sich selbst, dass dies ein Mann war, der Harry Potter mochte.

„Möchtest du die Karte sehen oder soll ich für uns beide bestellen?"

„Du kommst offensichtlich oft her. Ich probiere gern Neues, also kannst du gern für mich bestellen", sagte Fi. Sie lehnte sich in ihrem Stuhl zurück und sah zu, wie Luis mit dem Kellner über die speziellen Tagesgerichte sprach. Sie rutschte auf ihrem Stuhl herum und fragte sich, warum jemand Acryl für einen Sitz wählen würde – es fühlte sich unbehaglich und unbequem an. Vielleicht war das der Grund, warum so viele Leute im Restaurant umhergingen. Obwohl es für sie so aussah, als ob sich viele kannten. Vielleicht war dies einfach der abendliche Treffpunkt der Reichen von Barcelona.

„Erzähl mir über dich. Du bist Irin, oder?"

„Das bin ich."

„Wie bist du...?" Luis hielt inne und nickte dem Kellner zu, der ihm eine Flasche Wein hinhielt. Sie gingen durch die Prozedur des Riechens und Probierens. Luis schwenkte die Flüssigkeit im Glas, während Fi geduldig darauf wartete, dass die Routine vorbei war.

„Salud", sagte Luis.

„Slainté", sagte Fi auf Irisch.

„Also...warum wurdest du Übersetzerin?", fragte Luis.

„Ich bin schon immer gern gereist. Und ich finde, dass es eine Brücke schlägt, wenn man eine Sprache lernt. Es hilft dir, dich in anderen Ländern und Kulturen auf eine Art einzufinden, die du nicht hättest, wenn du mit der Sprache nicht vertraut bist."

„Oh ja. Sehr clever. Ich reise auch gern. Deswegen bin ich so gern im Reedereigeschäft. Neue Horizonte erforschen und andere Orte besichtigen." Luis machte eine winkende Handbewegung.

„Hast du ein Lieblingsreiseziel?"

„Ich liebe die Schweizer Alpen. Fährst du Ski?"

„Nicht gut, nein."

„Und Cannes ist schön, wenn du das Festival magst."

Fi brauchte einen Moment, um die Bemerkung zu verstehen.

„Du meinst das richtige Cannes Film Festival? Nein, da bin ich noch nicht gewesen."

„Wirklich?" Auf seinem attraktiven Gesicht erschien ein überraschter Ausdruck. Anscheinend war das Cannes Film Festival in seiner Welt etwas Selbstverständliches.

„Nein, zu der Zeit war ich sehr beschäftigt." Fi rollte fast mit ihren Augen, aber tat es doch nicht.

„Du musst irgendwann mal hin. Oder Monte Carlo?" Luis sah sie hoffnungsvoll an.

„Ich war schon mal in Monte Carlo." Fi sagte nicht, dass sie am gleichen Tag wieder abgefahren war, aus demselben Grund, warum sie kein großer Fan dieses Restaurants war. Es war zu extravagant für sie.

„Hast du gespielt?"

„Leider nein. Arbeit, weißt du", sagte Fi und drehte sich, als der Kellner ihren ersten Gang brachte.

„Ein toller Salat. Danke, Miguel", lächelte Luis. „Also du arbeitest viel?"

„Ja und nein. Ich habe zwischen den Projekten Freizeit. Normalerweise nutze ich die Zeit, um Familie oder Freunde zu besuchen. Oder wenn ich das Land, in dem ich bin, besonders mag, verbringe ich ein paar Wochen dort, um es zu erforschen."

„Allein?", fragte Luis und nickte zustimmend. „Nicht viele Leute können das. Ich bewundere diese Eigenschaft."

„Ich mag es gern, allein etwas auskundschaften. In jeder Stadt gibt es so viel zu lernen. Es gibt Museen, Musik, Kunsthandwerksmärkte..." Fi lächelte über Luis entsetzten Gesichtsausdruck. „Du kommst mir nicht vor wie jemand, der auf einen Kunsthandwerksmarkt geht."

„Ich gebe zu, mein Geschmack geht mehr in Richtung...vornehmere Dinge." Luis sah fast etwas verdrießlich aus. „Ich fürchte, das stellt mich etwas als Snob dar."

„Es ist nicht so schlimm, wenn du es zugibst." Fi lachte über den erleichterten Ausdruck, der über Luis' Gesicht ging.

„Erzähl mir von diesen Märkten. Was findest du dort?"

„Oh, Dinge wie handgemachten Perlenschmuck, fein gewobene Schals, manchmal schöne Kunst...solche Sachen. Du wärst überrascht über die unentdeckten Talente, die du da finden kannst."

„Hm, vielleicht sollte ich mal einen ausprobieren." Luis lächelte.

„Ich glaube, das würde ich gern sehen, wenn du dich

außerhalb deines gewohnten Umfelds bewegst", sagte Fi und lachte, als Luis sein Gesicht verzog. „Du kommt mir nicht wie jemand vor, der sich gern unwohl fühlt."

„Generell gebe ich zu, dass ich das nicht tue. Aber das ist nicht der Weg zu lernen, oder? Es ist besser, neue Dinge auszuprobieren, daran wächst man."

„Das finde ich auch. Deswegen liebe ich das Reisen so." Nachdem er seine Vorliebe für das Opulente zugegeben hatte, fühlte sich Fi viel behaglicher. Der Rest des Abends verging überraschend angenehm und Fi war froh, dass sie dem Essen zugestimmt hatte. Am Ende des Abends mochte sie seinen Charme und hatte ihm sogar ein- oder zweimal einen Dämpfer aufsetzen können, um ihn zugänglicher zu machen.

Als die Limousine vor ihrem Hotel anhielt, drehte Fi sich, um ihm für das Essen zu danken. „Das war schön, Luis. Danke, dass du einen Teil deiner schönen Stadt mit mir geteilt hast."

„Danke, dass du mit mir gegessen hast. Ich hoffe, du genießt deine Zeit in Barcelona. Vielleicht können wir das wiederholen. Wir können auch Liam einladen, wenn er gern dazukommen würde?"

Ha!, dachte Fi. Liam hatte Luis ganz falsch eingeschätzt.

„Ich denke, dass er gern einbezogen würde. Danke für das Angebot."

„Hab eine gute Nacht. Ich sehe dich morgen", sagte Luis, stieg aus dem Auto aus und hielt die Tür für sie auf. Fi war erfreut und erleichtert, dass er nicht mehr versuchte, als sie zum Abschied auf die Wangen zu küssen, was in

Spanien zur Begrüßung und zum Abschied als normal betrachtet wurde, wie sie wusste.

„Gute Nacht und danke nochmal für das Abendessen", sagte Fi. Sie wanderte ins Hotel, zufrieden mit dem Abend und der Tatsache, dass Luis so ein angenehmer Kunde war. Alles in allem freute sie sich auf ihre Zeit in Spanien.

KAPITEL ACHTUNDZWANZIG

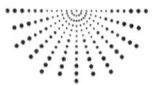

„Und, wie war deine Verabredung gestern Abend?",
fragte Liam, als Fi am nächsten Tag durch die
glänzenden Glastüren der Lobby ging. Er sah gut aus wie
immer in einem dunkelgrauen Blazer, einem weißen Hemd
und ordentlich gebügelten Jeans. Heute würden sie die
Bootswerft und einige der Schiffe besichtigen, daher
wurde ihnen geraten, sich etwas lässiger anzuziehen. Fi
war dem Ratschlag gefolgt und trug eine schimmernde
blaue Tunika über schmalen Jeans, die in butterweichen
Lederstiefeln steckten. Sie hatte ein paar Ketten um den
Hals gelegt – sie waren Aislinns Arbeit – und hatte ihre
Tasche über ihrer Schulter. Sie grub in der Tasche, setzte
ihre Sonnenbrille auf und sah Liam mit geschürzten
Lippen an.

„Sieh mich nicht so schmollend an", lachte Liam.

„Es war keine Verabredung", sagte Fi.

„Mhm", grummelte Liam.

„Da war es wirklich nicht. Er ist ein netter Kunde und,
wie ich finde, gute Gesellschaft. Er hat sogar gefragt, ob

ich dachte, dass du dich mal zum Abendessen anschließen möchtest." Fi zog ihre Sonnenbrille mit einem Finger herunter und sah ihn mit erhobenen Augenbrauen an.

„Hat er das? Hätte er mich nicht selber fragen können?"

„Ich bin sicher, das wird er", sagte Fi, als er in das Taxi einstieg, das neben ihnen angehalten hatte.

„Dann behalte ich mir mein Urteil noch vor", sagte Liam. „Aber du sagst es mir, wenn er bei dir etwas versucht?"

„Und warum würde ich das tun? Bist du plötzlich mein Beschützer?"

„Ich habe dir doch klar gemacht, dass ich an dir interessiert bin, oder, Fi?"

„Das klingt, als wäre es *dein* Problem", sagte Fi und lächelte, als Liam seinen Kopf zurückwarf und lachte.

„Oh Mann, du bist kaltherzig", sagte Liam und hielt seine Hand auf sein Herz.

„Im Geschäftsleben ist es eine komplizierte Gratwanderung, Liam. Frauen müssen damit jeden Tag umgehen. Es ist schwieriger in Ländern, in denen Männer so leicht flirten, wie sie atmen. Ich möchte freundlich sein, aber keine Annäherungsversuche anlocken. Es ist nicht immer einfach. Deswegen werde ich Luis abweisen, sollte er es versuchen – und darum ist es mir wichtig, dass *du* meine Grenzen auch respektierst, während wir zusammenarbeiten."

„Natürlich respektiere ich deine Grenzen bei der Arbeit", protestierte Liam und Fi musste ihm recht geben. Er war gestern während ihrer Besprechungen nur respektvoll gewesen.

Fi sah ihn mit schräg gelegtem Kopf an. „Aber wir reden hier über die Zeit nach der Arbeit?"

„Ich habe unser Abendessen neulich sehr genossen. Auch wenn wir nur Freunde sind. Wir haben Vergangenheit, das kannst du nicht ignorieren. Du weißt von meinem Interesse. Wie können wir das auf dieser Reise bewerkstelligen? Können wir nicht zusammen essen gehen? Können wir uns nicht außerhalb der Arbeit sehen? Was sind deine Regeln?"

„Ich habe nicht gesagt, dass wir nicht zusammen essen gehen können."

„Treibst du Spiele mit mir, Fi?"

„Nein." Fi warf frustriert ihre Hände hoch. „Ich kann gar nicht spielen. Ich kann mit Verabredungen, dem Herumtänzeln und all den Nuancen ganz schlecht umgehen. Ich habe gedacht, ich mache es richtig, wenn ich dir gegenüber gradlinig bin, und jetzt fühlt es sich an, als wäre ich mitten in einem Chaos."

„Es ist nicht chaotisch. Aber Gefühle sind nicht schwarz und weiß. Du kannst nicht sagen, dass du gar nichts für mich fühlst, Fi." Liam tätschelte ihre Hand, so dass sie sich umdrehte, um ihn durch ihre Sonnenbrille anzusehen.

„Liam, es ist weder der richtige Zeitpunkt noch der Ort, um diese Unterhaltung zu führen", sagte Fi und zog ihre Hand zurück, als das Taxi an der Werft anhielt.

„Es ist einfach ja oder nein", sagte Liam mit einem sturen Gesichtsausdruck.

„Es ist kompliziert", seufzte Fi.

„Das muss es nicht sein", entgegnete Liam.

„Das ist es. Weil ich so bin. Ich bin kompliziert."

„Okay, dann vereinfache es für mich. Sag mir deine Regeln und ich werde sie einhalten."

„Einfach...okay, ja, wir können essen gehen und Zeit miteinander verbringen. Aber ich möchte wirklich, dass wir nur Freunde sind. Ich bin noch nicht bereit, das weiter zu verfolgen – besonders während einer Vertragsverhandlung, die so wichtig ist wie diese. Ich glaube, es ist besser, dass wir nicht zu sehr abgelenkt werden, oder?"

„Ja, dem kann ich zustimmen. Und es tut mir leid, wenn ich dich gedrängt habe. Ich gebe zu, dass ich etwas eifersüchtig bin, dass du gestern Abend mit Luis zum Essen gegangen bist."

„Ich verspreche dir, es war alles koscher. Und dabei belasse ich es jetzt, da wir unseren Arbeitstag beginnen", sagte Fi. Sie lächelte, als Luis und ein zweiter Mann zum Taxi kamen.

„Guten Morgen, Fiona und Liam. Ich möchte euch Jonathon vorstellen. Er beaufsichtigt einen Großteil der Werft und wird uns heute herumführen", sagte Luis und trat zurück, so dass sie Jonathons Hand schütteln konnten.

Fi verdrängte die Unterhaltung im Taxi und konzentrierte sich auf die Worte, die um sie herumflossen und tat ihre Pflicht, alles zu übersetzen, was gesagt wurde. Die Stunden vergingen schnell, als sie durch die Werft gingen, während Luis Transportrouten erklärte und ihre umweltfreundlichen Methoden. Es war interessant für Fi, all die Details zu hören über so ein riesiges Unternehmen und sie genoss die Zeit, in der sie durch die verschiedenen Schiffe ging und lernte, wie alles funktionierte. Aber am Ende des Tages war sie bereit, ihre Füße hochzulegen und zu entspannen – allein, versprach sie sich selbst.

„Fiona", rief Luis, als ihr Taxi kam.

„Einen Moment", sagte Fi zu Liam. Sie ignorierte seinen Blick und ging, um mit Luis zu sprechen.

„Hast du Pläne fürs Abendessen heute? Vielleicht kann ich dich und Liam ausführen", fragte Luis und nickte zu Liam.

„Danke für die Einladung, aber ich werde heute Abend allein essen. Ich bin müde. Ich kann aber sehen, ob Liam Zeit hat", sagte Fi und drehte sich, um ihm zuzuwinken.

„Ach, na ja, dann ruh dich aus. Ich versuche es später diese Woche nochmal", sagte Luis und trat zurück. Er lächelte sie an und nickte kurz. Fi stellte fest, dass er nicht anbot, Liam zum Essen einzuladen, aber entschied, es nicht zu verfolgen.

Liam war recht ruhig auf der Fahrt zurück und Fi war dankbar für den Frieden. Übersetzen konnte harte Arbeit sein, da sie den ganzen Tag lang im Kopf zwischen zwei Sprachen wechseln musste. Zufrieden, einen Moment in Stille zu sitzen, lehnte Fi ihren Kopf zurück und sah, wie die Stadt an ihnen vorbeizog.

„Möchtest du nachher etwas essen gehen?", fragte Liam, als sie vor dem Hotel anhielten.

„Ich habe heute einen Abend für mich", sagte Fi. „Ich möchte mich nur entspannen und mein Buch lesen."

„Das klingt perfekt. Ich mag es auch gern, mir es in einem Hotelzimmer mit meinem Buch gemütlich zu machen", sagte Liam. „Ich wünsche dir einen schönen Abend."

„Danke, Liam", sagte Fi und lächelte ihn an. Ihre Füße schmerzten aufgrund der Absätze, die sie den ganzen Tag getragen hatte. Eine Badewanne und ein kuscheliger Bademantel riefen sie.

Eine Stunde später war Fi selig im Bademantel eingewickelt und entspannte nach einem Glas Wein, als es an der Tür klopfte. Sie sah ärgerlich auf.

„Ich schwöre...kann ich nicht einen Abend haben?", fragte sich Fi. Nachdem sie sichergestellt hatte, dass der Gürtel eng um ihre Taille gebunden war, öffnete sie die Tür ein paar Zentimeter.

„Zimmerservice, Madam." Ein Kellner in einer ordentlichen grauen Weste stand vor ihr mit einem Tisch auf Rädern, der vollgeladen mit Tellern war.

„Oh. Entschuldigung, aber ich hatte nichts bestellt."

Der Kellner sah auf seinen Notizblock.

„Fiona?"

„Ja, richtig."

„Das ist für Sie von einem Mr Liam Mulder."

„Ah", sagte Fi, trat zurück und ließ den Mann hereinkommen. Mit geübten Bewegungen hatte er schnell alles auf dem kleinen Tisch am Fenster ausgebreitet, eine Flasche Wein geöffnet und sogar die einzelne Rose in ihrer durchsichtigen blauen Vase richtig platziert. Fi dankte ihm, schloss und verriegelte die Tür, bevor sie zum Tisch ging, um einen kleinen Umschlag aufzunehmen. Sie öffnete die Klappe und zog eine Nachricht heraus.

Ich wollte dich nicht stören, aber ich dachte, wir können in unseren getrennten jeweiligen Zimmern zusammen „essen". Das Essen geht auf mich. Guten Appetit!

Für eine Sekunde blitzte es durch Fis Kopf, den Nach-

tisch von Liam herunter zu essen und eine Hitzewelle
überzog ihre Haut.

„Hör auf mit den schmutzigen Gedanken", sagte Fi
und sah dann herüber, als ihr Telefon klingelte. Sie nahm
es, sah, dass es Grace war und stellte sie auf Videochat.

„Hi Grace, wie geht es dir?", fragte Fi, stellte das
Telefon auf den Tisch und setzte sich hin, um die Essens-
auswahl zu betrachten.

„Was machst du gerade?", fragte Grace, die an ihrem
eigenen Tisch bei sich zu Hause saß. Fi konnte die Schalen
und Gläser um sie herum sehen und dachte, dass Grace an
ihrer neuen Produktlinie arbeitete.

„Ich habe Essen vom Zimmerservice hier", sagte Fi
und nahm einen Schluck von dem Glas Rotwein, das der
Kellner eingeschenkt hatte.

„Vornehm. Wie läuft es so auf der Reise?"

„Gut. Barcelona ist schön", sagte Fi und wusste ganz
genau, dass Grace gehört haben musste, dass Liam auch
dabei war.

„Ist es das? Ich war noch nie da. Und...geht bei der
Arbeit alles gut?", fragte Gracie, ihre Augen weit in ihrem
Gesicht.

„Ja, alles gut", sagte Fi und nahm ein Stück Käse vom
Teller. „Dylan kann froh sein über seine Entscheidung. Die
Bootswerft sieht gut geführt aus."

Gracie wischte das mit einer Handbewegung beiseite.

„Und ist alles andere auch gut?"

„Natürlich, warum sollte es das nicht sein?", sagte Fi
und amüsierte sich, als Gracies Gesichtsausdruck stürmisch wurde.

„Ich frage nur. Ich will sichergehen, dass du nicht

einsam bist, wenn du allein in diesen Städten unterwegs bist."

„Komisch, du hast mich auf den vorigen Reisen nie angerufen und gefragt, ob ich einsam bin", sagte Fi und lehnte sich zurück, um ihre Füße auf den anderen Stuhl zu legen. „Ich kann mir nicht vorstellen, warum du jetzt nachfragst, nachdem ich dich erst vor ein paar Tagen noch gesehen habe."

„Weil du meine beste Freundin bist und ich dich liebe?", fragte Gracie.

„Aha. Und es hat nichts mit einem gewissen attraktiven Iren zu tun, der auch auf dieser Reise ist, oder?"

„Was? Welcher Ire? Wer könnte das sein?", fragte Gracie mit gerunzelter Stirn und versuchte, unschuldig auszusehen. Fi spuckte fast ihren Wein aus.

„Gracie, du konntest noch nie lügen und das weißt du auch."

„Verdammt, Fi. Erzähl! Wie geht es dir und Liam? Was ist passiert? Hast du schon mit ihm geschlafen?" Grace quietschte fast ins Telefon.

„Oh, du willst dich nach Liam erkundigen? Nicht nach dem heißen spanischen Manager der Werft?"

Gracie atmete tief ein.

„Du spielst mit zwei Männern?"

„Das tue ich ganz bestimmt nicht! Du weißt, dass ich nicht so bin. Ich habe gar nicht die Fähigkeiten dazu. Ich bin zu direkt." Fi zuckte mit den Schultern. „Aber ich war mit Liam essen. Und dann habe ich mit Luis gegessen. Und ich habe ihnen beiden klar gemacht, dass ich mich rein professionell verhalten werde, bis die Verhandlungen vorbei sind."

„Das ist hart, oder?", sagte Grace, ihr Gesicht sofort voller Mitgefühl. „Diesen Grat in der Geschäftswelt zu wandern?"

„Manchmal ja. Ich versuche, mich auf das zu konzentrieren, wofür Dylan mich hergeschickt hat."

„Ich bin sicher, es würde ihm nichts ausmachen, wenn du nach der Arbeitszeit dein eigenes Leben hast", sagte Grace. „Er ist ja kein Monster."

„Mir ist schon klar, dass ich ein Geschäftsleben und ein Privatleben haben kann", lachte Fi und nahm den Deckel von einem anderen Teller herunter, auf dem eine Auswahl an Aufschnitt lag.

„Wie geht es Liam?"

„Ihm geht es gut. Er hat klar gemacht, dass er an mir interessiert ist, aber er respektiert meine Grenzen", sagte Fi.

„Warum schiebst du ihn weg?", fragte Grace.

„Das habe ich dir doch gesagt. Es ist alles kompliziert. Ich mag mein Leben so, wie es ist, Gracie. Männer machen es kompliziert."

„Nicht unbedingt. Manchmal machen sie es besser", sagte Gracie.

„Ich brauche keine Verbesserung. Es ist schon ein Riesenschritt für mich, meine eigene Wohnung zu haben. Zusätzlich noch einen Mann zu haben klingt zu..."

„Einschränkend?", fragte Grace und mischte etwas in einer kleinen Schüssel vor ihr.

„Ja, das ist ein gutes Wort. Du musst mich einfach selbst da durchwursteln lassen." Fi seufzte und dann sah sie mit zusammengekniffenen Augen hoch, als Grace den

Holzstab, den sie in ihrer Hand hielt, hochhob. „Was ist das?"

„Das ist ein Mixer! Ich vermische gerade eine Zutat. Also lasse ich dich deinen eigenen Weg durch das Durcheinander wurschteln." Grace ließ ein perlendes Lachen heraus. „Du kannst immer mit mir über alles reden – das weißt du, oder?"

„Natürlich weiß ich das. Ich liebe dich. Jetzt sag mal, macht sich deine Mutter verrückt mit der Hochzeitsplanung?"

„Oh ja. Die Frau treibt mich noch zum Wahnsinn."

KAPITEL NEUNUNDZWANZIG

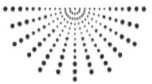

Die Wellen schlugen tief unter ihr auf, als sie am Rand der Klippe stand – wild und wütender, als sie die Bucht je gesehen hatte. Dunkle Wolken rollten am Horizont und ein scharfer Wind schlug Fis Haar über ihr Gesicht und nahm ihr für einen Moment die Sicht. Sie schob ihre Haare zurück und beobachtete das Wasser, das am Strand schäumte. Was hatte die Bucht heute so in Rage gebracht?

Als ein erneuter Windstoß sie schüttelte und fast über die Kante schickte, trat Fi sicherheitshalber etwas vom Rand zurück. Ihr Blick ging vom heranrollenden Sturm zu den Wellen unter ihr. Ihr Herz zog sich zusammen, als ein leuchtend blauer Blitz aus dem Inneren des Gewässers schien, bevor er wieder verschwand. Sie hätte ihn verpasst, wenn sie nicht gerade hingeschaut hätte und Fi bebte, als der magische Schlag über ihre Haut rollte. Sie wusste instinktiv, was das Licht aus der Bucht bedeutete. Sie hatte Grace davon reden hören, so wie die anderen Frauen in ihrer Familie. Aber jetzt, wo sie allein hier stand? Warum würde die Bucht für sie leuchten?

Verwirrt und verunsichert durch die Elektrizität, die die Luft verdickte, drehte sich Fi vom Wasser weg, um zurück zu Graces Haus zu gehen, in der Hoffnung, da einen sicheren Hafen zu finden. Sie erstarrte, als sie zwei Männer am Rand der Klippe sah.

Liam.

Mit einem Lächeln auf seinem Gesicht kam er auf sie zu und hob grüßend eine Hand. Der Wind zerzauste seine Haare und er hätte dringend eine Rasur benötigt. Er sah gut und selbstsicher aus in einem karierten Flanellhemd unter einem einfachen grauen Wollpullover. Die Worte, die er ihr zurief, verloren sich im Wind, der über das Land fegte.

Fi fragte sich, ob er das Licht gesehen hatte und rief seinen Namen. Luis war hinter ihm und für eine Sekunde spürte Fi eine Welle von...*Böswilligkeit,* die von ihm ausstrahlte. Es war fast, als ob Luis Liam wie eine Katze belauerte, die kurz davor war, sich auf eine Maus zu stürzen – nicht, als ob sie Kollegen waren, die gemeinsam spazieren gingen. Unsicher, was es bedeutete, eilte Fi mit ihren Händen in der Luft nach vorn.

Alles, was sie wusste, war, dass sie Liam warnen musste – sie musste ihn retten! Ihr Herz hämmerte in ihrer Brust und sie schrie Worte, die in den heftigen Windstößen verwehten, die auf sie einschlugen und Liam sah sie verwirrt mit schräg gelegtem Kopf an.

Es war der letzte Blick, den sie sah, bevor Luis Liam über die Klippe schubste. Der Wind schien ihn zu ergreifen und seinen Körper mühelos zu tragen, als er aus ihrer Sicht verschwand.

„Nein!", schrie Fi, aber der Wind nahm ihre Worte so, wie er Liam gestohlen hatte. Sie fiel im nassen Gras auf ihre Knie, als die Wolken sich öffneten und scharfe Regentropfen auf sie einschlugen. Sie hob ihren Kopf und sah Luis, wie er sie durch den Nebel anlächelte.

Fi wachte schweißgebadet auf und blinzelte in das blasse Licht des Hotelzimmers. Mit zitterndem Atem legte sie ihre Hand auf ihr Herz und zwang sich selbst, ihre Atemzüge zu zählen, bis sie sich beruhigt hatte. Es dauerte eine Weile, bevor sie sich im Bett bewegen konnte und sich aus den schweißnassen Laken löste, um ins Badezimmer zu stolpern. Sie nahm ein Glas vom Waschbecken, goss sich kaltes Wasser ein und trank. Sie starrte sich selbst im Spiegel an.

Dunkle Ringe lagen unter ihren Augen und ihre Haut war leichenblass und feucht. Fi zog eine Grimasse, lehnte sich vor und spritzte etwas Wasser auf ihre Wangen. Dann saß sie einfach – weil sie nicht anders konnte – auf dem Rand der Badewanne und vergrub ihr Gesicht in dem Handtuch, das sie ergriffen hatte.

Sie hasste Träume wie diesen, in denen etwas Furchtbares passierte und es an ihr hängenblieb herauszufinden, was es bedeutete. Oft konnte es wirklich der Unterscheid zwischen Leben und Tod sein, und sie hatte über die Jahre gelernt zu verstehen, auf welche sie sofort reagieren musste und welche eher metaphorisch waren.

Aber dieser war schwierig. Sie konnte sich nicht vorstellen, dass Luis wirklich versuchen würde, Liam umzubringen. Das war...lächerlich, beschloss Fi, stand auf und ging zur Dusche, um das Wasser aufzudrehen. Sie wartete, bis das Wasser warm wurde, dann zog sie ihr T-Shirt und die Unterhose aus und trat unter den Strahl. Fi genoss die Regendusche und seufzte, als die Hitze die Anspannung in ihren Schultern löste. Sie stützte ihre Hände an der Wand ab und ließ das Wasser ihren Rücken herunterlaufen, um ihre Muskeln zu beruhigen.

Versuchte der Traum einfach, ihr zu zeigen, dass Luis nicht gut für sie war? Oder dass er Hintergedanken hatte? Oder spielte ihre Gabe einfach mit ihrem Hirn? Es gab kein Handbuch für so etwas, keine Regeln, die sie nach-lesen konnte und das Letzte, was sie machen würde, war, jemanden in ihrer Familie im Morgengrauen aufzuwecken. Sie beschloss, den Traum erstmal zu ignorieren und sich später damit zu beschäftigen. Sie stand länger als notwendig in der Dusche, bevor sie sich wieder in den weichen Bademantel einwickelte und in ihr Zimmer ging. Da machte sie Kaffee, setzte sich in den Sessel und zwang sich, die Zeitung zu lesen.

Die Routine beruhigte sie und innerhalb weniger Minuten konzentrierte sie sich darauf, die spanischen Nachrichten zu übersetzen und der Traum war vergessen.

KAPITEL DREISSIG

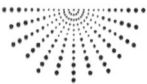

A m nächsten Tag hatten sie ausnahmsweise einen freien Nachmittag, und da das Wetter mitspielte, überredete Liam sie dazu, mit ihm am Ufer spazieren zu gehen. Der Traum der letzten Nacht hallte noch etwas nach, aber sie konzentrierte sich am Vormittag sehr auf Luis und hatte nichts in seinem Verhalten erkennen können, das unpassend war. Fi tat es als nichts anderes als einen Traum ab – schließlich waren nicht alle ihre Träume Vorahnungen – und beobachtete, wie die Sonne auf dem Wasser spielte und den lässigen Flug der Möwen über ihr.

„Es fühlt sich immer wie zu Hause an", sagte Liam und atmete die Meeresluft tief ein.

„Ja, das tut es, oder? Ich glaube, wenn du am Wasser aufgewachsen bist, wird es dich immer anziehen."

„Ich sage immer, dass ich Landbeine bekomme", sagte Liam, hielt an einem kleinen Eisstand und zeigte darauf. Fi nickte; Eiscreme an einem warmen Nachmittag klang perfekt.

„Landbeine?"

„Ja, mich juckt es, wenn ich zu lange auf dem Land war."

„So geht es mir auch, wenn ich zu lange an einem Ort bin", sagte Fi und hielt dann inne, um sich die verschiedenen Eissorten anzusehen. Sie entschied sich für Pistazie, ihre Standardwahl, und lachte, als Liam sie schräg ansah.

„Was? Pistazie ist lecker. Hast du es probiert?"

„Nein, es ist grün. Eis sollte dekadent aussehen, so wie dieses gesalzene Karamell." Liam wedelte mit seiner Waffel.

„Mmm, ich glaube, du wirst deine Meinung ändern, wenn du es probiert hast", sagte Fi und bot Liam ihre Waffel an. Liam lehnte sich vor, leckte an ihrem Eis und ein Schock von Lust verbrannte Fis Inneres. Trotz ihrer Bemühungen schossen ihre Gedanken zurück zu ihrer Nacht in Kroatien vor all den Jahren und Erinnerungen daran, was er mit dem Mund machen konnte. Fi wurde rot und drehte sich weg, um auf das Wasser zu schauen, während Liam über ihre Eiswahl nachdachte.

„Na ja, ich muss ehrlich sein – es ist nicht schlecht. Es ist nicht gesalzenes Karamell und ich kann nicht sagen, dass ich mitten in der Nacht aufwachen würde vor Sehnsucht nach Pistazieneis, aber es ist nicht so schlecht, wie ich dachte."

„Wachst du oft mitten in der Nacht auf und lechzt nach Süßigkeiten?", lachte Fi, dankbar, dass ihr Anflug von Lust vorbei war.

Sie gingen weiter auf dem kopfsteingepflasterten Weg am Wasser. Leute versammelten sich in kleinen Gruppen, genossen Essen von den Straßenständen oder radelten auf dem Weg zur Uni vorbei. Die Menschenmenge war eine

Mischung aus Touristen, Geschäftsleuten bei einer späten Mittagspause oder Studenten mit Rucksäcken, die in Gruppen quatschten. Liam erspähte eine leere Bank und eilte rüber, um sie in Beschlag zu nehmen, bevor ihm jemand anderes zuvorkam. Er setzte sich auf die Bank und winkte sie hinüber, bevor er sich zielstrebig über sein Eis hermachte, worüber Fi lächeln musste.

„Ich müsste lügen, wenn ich sagen würde, dass ich nicht ab und zu aufwache mit Lust auf etwas Süßes." Liam zuckte mit einer muskulösen Schulter.

„Ich gebe zu, ich habe ähnliche Momente", sagte Fi mit einem Lachen.

„Das merke ich mir. Ruf Fi morgens um drei an und bezirze sie mit Pistazieneis." Liam tat so, als würde er es aufschreiben und Fi lachte wieder und streckte ihre Beine vor sich aus. Sie beobachtete, wie ein Containerschiff im Hafen beladen wurde und ihre Gedanken wanderten zur Arbeit zurück.

„Magst du diesen Teil des Jobs? Die Verhandlungen, meine ich?", fragte Fi und genoss einen weiteren Happen Eis.

„Mmm, ja und nein. Ich bin gut darin, da ich sehr detailorientiert bin. Aber etwas gut können und es lieben sind zwei verschiedene Dinge, oder?"

„Klar, so fühle ich auch bei meiner Arbeit."

„Du magst übersetzen nicht?", fragte Liam und sah sie überrascht an.

„Ich mag es...aber die gewerbliche Übersetzungen sind nicht das, was mir Spaß macht", gab Fi zu, verblüfft, dass sie ihm das erzählte. Sie hatte diesen Gedanken noch nie vorher laut ausgesprochen.

„Aber ist es nicht das, was du am meisten machst?"

„Ja, das ist es. Aber...ich weiß nicht." Fi zuckte mit einer Schulter und nahm einen weiteren Bissen von ihrem Eis.

„Heraus damit, Fi. Was würdest du lieber machen? Du leuchtest auf, wenn du übersetzt, daher bin ich überrascht zu hören, dass du es nicht magst."

„Oh, ich liebe es, die Geschäftsverträge begeistern mich nur nicht. Wenn ich ehrlich sein soll...kann ich dir sagen, was ich wirklich liebend gern machen würde?"

„Bitte", sagte Liam und lehnte sich zurück, so dass seine Schulter an ihre stieß.

„Ich glaube, ich würde gern Bücher übersetzen. Unter-haltungslektüre – Romane, um genau zu sein. Große mitreißende Liebesromane, kalte Krimis, psychologische Thriller – ich glaube, das wäre toll. Vielleicht würde ich nicht so viel herumkommen, aber ich könnte meine Reisen selbst finanzieren, oder?", fragte Fi und erwärmte sich bei dem Thema. „Und jetzt, da ich die Wohnung habe, könnte ich mich darin arbeiten sehen. Über das Wasser schauen und Bücher übersetzen und dann in den Urlaub fahren."

„Ich finde, das klingt wunderbar, Fi. Warum machst du das nicht?"

„Weil...na ja, es ist nicht das, was ich studiert habe. Ich habe einen Abschluss in Betriebswirtschaft. Darauf sollte ich mich konzentrieren."

„Warum? Ich habe auch einen Wirtschaftsabschluss, aber ich mache mir lieber die Hände dreckig und baue Dinge oder bin auf See. Ich nutze meinen Abschluss, wenn ich muss, aber ich bin am glücklichsten, wenn ich körper-lich arbeite."

Fis Gedanken flitzten sofort zu einem sehr ungehörigen Ort und Hitze ging über ihr Gesicht. Sie hoffte, dass er es nicht merkte und hielt ihren Blick auf dem Wasser.

„Ich...eh..." Fi räusperte sich. „Ich glaube nicht, dass ich mir je erlaubt habe, wirklich herauszufinden, wie dieser Pfad aussehen würde."

„Das solltest du. Genau das mache ich, indem ich für Dylan arbeite. Er weiß, dass ich verrückt werde, wenn ich den ganzen Tag in einem Konferenzraum sitzen und Verträge aushandeln würde. Stattdessen haben wir uns darauf geeinigt, dass ich meine Hände in allen Ebenen des Geschäfts haben kann. Ich freue mich wie ein Schneekönig, wenn ich auf einer Baustelle dreckig werde oder ein Schiff durch eine stürmische See manövriere. Es ist gut, Balance zu haben. Hast du das Gefühl, dass du etwas beweisen musst?"

Fi sah nach unten und merkte, dass sie ihr Eis aufgegessen hatte. „Ich glaube schon. Ich habe mich immer so darauf konzentriert, in die Welt hinauszugehen und sie zu erforschen und zu beweisen, dass ich eine starke Geschäftsfrau sein kann – ich glaube nicht, dass das Übersetzen von Romanen in das Bild hineinpasst."

„Warum nicht? Es ist ein Geschäft. Ein sehr ertragreiches, stelle ich mir vor. Ich wette, dass du das auch gut machen würdest. Warum versuchst du es nicht mal?"

„Vielleicht tue ich das. Ich werde darüber nachdenken."

„Hast du Lust, mit mir in ein Museum zu gehen?", fragte Liam und stand auf.

„Was?" Fi versuchte, dem Themenwechsel zu folgen. Der Mann hatte gerade ihren geheimen Lebenstraum aufgedeckt, hatte ihr gesagt, sie sollte es einfach machen und jetzt kam er plötzlich mit einem Museumsbesuch?

„Hier gibt es ein Picasso Museum, und da ich noch nie einen Picasso gesehen habe, dachte ich, es wäre schön, dort hinzugehen. Ich habe Karten vorbestellt, es sei denn, du hast seine Gemälde schon besichtigt?"

„Habe ich nicht."

„Klasse! Sollen wir beide etwas tun, das wir vorher noch nicht gemacht haben?"

„Ich glaube, das sollten wir." Fi lachte und stand auf. Sie mochte Liams zwanglose Gesellschaft und die Tatsache, dass er sein Wort gehalten hatte, sie nicht zu drängen. Mit ihm sein so war so einfach und unkompliziert wie mit ihren Freunden.

Wenn sie die Anflüge von Lust ignorierte, die sie immer wieder durchliefen.

„Perfekt. Sollen wir los?" Liam bot ihr seinen Arm.

Sie ergriff ihn und ohne eine einzige Sorge in der Welt ging sie mit ihrem Freund los.

KAPITEL EINUNDDREISSIG

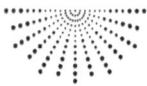

Die nächsten Wochen vergingen wie im Flug. Fis
Tage waren damit erfüllt, Besprechungen und
Verträge zu übersetzen und an ihren Abenden ging sie
abwechselnd mit Liam oder Luis zum Essen oder blieb
allein. Seinem Wort getreu hatte Liam alles sehr professionell gehalten und Luis hatte keine Grenzen überschritten.
Sie spürte sein Interesse mehr als einmal, aber er hatte
keine Annäherungsversuche gemacht.

Luis war der Typ Mann, mit dem sie normalerweise
auf ihren Reisen ausgehen würde – aalglatt, clever und
nicht an etwas Langfristigem interessiert. Ohne Angst vor
Bindung oder verletzten Gefühlen wäre er der ideale
Partner für eine kleine Affäre, wenn die Arbeit beendet
war.

Liam auf der anderen Seite war etwas ganz anderes.
Er...verstörte sie auf eine Art, die sie noch nicht wirklich
näher untersuchen wollte. Vielleicht machte sie das zu
einem Feigling, aber wenn sie die Wahl hatte zwischen

einfachem, unkompliziertem Spaß oder einer chaotischen emotionalen Bindung, würde Fi sich für Spaß entscheiden. Es war einfach besser so, erinnerte Fi sich selbst – keine komplizierten Bindungen, keine Probleme mit überlappenden Freundschaften. Sie konnte sich gut vorstellen, nach Graces Hochzeit bei einem Whiskey mit Liam im Pub zu sitzen und mit ihm kein Problem zu haben. Aber wenn sie sich zwischen den Laken vergnügten? Dann wären da Probleme. Fi mochte Probleme nicht. Es war Teil des Grunds, warum sie so gern reiste. Sie konnte Männer lieben und sie verlassen und weiterziehen, um den nächsten Ort zu erforschen. Niemand wurde verletzt und alle wussten, woran sie waren. Mit Liam war die Sache einfach die, dass sie fürchtete, ihm wehzutun. Was immer unter der Oberfläche zwischen ihnen brodelte, war zu potent – zu groß – um sie beide unberührt zu lassen. Für sie war es das nicht wert, es auszuprobieren.

„Wo ist dieser spezielle Ort, an den du mich führst?", fragte Fi und lächelte Luis an, als sie ihn vor dem Hotel traf. Er hatte sie allein zum Essen eingeladen, da sie morgen am letzten Abend alle zusammen essen würden.

„Es wird lustig. Du wirst es mögen, das verspreche ich", sagte Luis und setzte sich neben sie auf den Rücksitz im Auto.

„Wir sind fast fertig mit den Verhandlungen, oder? Morgen sollte alles beendet sein", sagte Fi und streckte ihre Beine aus. Heute Abend trug sie einen fließenden, wadenlangen roten Rock und ein schlichtes schwarzes Top mit weitem Ausschnitt. Statt Halsketten trug sie lange silberne Ohrringe und hatte ihre Chanel Handtasche am

Arm. Sie hatte schnell gelernt, dass sie mit den spanischen Frauen, mit denen Luis sich umgab, nicht mithalten konnte, also zog sie sich stattdessen bequem an, damit sie sich wohlfühlte.

„Ich glaube schon." Luis sah weg und dann wieder zu ihr mit einem Lächeln auf seinem attraktiven Gesicht. „Und dann...vielleicht könnten wir etwas Zeit miteinander verbringen, wenn du länger bleibst."

Fi hielt für einen Moment inne. Sie war nicht komplett überrascht über seine Frage, da sie etwas Interesse seinerseits gespürt hatte. Trotzdem war es das erste Mal, dass er direkt zeigte, dass er mehr von ihr wollte.

„Das ist eher unwahrscheinlich." Fi lachte über seinen enttäuschten Gesichtsausdruck. „Die Hochzeit meiner Freundin ist bald, also kann ich nicht viel länger bleiben."

„Ach, aber du reist oft, oder? Wir könnten das miteinplanen."

„Vielleicht. Ich habe ein paar Anfragen für verschiedene Projekte erhalten, also werde ich die Angebote in den nächsten Tagen durchsehen und dann habe ich eine bessere Vorstellung davon, was ansteht."

„Sind Projekte in Spanien dabei?"

„Ich glaube, da waren ein oder zwei. Ich *bin* schließlich spanische Übersetzerin", sagte Fi mit einem Lachen, als das Taxi vor einem Gebäude anhielt, an dem eine Reihe von Fackeln an den Balkonen brannten.

„Ich mag diese Neuigkeiten. Wir können ein zukünftiges Treffen planen. Vielleicht nimmst du mich eines Tages mal zu einem dieser Kunsthandwerksmärkte mit." Luis lächelte, als er eine Hand ausstreckte und ihr aus dem

Auto half. Fi ließ seine Hand sofort fallen, als sie auf dem Bürgersteig standen und sah neugierig auf das Gebäude.

„Ist das ein Restaurant?"

„Ja, ein Restaurant, eine Bar und ein Tanzclub. Komm, komm. Du wirst schon sehen", sagte Luis und bedeutete ihr hineinzugehen, als er jemandem auf der anderen Seite zuwinkte. Sie betraten einen Raum mit einer großen Tanzfläche, auf der sich schon etliche Paare zur Musik bewegten. Tische standen am Rand der Tanzfläche und eine Wand wurde von einer langen Theke dominiert.

„Ist das...tanzen sie Tango?" Fi klatschte entzückt in die Hände.

„Wir tanzen vieles hier. Tango, Salsa und Freistil. Aber ja, das ist jetzt gerade Tango."

„Oh, wie toll, das schaue ich mir gern an. Danke, dass du mich hergebracht hast." Fi folgte Luis durch die Menge, bis sie zu einem Tisch kamen, der in der Ecke der Tanzfläche stand.

„Zuschauen? Du willst doch sicher einen Tanz versuchen?", sagte Luis und nickte dem Kellner zu, der mit einer Flasche Rotwein in der Hand auftauchte.

„Ich?" Fi lachte und schüttelte ihren Kopf. Sie war gefesselt von den komplizierten Bewegungen der Tänzer. „Das ist ein sehr schwieriger Tanz. Es würde ewig dauern, die Schritte zu lernen."

„Es gibt auch Tänze für Anfänger. Wir versuchen es."

„Mm, ich bin nicht sicher. Lass mich etwas von diesem tollen Wein trinken und vielleicht macht mir das Mut." Fi lachte wieder und ihr Blick klebte an den Tänzern. Sie bewegten sich so gut zusammen und die Schritte sahen flüssig und fehlerlos aus, als sie den Tanz ausführten. Fi schaute wie gebannt zu, dann stand sie auf und klatschte, als der Tanz beendet war. Luis lächelte sie an.

„Siehst du? Du hast eine Leidenschaft dafür. Das ist alles, was es braucht. Ich verspreche es", sagte Luis und drückte ihre Hand.

„Vielleicht", sagte Fi, setzte sich wieder hin und blickte auf ihr Outfit. „Wenigstens bin ich richtig angezogen dafür."

„Du siehst toll aus heute Abend. Aber du siehst immer gut aus. Du bist eine faszinierende Frau, Fiona." Luis nannte sie nie Fi, merkte sie, immer nur Fiona.

„Du bist nett", sagte Fi und dann drehte sie ihren Blick gespannt wieder zur Tanzfläche, als eine neue Gruppe von Tänzern anfing. Über eine Stunde später, nach zwei Gläsern Wein, gab Fi endlich nach und akzeptierte Luis' Einladung zu tanzen, wenn die Anfänger auf die Tanzfläche gerufen werden würden.

„Ich nehme an, wenn wir alle Anfänger sind, werden die Leute nett zu uns sein?", fragte Fi.

„Natürlich. Wir mögen es, wenn Leute Dinge ausprobieren. Es ist wichtig, das Leben mit Leidenschaft zu genießen. Warum soll man am Rand sitzen? Man macht natürlich Fehler. Aber man lernt auch."

„Sag mir, was ich machen muss", sagte Fi, als Luis sie auf den Tanzboden zog.

„Ich werde führen. Mach dir keine Sorgen über die komplizierten Schritte im Moment. Fühl dich einfach in den Rhythmus und die Drehungen ein. Schritte kommen viel später", sagte Luis und legte eine Hand fest an ihre Taille. Fi nickte, atmete tief ein und konzentrierte sich auf die Musik, als das Lied um sie herum anschwoll. Sie folgte Luis' Führung, ließ sich eng an ihn halten und zusammen wirbelten sie über den Boden. Sie stolperte weniger, als sie erwartet hatte – nach jahrelanger Erfahrung mit irischem Tanz konnte sie ziemlich leicht auf den Füßen sein. Als das Lied endete, war Fi etwas errötet und lächelte. Sie spürte Luis' Absicht gerade rechtzeitig, bevor er versuchte, sie zu küssen und drehte ihren Kopf schnell, dass seine Lippen ihre Wange trafen. Dabei landeten ihre Augen auf einem bekannten Augenpaar neben ihr.

„Darf ich um diesen Tanz bitten?"

„Liam", sagte Fi und zog sich von Luis weg. „Ich habe dich hier nicht erwartet."

„Ich dich auch nicht", sagte Liam und nickte Luis grüßend zu.

„Ich habe gerade den Tango versucht. Ich glaube, ich war okay, oder?" Fi strahlte Luis an, der sie anlächelte.

„Natürlich. Du warst bezaubernd", sagte er.

„Darf ich um diesen Tanz bitten?" wiederholte Liam und ignorierte Luis komplett.

„Sicher. Ich glaube, ich bin bereit, es nochmal zu versuchen", sagte Fi. Sie hielt ihren Ton leicht und durchbrach die Spannung, die die Luft zwischen den beiden Männern zu füllen schien. Für einen Moment blitzten ihre Gedanken zurück zu dem Traum, den sie erfolgreich ignoriert hatte. Die Musik fing an, bevor sie weiterreden konnten, und Liam zog sie in die Mitte des Tanzbodens.

„Hast du schon mal Tango getanzt?", fragte Fi, entschlossen, die Unterhaltung oberflächig zu halten. Sie wollte nicht fragen, ob er ihr heute Abend hierher gefolgt war.

„Ob du es glaubst oder nicht, das habe ich." Liam lächelte sie an und legte einen Arm um ihre Taille. Seine Nähe hatte einen ganz anderen Effekt auf sie als die von Luis und ihr Magen verknotete sich. Er blickte in ihre Augen, legte seinen Kopf näher an ihren und für einen Moment dachte sie, er würde versuchen, sie zu küssen. „Luis ist nicht der einzige Mann hier, der sich bewegen kann."

Damit schwang Liam sie herum und weg von ihm, ihr Rock wirbelte in einem Bogen um ihre Beine und Fi verlor sich in der Musik und dem Tanz. Immer, wenn Liam sie näher an sich zog, ging ihr Puls hoch und als sie den Tanz beendeten, keuchten beide und ihre Augen versanken in denen des anderen. Fi atmete bebend ein bevor sie einen Schritt zurücktrat.

„Danke für den Tanz. Warum kommst du nicht mit an unseren Tisch?", fragte Fi.

„Das werde ich", sagte Liam. „Obwohl ich nicht mehr so lange bleiben will, wir haben morgen einen langen Tag."

„Das stimmt", sagte Fi und ging zurück zu ihrem Tisch.

Luis stand auf, als sie kamen. „Ah, Liam, setzt du dich zu uns?"

„Nur für einen Drink and dann gehe ich zum Hotel. Wir haben morgen viel zu tun", sagte Liam einfach und Luis nickte zustimmend. Ein weiteres Glas wurde organisiert und bald saßen die drei am Tisch, tranken ihren Wein und bewunderten die Tänzer. Obwohl die Unterhaltung oberflächlich war und um die Geschichte der Tänze, die sie sahen, ging, hatte Fi das Gefühl, als hätte sich die

Spannung in der Luft verdickt. Verärgert schob sie ihren Stuhl zurück, um aufzustehen.

„Ich bin bereit, nach Hause zu gehen. Ich nehme mir einfach ein Taxi zum Hotel. Danke, Luis, für einen schönen Abend."

„Aber – Fiona, ich kann dich zurückbringen."

„Wirklich, es ist okay. Trink deinen Wein und genieß dein Essen. Ich bin nur müde", sagte Fi und trat zurück vom Tisch.

Liam stand auf. „Ich komme mit dir mit. Ich muss noch ein paar Dinge anschauen."

Innerlich stöhnte Fi. Sie wusste, wie das für Luis aussehen würde, aber stellte fest, dass es ihr ziemlich egal war. Die Emotionen am Tisch verwirrten ihren Kopf und es war Zeit für sie zu gehen, bevor sie etwas Dummes machte, wie ihre Schilder herunterlassen und ihre Gedanken lesen.

„Bitte sorg dafür, dass sie sicher nach Hause kommt", sagte Luis, als ob er Liam erlauben würde, sie zu begleiten.

„Natürlich", sagte Liam mit einem Lächeln das eher aussah, als würde er seine Zähne fletschen, und dann waren sie weg.

Draußen stand glücklicherweise ein Taxi parat und Fi ließ sich hineinfallen, dankbar, aus der Tanzhalle raus zu sein und mehr als bereit fürs Bett. Situationen, die emotional aufgeladen waren, waren anstrengend für sie und diese hatte zu viele Elemente, als dass sie sie entziffern könnte.

„Fi...", begann Liam und sie drehte ihren Kopf und sah ihn einfach an. Er fing ihren Blick und schloss seinen

Mund, als ob er instinktiv verstand, dass sie Ruhe brauchte. Stattdessen drückte er ihre Hand einmal, bevor er sie fallen ließ.

Warum sie sich beraubt fühlte über den Verlust seines Kontakts war eine Frage, die Fi nicht näher untersuchen wollte.

KAPITEL ZWEIUNDDREISSIG

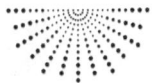

A m nächsten Morgen war das merkwürdige Gefühl immer noch da, aber Fi tat ihr Bestes, es zu verdrängen und sich auf ihre Arbeit zu konzentrieren. Heute war der große Tag – die letzten Übersetzungen und das Unterzeichnen eines Vertrages über mehrere Millionen Euro. Fi hatte alle Vertragsübersetzungen fertiggestellt und an Liam weitergegeben; aber ihr wurde mitgeteilt, dass es nach weiteren Besprechungen noch ein paar Änderungen an den Klauseln geben würde.

Es wurde später Nachmittag und Fi ging im kleinen Konferenzzimmer der Bootswerft auf und ab. Man hatte sie hier platziert, damit sie auf Aufruf für mögliche Korrekturen verfügbar war. Fi fand es etwas merkwürdig, dass sie zu der letzten Verhandlungsrunde nicht eingeladen wurde, aber anscheinend meinte Luis, dass sein Englisch gut genug wäre für die Diskussionen. Also wartete Fi einfach, denn das war ihr Job, und hoffte, dass alles bald beendet wäre.

Sie hatte Grace versprochen, dass sie bis zum Wochen-

ende zu Hause sein würde, obwohl sie Luis gesagt hatte,
dass sie vielleicht Zeit für eine Verabredung hätten, wenn
das Geschäftliche vorbei war. Fi würde wahrscheinlich
einen Flug für morgen buchen. Sie wartete immer mit
ihren Flugbuchungen, bis sie wusste, dass ein Vertrag offiziell unterschrieben und das Geschäft abgeschlossen war;
sie hatte oft genug erlebt, dass ein Deal im letzten Moment
fehlschlug. Ihr war es egal, ob ein Vertragsabschluss statt-
fand oder nicht, aber sie fühlte sich oft schlecht für die
Leute, die Monate mit Verhandlungen verbracht hatten,
nur um dann in einer Sackgasse zu enden.

Die Tür ging auf und Fi sah lächelnd auf, als Luis mit
einem Laptop hereinkam.

„Hallo Fiona. Geht es dir gut?" Sie hatten heute noch
kaum Zeit gehabt, miteinander zu reden, daher nickte Fi
ihn an und lächelte.

„Mir geht es gut, danke. Wie läuft es mit den
Verhandlungen?"

„Ich glaube, wir sind fast fertig. Nur ein paar Änderungen, die ich im Dokument rot markiert habe."

„Das ist gut zu hören. Ich schaue drüber und mache es
für dich fertig", sagte Fi und nahm den Laptop von ihm. In
ihrem Kopf begann ein kleines Summen, als ihre Hand
seine berührte und sie schaute ihn an.

„Ja?", fragte Luis bei ihrem Blick.

„Oh, nichts." Fi schüttelte ihren Kopf, aber das komische Gefühl blieb und sie ließ fast – fast – ihre Schilder
herunter, um seine Gedanken zu lesen. Schockiert, dass ihr
das überhaupt durch den Kopf ging, blinzelte Fi zum Bild-
schirm und zwang sich, sich zu konzentrieren. Dies war
eine geschäftliche Angelegenheit und wirklich der letzte

Ort, an dem sie in die Gedanken eines anderen eindringen sollte. Warum war es eigentlich wichtig? Luis hatte klar gemacht, dass er sie mochte; es gab keinen Grund, die Privatsphäre des Mannes zu verletzen, nur um ihre Zweifel zu beruhigen.

Als sie fertig war, gab Fi ihm den Laptop zurück.

Luis hatte an der Wand gelehnt und auf sein Handy geschaut. Jetzt richtete er sich auf.

„Alles erledigt?"

„Ja, das sollte es gewesen sein."

„Wunderbar. Das Auto steht draußen, um dich zu deinem Hotel zu bringen." Luis hielt sein Telefon hoch, um anzudeuten, dass er es bestellt hatte.

„Sollte ich auf Liam warten?"

„Er braucht wahrscheinlich noch ein oder zwei Stunden. Du kannst natürlich warten. Aber ich vermute, dass du es in deinem Hotel gemütlicher hast. Heute Abend feiern wir, ja?"

„Ich bin sicher, dass wir das alle genießen werden", sagte Fi.

„Natürlich, natürlich. Das Abendessen geht auf mich. Bis dann", sagte Luis und ging aus dem Raum. Fi nahm ihre Handtasche und blickte sich um, damit sie nichts vergaß. Sie konnte das komische Gefühl, das sie den ganzen Tag verfolgt hatte, immer noch nicht abschütteln, aber da sie nichts mehr zu tun hatte, außer zum Hotel zurückzukehren, tat sie, was ihr gesagt wurde. Dort angekommen beschloss sie, sich etwas zu gönnen, wofür sie sich sonst selten Zeit nahm – ein Nickerchen.

Als sie mit benebeltem Blick und verwirrt aufwachte, blinzelte Fi in die Dunkelheit um sie herum. Es war hell gewesen, als sie sich hingelegt hatte und sie hatte ganz offensichtlich länger geschlafen als geplant. Überrascht, dass ihr Telefon nicht geklingelt und sie geweckt hatte, ergriff Fi es vom Nachttisch, wo es auflud.

„Neun!", sagte Fi schockiert über die Zeit. Normalerweise würde sie jetzt schon Luis oder Liam zum Essen treffen, aber auf ihrem Handy waren keine Nachrichten. Sie beschloss, Luis einfach anzurufen und wartete, während es läutete und dann zur Mailbox ging.

„Hi Luis, hier ist Fiona. Ich wollte nur mal hören, wann wir heute Abend essen gehen", sagte sie und blickte herunter auf den Bademantel, in dem sie eingeschlafen war. Wenn sie Glück hatte, hätte sie Zeit für eine schnelle Dusche. „Schick mir einfach eine SMS und sag mir Bescheid. Ich springe schnell in die Dusche."

Sie schickte Liam eine ähnliche Nachricht in der Annahme, dass er über das Abendessen Bescheid wüsste, dann wartete sie ein paar Minuten. Als keine Antwort kam, zuckte sie mit den Achseln und ging ins Badezimmer. Sie genoss die Dusche und summte vor sich hin, als sie sich abtrocknete, und war in Gedanken bei Graces Hochzeit nächste Woche. Es gab immer noch viel zu tun, aber sie war dankbar, dass sie eine ganze Woche hatte, um Gracie mit all den letzten Einzelheiten zu helfen. Als es an ihrer Tür klopfte, ergriff sie ihren Bademantel, wickelte ihn um sich und schob ihre Haare aus dem Gesicht.

„Ja?", fragte Fi und öffnete die Tür ein paar Zentimeter. Als sie sah, dass es Liam war, entfernte sie die Sicherheitskette und öffnete weiter. Ihre Kinnlade fiel nach unten, als er die Tür aufstieß und hinter sich zuknallte.

„Liam!", sagte Fi in einem vorwurfsvollen Ton, als sie

den Mann beobachtete, der jetzt in ihrem Zimmer herum-
lief. Sein Gesicht war wie eine Sturmwolke aus Wut und
seine Schultern waren hochgezogen, als wollte er etwas
schlagen. Wenn sie je einen wütenden Mann gesehen hatte,
dann war er es.

„*Du!*", sagte Liam und dann drehte er sich weg, um aus
dem Fenster auf die Lichter der Stadt unter ihm zu starren.

„Liam, was ist passiert? Du bist so aufgebracht. Erzähl
es mir", sagte Fi und ging durch das Zimmer, um ihre
Hand auf seinen Arm zu legen. Sie schnappte nach Luft,
als er seinen Arm wegriss, und als er sich umdrehte, trat
sie beim Anblick seines Gesichts automatisch zwei
Schritte zurück.

„Du..." Liams Atem kam stoßweise heraus.

„Liam, du machst mir Angst. Ist jemand verletzt? Ist es
Grace? Oder Dylan? Bitte sag mir, was nicht stimmt."

„Das habe ich nicht von dir erwartet. Aber das hätte
ich wohl sollen. Wie ich gelernt habe, kann man manchen
Frauen nicht trauen", sagte Liam und lachte etwas. Er
schüttelte seinen Kopf über sich selbst, während er
umherging.

„Wie bitte?" Fi streckte sich mit zusammengekniffenen
Augen, als Wut durch sie ging. „Du sagst jetzt nicht wirklich, was ich denke, das du sagst?"

„Oh, jetzt tu nicht so, als wärst du was Besseres. Lass
dein überhebliches Gehabe, Miss Fiona. Ich bin vielleicht
anfangs deinem Zauber verfallen, aber jetzt sehe ich dich
für das, was du bist."

„Und was ist das, Liam?", sagte Fi mit gefährlich
ruhiger Stimme.

„Eine Lügnerin."

Fis Kinnlade fiel nach unten, aber es kamen keine Worte heraus. Sie starrte Liam einfach schockiert an.

„Ich hätte es wissen müssen. Ich hätte es wirklich wissen müssen. Oh, du hast das so schön gespielt, oder? *Nein, Liam, ich möchte Geschäftliches und Privates nicht mischen. Nein, Liam, ich verspreche, wir sind nur Kollegen.* Ich bitte dich! Was für ein Haufen Mist!", bellte Liam und Fi war entrüstet.

„Es war kein Haufen Mist. Willst du wissen, was Mist ist? Du! Stürmst in mein Zimmer, um mich anzuschreien, ohne Erklärung?" Fi stemmte ihre Fäuste in ihre Taille. „Wie kannst du es wagen?"

„Wie kann ich es wagen? Wie kann ich es wagen, fragt sie!" Liam schob eine Hand durch seine Haare.

„Ja, wie kannst du nur? Du hast kein Recht, hier hereinzukommen und mich als Lügnerin zu bezeichnen. Überhaupt keins. Warum erzählst du mir nicht, was zum Teufel hier los ist?"

„Oh, ich liebe es, dass du so tust, als ob du nicht wüsstest, worum es geht. Aber gut, Prinzessin, ich sage es dir – du bist eine erstklassige Manipulatorin, oder?"

„Scher dich zum Teufel, Liam", zischte Fi . Sie hatte die Nase voll von dem Spiel.

„Oh, du auch, Süße, du auch. Ich wette, du hast nicht gewusst, dass ich einen zweiten Übersetzer habe, der alle Verträge liest, um sicherzugehen, dass alles, was wir unterschreiben, auf beiden Seiten dasselbe ist."

„Das überrascht mich nicht. Das ist eine kluge Vorgehensweise." Fi zuckte mit einer Schulter. „Und?"

„Und sie hat entdeckt, dass die Verträge nicht übereinstimmen. Nicht nur bei den Transportklauseln, sondern auch bei den Kosten für Transport und Benzin. Eigentlich eine kleine Nummer, wenn man hinsieht, begraben unter allem anderen, aber über die Zeit berechnet bedeutet es, dass etwa drei Millionen Euros mehr in der Tasche deines Freundes Luis landen."

„Was!", sagte Fi mit offenem Mund. „Das gibt es nicht. Ich bin die Verträge von vorn bis hinten durchgegangen."

„Netter Versuch. Ich habe das schon mal durchgemacht, erinnerst du dich?"

„Liam! Worüber in der Welt redest du? Wie...du kannst nicht ernsthaft denken, dass ich so etwas tun würde! Du bist verrückt. Ich würde das niemals tun. *Niemals*. Die Tatsache, dass du auch nur andeutest, dass ich das tun würde..." Fi gingen bei dem Blick in seinen Augen die Worte aus.

Für eine Sekunde schien Zweifel auf Liams Gesicht aufzutauchen. Fi sah ihn nur an und wollte, dass er so etwas nicht von ihr glaubte. Er musste wissen, dass sie so etwas nicht tun würde.

„Ich...Fi, ich weiß, dass ich vielleicht voreilige Schlüsse ziehe, aber welche andere Erklärung gibt es?"

„Du vertraust mir nicht", sagte Fi und ihr Herz brach.

„Ich habe das alles schon mal mitgemacht, Fi. Du hast mich immer auf Distanz gehalten – hast mich nie nah herankommen lassen, hast mich nie ganz hineingelassen. Und jetzt dies? Ich kann kein Risiko eingehen. Es ist schwer für mich zu sehen, was richtig ist. Ich muss Dylan schützen. Ich kann es nicht riskieren, dass meine Gefühle meine Urteilskraft beeinflussen."

„Auf meine Kosten? Du räumst mir noch nicht mal den

geringsten Zweifel ein? Ich habe gedacht, wir sind Freunde." Fi blinzelte Tränen zurück.

„Hier geht es ums Geschäft, Fi." Liam sah weg, sein Gesicht wie Stein.

„Oh, ich verstehe", sagte Fi und rückte ihre Schultern gerade. „Lass mich Luis anrufen. Ich bin sicher, dafür gibt es eine Erklärung", sagte sie und klang so kühl wie er.

„Versuch es", sagte Liam, überkreuzte seine Arme über seiner Brust und lehnte sich gegen die Tür.

Fi sah ihn böse an, ging zu ihrem Telefon, nahm es hoch und stellte den Lautsprecher an. Sie wählte Luis und ließ es klingeln und klingeln, bis seine Mailbox abnahm. Fi versuchte es wieder. Und wieder. Und dann noch einmal. Es ging jedesmal zur Mailbox.

„Liam, ich bin sicher, dass es eine vernünftige Erklärung dafür gibt."

„Die einzige Erklärung, die ich sehen kann, ist, dass Luis dich im Sturm erobert hat und du hast ein Auge zugedrückt." Damit verließ Liam das Zimmer, schloss die Tür leise hinter sich und ließ Fi erschüttert allein.

Sie versuchte weiter, Luis anzurufen. Als es endlich klar wurde, dass er ihre Anrufe nicht annehmen würde, ließ sich Fi auf das Bett fallen und tat das einzige, was sie konnte.

Sie rief Grace an.

KAPITEL DREIUNDDREISSIG

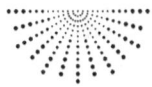

„**E**r hat gesagt, er wird hier sein. Du verstehst sicher, dass er im Moment viel um die Ohren hat", sagte Grace und drückte Fis Arm, bevor sie zum Wasserkessel ging, der auf dem Herd nach Erlösung pfiff. Fi konnte es ihm nachfühlen; sie fühlte sich auch, als wollte sie schreien.

„Es ist nicht meine Schuld", begann Fi und wiederholte den Spruch, den sie immer und immer wieder gesagt hatte, seit Liam gestern aus ihrem Zimmer gestürmt war. Sie hatte den ersten Flug nach Hause gebucht und da sie Dylan nicht erreichen konnte, war sie direkt zu Grace gegangen. Abgesehen von allem anderen – ihren Ruf schützen, sicherstellen, dass Dylans Firma keinen Schaden davontrug, und Dinge mit Liam ausbügeln – musste sie zuerst Grace sehen. Es war ihr so wichtig wie der nächste Atemzug, dass Grace wusste, dass Fi ihr niemals so wehtun würde.

„Es reicht jetzt langsam, oder?" Grace wirbelte in der Küche herum. Mit den Händen auf den Hüften sah sie Fi an. „Ich verstehe, dass du aufgewühlt bist. Und ich weiß, dass es richtiggestellt werden muss. Wir werden das schon gemeinsam hinbekommen, das verspreche ich dir. Aber wenn du für eine Sekunde denkst, dass ich an dir zweifle, oder dass ich die beste Freundin von jemandem sein könnte, der so etwas Hinterhältiges macht – na, dann glaube ich nicht wirklich, dass du eine hohe Meinung von mir hast, oder?"

„Ich liebe dich", sagte Fi und hörte in der Ferne das Donnergrollen. Graces Launen waren berüchtigt dafür, das Wetter aufzumischen, und es klang, als wäre es diesmal nicht anders. „Es tut mir leid, dass das passiert ist und dass Dylans Firma hineingezogen wurde."

„Er wird damit fertigwerden. Das ist sein Job. Er ist ein guter Geschäftsmann und er hat ein Team von Anwälten, das die Welt übernehmen könnte, wenn es nötig wäre. Ich mache mir mehr Sorgen über dich und Liam und was in Barcelona passiert ist. Ich hatte solche Hoffnungen..."

„Hoffnungen worauf, Gracie?", seufzte Fi und nahm den Becher, den Grace ihr reichte. Sie nahm einen Schluck und spuckte die Flüssigkeit fast aus. Keuchend wedelte Fi vor ihrem Mund.

„Ich dachte, das wäre Tee."

„Es ist ein Hot Toddy. Bei diesem Wetter brauchen wir mehr als Tee."

„Du bist doch diejenige, die das Wetter gerufen hat", sagte Fi und nahm vorsichtig einen Schluck vom Toddy.

„Ich habe es nicht gerufen. Es reagiert einfach nur auf meine Launen." Grace und Fi zuckten, als ein Blitz nah am Haus erschien und Donner die Fensterläden erschütterte. Rosie winselte und vergrub ihre Nase in der Decke auf ihrem Hundebett. In der Hoffnung, dass Kuscheln mit dem Hund sie beruhigen würde, stand Fi vom Tisch auf und legte sich zu Rosie auf das Hundebett. Der Hund rollte sich glücklich in ihrem Schoß zusammen und Fi streichelte ihr Fell, während sie in die Flammen des Herdfeuers sah. Für einen Moment erblickte sie eine Form im abgewetzten Holzschaukelstuhl gegenüber vom Feuer. Fi legte ihren Kopf schräg, und als sich der Stuhl leicht bewegte, lächelte sie das erste Mal an diesem Tag.

„Fiona?"

„Ja, sie ist hier. Aber die Elektrizität in der Luft macht es ihr schwer, mit voller Energie durchzukommen. Sie will, dass du weißt, dass sie dich liebt."

„Ich liebe dich auch, Fiona", sagte Fi und ein Tränenschleier bedeckte ihre Augen.

„Sie sagt auch, du sollst aufhören zu weinen. Kinn hoch, korrigier es und hol dir deinen Mann."

„Was? Das hat sie nicht gesagt." Fi sah Grace an.

„So etwas ähnliches." Grace drehte sich und begann, mit dem leeren Stuhl zu diskutieren. „Also, da ich deine Dolmetscherin bin, kann ich es so auslegen, wie ich will. Werd nicht sauer, es ist mehr oder weniger, was du gesagt hast. Ich schwöre...du bist eine pingelige alte Frau. Okay. Okay!"

Fi presste ihre Lippen zusammen, als Grace sich wieder zu ihr umdrehte.

„Fiona sagte, du sollst darauf vertrauen, dass dieser Pfad dich dahin führt, wohin du gehen sollst."

„Zum Ruin meiner Finanzen und meiner Karriere?", fragte Fi.

„Oh, hör auf, nein. Zu Liam."

„Hier geht es nicht um Liam", sagte Fi und streichelte Rosies weiche Ohren. „Es geht um alles, wofür ich mein Leben lang gearbeitet habe, und dass es über mir zusammenbricht."

„Okay, lass uns Liam für eine Sekunde herausnehmen. Selbst wenn alles um dich herum zusammenbrechen würde, wäre das so schlimm? Manchmal zerbrechen Dinge, damit du die Teile in einer anderen Form wieder zusammensetzen kannst. Es sieht hinterher vielleicht nicht identisch aus, aber du hast beim Prozess etwas gelernt."

„Das klingt nicht sehr spaßig, Grace."

„Das Leben ist nicht spaßig. Ich meine, das kann es sein, aber nicht immer. Harte Dinge sind einfach das – harte Dinge. Du lernst nichts, wenn in deinem ganzen Leben alles einfach ist. Erst wenn Dinge auseinanderfallen, siehst du, wer du wirklich bist."

„Eine schniefende Katastrophe?", sagte Fi und knuddelte Rosie enger an sich.

„Ja, im Moment. Aber das ist auch normal. Du weinst, weil es dir etwas bedeutet. Das soll es auch. Es *ist* wichtig. Aber wenn du mit weinen fertig bist, stehst du auf und stellst es richtig."

„Ich bin nervös wegen Dylan", gab Fi zu.

„Naja, er ist gerade gekommen, also bleibt keine Zeit, nervös zu sein."

„Wie machst du das?", fragte Fi, aber Rosie war schon von ihrem Schoß aufgestanden und stand an der Tür. Grace hatte sich auch umgedreht, um die Tür zu beobachten und ihr Gesicht leuchtete auf, als Dylan hereinkam. Er ging sofort auf sie zu und umarmte sie, obwohl er vom Regen durchnässt war, und Rosie tanzte aufmerksamkeitshei-schend zu seinen Füßen.

„Wo ist Fi?", fragte Dylan und bückte sich, um Rosies Wunsch nachzukommen.

„Auf dem Hundebett." Grace zeigte darauf. „Sie glaubt, sie ist in Ungnade gefallen."

„Gott, Grace, ich habe hier nur mit Rosie gesessen, das ist alles. Sie ist mir ein Trost", sagte Fi und wollte aufste-hen, aber Rosie rannte zurück und ließ sich wieder in ihren Schoß fallen.

„Bleib sitzen, Rosie liebt Aufmerksamkeit", sagte Dylan, zog seinen Mantel aus und hing ihn auf einen Haken an der Tür. Er nahm das Handtuch, das Grace ihm reichte und trocknete sein Gesicht und seine Haare, bevor er sich herüberlehnte, um sie noch einmal zu küssen.

„Ich habe dir einen Hot Toddy gemacht", sagte Grace und brachte eine Tasse für Dylan. Er nickte dankbar und zog einen Holzstuhl herüber zur Sitzecke. Fi merkte, dass er sich nicht in den Schaukelstuhl setzte und fragte sich, ob er das instinktiv tat oder ob er wusste, dass Fiona dort saß. Grace setzte sich auf die Bank am Tisch und zusammen sahen sie Fi an.

„Warum erzählst du mir nicht, was passiert ist?", fragte Dylan, seine Augen voller Geduld und Verständnis, und Fi brach sofort in Tränen aus.

„Es tut mir leid, ich weine sonst nicht wegen geschäft-lichen Angelegenheiten", sagte Fi und nahm das Taschen-tuch, das Grace ihr gab. „Es ist nur, dass ihr es seid und es ist mir wichtig, was ihr denkt."

„Ich kann besser entscheiden, was ich denken soll, wenn du deine Seite der Geschichte erklären könntest", sagte Dylan, nahm einen Schluck vom Hot Toddy und sah Gracie mit erhobener Augenbraue an.

„Was? Ich habe gedacht, wir sollten großzügig sein mit dem Whiskey."

„Kein Kommentar", sagte Dylan und stellte seinen Becher auf den Boden bei seinen Füßen. „Leg los, Fi."

„Ich weiß gar nicht richtig, was ich sagen soll. Ich war so schockiert, als Liam in mein Zimmer stürmte und anfing, mich anzuschreien."

„Es ist sehr ungewöhnlich, dass er so reagiert. Er ist normalerweise sehr ausgeglichen. Tatsächlich sogar mehr, wenn er kurz davor ist zuzuschlagen. War da noch etwas anderes, das zu seiner Reaktion geführt hat?"

Fi konnte sehen, warum er so ein guter Geschäftsmann war. Er blieb beim Thema und fragte auf eine Art, die nicht anklagte.

„Ich glaube...naja, es kann sein, dass es eine Mischung aus geschäftlichen und persönlichen Dingen war, die sein Urteilsvermögen beeinträchtigten. Aber um fair zu sein, ich habe versucht, es beim Geschäftlichen zu lassen."

„Erklär das bitte."

„Na ja...", seufzte Fi und sah herunter auf Rosie, während sie ihr weiches Fell streichelte. „Liam hatte klar gemacht, dass er Gefühle für mich hat. Und ich habe gesagt, dass ich dachte, es wäre besser, wenn wir nur Freunde wären."

„Warum?", fragte Dylan, während Gracie spöttisch lachte und ihr Gesicht in ihrem Becher mit Whiskey vergrub.

„Genau deshalb. Wenn wir zusammenarbeiten und gemeinsame Freunde haben...es ist alles zu kompliziert und eine schrecklich unordentliche Überschneidung. Das wollte ich nicht. Ich habe sehr hart gearbeitet für meine Karriere und meinen Ruf. Ich mag da keine Grenzen überschreiten."

„Hast du Liam das erklärt?"

„Das habe ich – und ich muss ihm anrechnen, dass er meinen Wunsch respektierte. Natürlich haben wir zusammen gegessen und uns Barcelona zusammen angeschaut, aber abgesehen von den wenigen Malen, als er meine Grenzen etwas testete – sehr sanft allerdings – war er genau das, was er sagte."

„Und das war?"

„Ein Freund und Arbeitskollege."

„Erzähl mir von Luis", sagte Dylan und sein Ton wurde schärfer.

„Da wurde es ein bisschen verwickelter", gab Fi zu und griff nach ihrem Becher, um einen großen Schluck vom Hot Toddy zu nehmen.

„Erzähl weiter."

„Luis hat mich ein paarmal zum Essen eingeladen. Aber er hat alles auf geschäftlicher Eben gehalten. Es war nur am Abend vor unserem letzten Arbeitstag, dass er mich um eine Verabredung bat. Nachdem die Arbeit beendet war."

„Hat er das? Das höre ich zum ersten Mal", grummelte Gracie, aber schloss ihren Mund, als Dylan ihr einen Blick zuwarf.

„Das ist nicht das erste Mal, dass mich jemand im geschäftlichen Rahmen ausführen will und es wird nicht das letzte gewesen sein."

„Aber du hast es dabei belassen?"

„Das habe ich. Tatsächlich ist Liam an dem Abend im gleichen Restaurant aufgetaucht und wir haben uns ein Taxi nach Hause geteilt."

„Okay. Hast du viel Zeit mit Luis verbracht?"

„Wir haben jeden zweiten Abend oder so gemeinsam gegessen, und ein paarmal auch zu dritt. Ich habe auch mit Liam gegessen und an einigen Abenden war ich allein. Du weißt, wie es ist, wenn du allein in anderen Städten bist...es ist nett, beim Abendessen Gesellschaft zu haben."

„Das verstehe ich", sagte Dylan.

Grace sah ihn aus schmalen Augenschlitzen an. „Stimmt das? Hast du oft Gesellschaft beim Abendessen?", fragte sie und Donner rollte über ihnen.

„Normalerweise meine männlichen Geschäftskollegen", sagte Dylan und drückte Graces Hand. „Sie redet darüber, in einer fremden Stadt allein zu sein – nicht über Romanzen."

„Richtig. Obwohl ich Luis gesagt hatte, dass ich vielleicht in der Zukunft offen wäre für eine Verabredung."

„Du hast zugestimmt, mit ihm auszugehen?", unterbrach Grace.

„Klar, warum nicht? Er ist die Art Mann, mit denen ich normalerweise ausgehe – "

„Ein Lügner und Betrüger?", fragte Grace.

„Ein erfolgreicher Geschäftsmann, der reist und nicht nach einer langfristigen Beziehung sucht", beendete Fi mit einem Blick auf Grace.

„Ich kann nicht glauben, dass du seine Absichten nicht erraten hast", sagte Grace, dann presste sie ihre Lippen zusammen, als Dylan ihr einen warnenden Blick zuwarf.

„Warum erzählst du mir nicht vom letzten Tag der Verhandlungen?"

„Ich bin zur Bootswerft gegangen, was unsere Routine war. Eigentlich habe ich den Rest des Tages nur gewartet. Luis hatte angedeutet, dass ich für den letzten Teil der Besprechungen nicht gebraucht würde."

„Fandest du das komisch?"

Fi dachte zurück. „Ich glaube, das habe ich, weil ich in allen anderen Besprechungen als Übersetzerin agiert habe. Aber es schien, als ob sie so ziemlich alles abgesegnet hatten."

„Und die Änderungen, die du für ihn machen solltest?"

„Er kam in den Raum, wo ich bis spät an dem Tag wartete und reichte mir einen Laptop. Er hat mich nur darum gebeten, die Änderungen vorzunehmen, die er rot markiert hatte. Ich habe nicht den ganzen Vertrag gelesen; ich war davon ausgegangen, dass die Details für diese Klauseln am Ende diskutiert wurden."

„Und bezogen sie sich auf Transport und Benzinkosten?"

„Ja, das taten sie."

„Das kam dir nicht merkwürdig vor?"

„Das...das kann ich nicht sagen. Ich kenne das Geschäft nicht gut genug, daher weiß ich nicht, was ein fairer oder unfairer Preis ist. Ich weiß nicht, welche Schiffsrouten diskutiert wurden. Es ist schwierig für mich, da ein Urteil abzugeben, besonders, da ich in der letzten Diskussionsrunde nicht dabei war."

„Er hat dich mit Absicht isoliert", sagte Dylan.

„Das habe ich mir schon gedacht."

„Wie konntest du nicht sehen, dass er lügt? Komm schon, Fi", explodierte Grace.

Fi lehnte sich zurück und sah sie schockiert an. „Ich hatte ein bisschen ein ungutes Gefühl, aber wie sollte ich das wissen?", entgegnete Fi.

„Du hattest ein ungutes Gefühl? Und hast nichts gemacht?" Grace warf ihre Hände hoch.

„Was hätte ich denn tun sollen?", schrie Fi fast.

„Seine Gedanken lesen, Fi! Um Gottes willen, du hast eine Gabe aus einem Grund mitbekommen. Und du ignorierst sie und ignorierst sie und jetzt wurde jemand, den ich liebe, verletzt!"

Fis Kinnlade fiel nach unten über den Schock, dass Grace ihr tiefstes Geheimnis entblößt hatte und der Ausdruck, der über Dylans Gesicht ging, bevor er sich wieder fing, sagte alles, was sie wissen musste. Donner explodierte über ihnen, als Grace in eines der anderen Zimmer stapfte und die Tür hinter sich zuknallte. Rosie stand auf, winselte und verließ Fis Schoß, um an der geschlossenen Tür zu stehen.

Fi schloss ihre Augen, atmete tief ein und versuchte, ihr hämmerndes Herz unter Kontrolle zu bringen. Als sie sie öffnete, sah sie, wie Dylan sie prüfend ansah.

„Also du kannst Gedanken lesen?"

„Ja", flüsterte Fi und ihre Tränen liefen, als der Himmel wütend über dem Haus explodierte.

KAPITEL VIERUNDDREISSIG

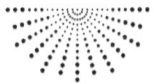

„E s war nicht ihr Geheimnis zu erzählen", sagte Fi, stand auf und bürstete ihre Hose ab.

„Mir ist sehr bewusst, dass es unter den Damen in Grace's Cove viele Geheimnisse gibt", sagte Dylan und stand auch auf. „Deines ist bei mir sicher aufgehoben."

„Das ist nicht der Punkt – sie hätte damit nicht so herausplatzen sollen. Egal zu wem", sagte Fi, wütend darüber, dass Grace ihr dieses geschäftliche Problem in die Schuhe schob, weil sie ihre Gabe nicht genutzt hatte.

„Das verstehe ich auch. Unsere Gracie kann manchmal etwas stürmisch sein", sagte Dylan und lächelte leicht, als ein weiterer Donner über das Haus rollte.

„Es ist nicht mein Job etwas...*Zusätzliches* in meinem Beruf zu nutzen", sagte Fi mit steifem Rücken. „Ich kann dir nur schwören, dass ich nicht gewusst habe, dass er dich hintergangen hat. Wir haben nie über das Geschäft geredet, wenn wir ausgegangen sind. Entgegen Liams Anschuldigungen habe ich niemanden angeführt oder jemanden manipuliert. Ich war wirklich schockiert, als er mich konfrontiert hat. Ich hoffe, dass du mir glaubst."

„Ich glaube dir, Fi. Ich vertraue bei geschäftlichen Dingen auf mein Bauchgefühl. Ich vertraue auch Liam, aber ich glaube, in diesem Fall hat seine persönliche Vergangenheit die Angelegenheit etwas vernebelt."

Fi sah Dylan einen Moment an, bevor sie ihre Augen schloss.

„Natürlich. Die Frau, die er heiraten wollte."

„Genau."

„Er glaubt, dass ich lügen und betrügen würde wie sie."

„Ich kann mir vorstellen, dass er es anders sieht, wenn er sich etwas beruhigt hat."

„Er hat also keine gute Meinung von mir."

„Liam sieht sich als Beschützer von mir und unseren geschäftlichen Dingen. Normalerweise ist er sehr vernünftig, aber in diesem Fall hat er seinen persönlichen Gefühlen erlaubt, ihn zu beeinflussen."

„Das ist genau der Grund, warum ich versucht habe, mich nicht mit ihm einzulassen!" Fi warf ihre Hände hoch. „Das ist ganz genau der Grund! Jetzt ist alles chaotisch. Er denkt, dass ich eine Lügnerin bin. Dein Unternehmen ist geschädigt. Grace und ich liegen im Streit – alles ist hin. Das ist *ganz genau* der Grund, warum ich mich nicht mit ihm einlassen wollte."

„Also ich glaube kaum, dass du einen schlechten Geschäftsdeal vorhersagen könntest...es sei denn, du kannst auch die Zukunft vorhersehen?" Dylan lächelte sie sanft an.

„Das kann sie!", rief Grace aus ihrem Schlafzimmer.

„Oh, halts Maul, Gracie!", rief Fi und stürmte zur Tür. Sie ergriff ihren Mantel und sah Dylan an. „Ich stehe zu meinen Worten. Ich spreche mit jeder Behörde oder dem Gericht, wenn du willst. Ansonsten bin ich hier durch."

Ohne auf seine Antwort zu warten, stürmte Fi in den Regen hinaus, der in dicken Strömen herunterkam. Es war ihr egal, dass der Regen ihr Gesicht wie kleine Glassplitter traf, sie knallte die Tür ihres Autos zu und lenkte es in Richtung Dorf. Als sie an der Bucht vorbeifuhr, blickte Fi zu den Klippen und entblößte ihre Zähne.

„Du kannst mich mal....blöde Bucht. Blöde Magie. Blöde Gaben", sagte sie vor sich hin. Fi rollte mit den Augen, als es über der Bucht blitzte und fuhr weiter.

Dann blitzte ihr Traum vor ihren Augen auf. In dem Traum hatte Luis Liam über die Klippe gestoßen. Zu der Zeit hatte Fi gedacht, dass es mit persönlichen Dingen zu tun hatte. Jetzt merkte sie, dass der Traum ihr etwas ganz anderes gesagt hatte.

„Wie hätte ich das wissen sollen?" Fi brodelte. „Selbst wenn ich mich mehr geöffnet hätte, es ist skrupellos, die Gedanken anderer Leute zu lesen."

Wütend mit allem und jedem und zutiefst erschöpft parkte Fi an ihrer Wohnung und stürmte die Treppe hoch. Warum hatte sie mit allen Ärger? Sie hatte nicht gelogen. Sie hatte nicht betrogen. Sie hatte niemandes tiefste persönlichste Geheimnisse enthüllt.

Der letzte Teil brannte.

In all den Jahren, in denen sie und Grace befreundet waren, konnte Fi sich nur an einen Riesenstreit erinnern,

und das war wegen eines Jungen gewesen. Niemals so
etwas wie dies. Fi streifte ihre nassen Sachen ab, zog
bequeme Hosen und ein Sweatshirt an und nahm eine
Decke mit, als sie zu ihrem Fenstersitz ging. Sie rollte sich
zusammen und sah dem Sturm zu, wie er über dem Wasser
rollte. Trotz ihrer unterschiedlichen Ansätze was Magie
und ihre Gaben anbelangte, hatte Fi Grace immer
vertrauen können.

Dazu kam noch, dass sie nicht sicher sein konnte, dass
Dylan Liam nicht von ihren besonderen Fähigkeiten
erzählen würde.

Fi stöhnte und begrub ihr Gesicht für einen Moment in
der Decke, während ihre Gedanken rasten. Wenn Liam
wüsste, dass sie Gedanken lesen konnte, dann wäre er
wahrscheinlich noch überzeugter davon, dass sie ihn
betrogen hatte. Denn die logische Schlussfolgerung wäre,
warum sie Luis' Gedanken nicht gelesen hatte, als er ihr
ein ungutes Gefühl gab. Sie hätte vielleicht verhindern
können, was passiert war. Für jemanden, der nie mit dieser
Fähigkeit gelebt hatte, würde es wahrscheinlich aussehen
wie die einfachste Lösung. Jemand irritiert dich? Lies
seine Gedanken. Finde heraus, was seine wahren
Absichten sind.

So einfach war das nicht, aber Fi konnte sich nicht
vorstellen, dass Liam in der Lage wäre, das zu akzeptieren
oder zu verstehen. In dem Wissen, dass alles mit Liam und
Gracie so richtig verkorkst war, starrte sie aus dem Fenster,
während Tränen über ihre Wangen liefen.

Warum *hatte* sie seine Gedanken nicht gelesen?

Die Frage traf sie hart und sie atmete tief ein. Draußen
schlugen die Wellen ans Ufer, als der Wind den Regen

durch die Straßen fegte. Die paar Leute, die das Unglück hatten, in diesem Wetter herausgehen zu müssen, duckten ihre Köpfe gegen den harten Wind und rannten zu ihren Autos. Am Himmel hingen dunkle Wolken wie eine dicke Decke, die von innen durch Blitzschläge beleuchtet wurde. Grace war in einer selten schlechten Laune, das war deutlich, dachte Fi. Sie schloss ihre Augen und lehnte ihren Kopf zurück, atmete ein paarmal tief ein und versuchte, ihren inneren Tumult, der dem Sturm draußen ähnlich war, zu beruhigen.

„Du bist in einem ganz schönen Schlamassel gelandet."

„Mann!" Fi sprang fast aus ihrer Haut. Sie war dankbar, dass ihr Fenstersitz kein Balkon war, sonst wäre sie direkt über den Rand gefallen. „Fiona, wir haben darüber gesprochen."

„Wie soll ich meine Anwesenheit sonst ankündigen? Willst du, dass ich ein paar Dinge im Zimmer bewege? Oder ‚buh' sage?", fragte Fiona und kreuzte ihre Arme über ihrer Brust. Fi konnte sie jetzt klarer sehen, obwohl das Bild etwas schwankte.

„Eine kleine Ankündigung, dass du in meiner Wohnung bist, wäre schön, ja", grummelte Fi.

„Ich bin hier", sagte Fiona und winkte ihr zu.

„Ja, danke, das kann ich sehen. Und jetzt wird die ganze Stadt denken, ich bin verrückt geworden, wenn ich hier auf meinem Fenstersitz hocke und mit der Wand rede."

„Dann sitz nicht auf dem Fenstersitz", sagte Fiona achselzuckend.

„Ich fühle mich wohl hier", erwiderte Fi.

„Dann hast du ein weiteres Dilemma an der Hand."

„Was willst du, Fiona?", fragte Fi. Es war ihr egal, dass sie unhöflich war zu einem Gespenst.

„Ich wollte sehen, ob bei dir alles okay ist."

Fi schloss ihre Augen bei der Freundlichkeit in Fionas Stimme und zwang ihre Tränen zurück. „Ich gebe zu, dass es mir schon mal besser ging", flüsterte sie.

„Das sieht so aus. Es war ein harter Tag."

„Das war es."

„Ich frage dich das Gleiche, was du dich eben selbst gefragt hast. Warum hast du deine Gaben nicht benutzt oder benutzt sie?"

„Warum bezeichnen sie alle immer als Gaben oder Geschenke? Was, wenn es keine Geschenke sind? Was, wenn sie Ketten sind?"

„Fühlst du dich von deinen Gesch- eh...Fähigkeiten gefesselt?"

„Es ist nicht so, als ob ich die spaßigen Gaben habe. Ich kann nicht zaubern oder das Wetter meinem Willen untertan machen. Ich kann nichts durch den Raum schweben lassen. Die Gedanken anderer Leute zu hören ist das Schlimmste! Und die Träume? Wer will schon prophetische Träume haben? Man kann sie so gut wie nicht entschlüsseln und wenn ich es schaffe, ist es oft sowieso zu spät. So wie in diesem Fall."

„Du hattest also einen Traum?"

„Ja. Ich hatte einen Traum."

„Erzähl mir davon."

„Ich war an der Bucht." Fi seufzte und drückte ihre Nase, als sie sich in den Traum zurückversetzte. „Es war schlechtes Wetter, so wie heute. Ich wollte weggehen und die Bucht leuchtete blau, deswegen habe ich mich umgedreht."

„Wer war sonst noch in dem Traum?"

„Warum meinst du, dass noch jemand in dem Traum war?", fragte Fi.

„Es ist ungewöhnlich, dass die Bucht für eine einzelne Person leuchtet."

„Na ja, es war nur ein Traum, daher konnte sie machen, was sie wollte."

Stille entgegnete ihr und Fi seufzte und steckte die Decke enger um sich, als ein weiterer Donner das Gebäude erschütterte.

„Liam war da. Und Luis. Luis schlich sich an Liam heran und warf ihn über das Kliff."

„Aha."

„Das ist alles? ‚Aha'? Ich dachte, du wärst eine Art mystische Therapeutin", meckerte Fi. „Das ist alles, was du sagen kannst?"

„Es ist nicht meine Aufgabe, das für dich zu entschlüsseln. Du musst die Arbeit machen", sagte Fiona und Fi rümpfte ihre Nase angewidert.

„Was ist, wenn ich die Arbeit nicht machen will?"

„Dann würde ich sagen, du schmollst, benimmst dich wie ein Kind und weigerst dich, zu lernen oder dich zu entwickeln", sagte Fiona. Ihr Ton war wie ein Messer, das mit Honig bedeckt war.

„Kann man nicht ab und zu mal eingeschnappt sein?"

„Natürlich. Aber dann ist es an der Zeit, die Probleme zu lösen."

„Ich bin noch nicht fertig mit dem Schmollen", sagte Fi mit vorgeschobener Unterlippe.

„Wie hast du dich bei dem Traum gefühlt?", fragte Fiona mit einem Seufzer.

„Ich habe mich nicht toll gefühlt. Es war, als würde er mir sagen, dass ich Liam beschützen soll."

„Und jetzt?"

„Ich glaube, dass es eine Warnung an mich war, dass Luis uns betrügen würde. Und dass ich ihm nicht trauen sollte."

„Hast du ihm vertraut?"

„Ich...na ja, ich hatte das Gefühl, dass ich ihn gut lesen konnte in dem Sinne, dass ich wusste, wer er ist, besonders wenn ich nach Spanien zurückkommen würde, um eine kleine Affäre mit ihm zu haben. Er war sicher."

„Warum sicher?"

„Weil ich meine Gefühle außen vor lassen könnte."

„Aha."

„Nicht schon wieder ,aha'", sagte Fi.

„Na ja, das sagte eine Menge aus, oder? Und Liam macht dir Angst."

„Es ist egal, was Liam macht oder nicht mehr macht. Er ist mit mir fertig. Das hat er sehr klar gemacht."

„Das ist sein Temperament. Er schuldet dir eine Entschuldigung, das ist klar. Er kommt schon wieder. Der Mann braucht nur Zeit, um sich abzuregen. Ich bin sicher, dass du mit ihm darüber reden kannst."

„Warum sollte ich?" Fi zuckte mit der Schulter. „Er hat mich verurteilt und für unzulänglich befunden. Ich sollte mich ihm nicht erklären müssen. Er hat entschieden, dass ich eine Lügnerin und Betrügerin bin."

„Du kannst dich verteidigen."

„Wenn er mir nicht vertrauen will, muss ich mich nicht

verteidigen. Ich muss überhaupt keine Beziehung mit ihm haben."

„Man würde meinen, dass du mehr Verständnis hättest für jemanden, der schon mal sehr verletzt wurde", sagte Fiona und schnalzte mit ihrer Zunge.

„Ich wurde nicht so verletzt wie er."

„Wirklich? Hast du Brian vergessen? Ist das nicht der ganze Grund, warum du dich keinem Mann wieder gezeigt hast? Dich nie selbst geöffnet hast? Liam liegt nicht unbedingt falsch damit, dass er dir nicht komplett vertraut. Du hast dich vor ihm zurückgehalten."

„Ich muss mich selbst schützen."

„Du musst lernen zu vertrauen. Und Liam auch. Ihr könnt das zusammen tun."

„Das bezweifle ich." Fi bewegte sich und steckte die Decke enger um ihre Füße.

„Vielleicht wäre ein bisschen Mitgefühl hilfreich."

„Vielleicht, vielleicht auch nicht. So oder so, ich werde mein Möglichstes tun, um ihm gegenüber höflich zu sein, das ist alles."

„Sag ihm, wer du bist. Zeig es ihm", sagte Fiona beharrlich.

„Warum? Ich nutze diese Seite von mir gar nicht."

„Das solltest du aber. Es wird dir helfen."

„Wie? Ich muss nicht wissen, was Mr Murphy am Ende der Theke denkt."

„Wenn du dir die Zeit nehmen würdest, deine Fähigkeit zu schärfen, könntest du diese Dinge zu deinem Vorteil nutzen. Du wärst besser bei Geschäftsverhandlungen, hilfreicher dabei, andere vor Ärger zu warnen – selbst deine Träume würden mehr Sinn ergeben. Wenn du dich vor deiner Kraft verschließt, verwässerst du deinen Beitrag zu dieser Welt."

„Ich –", begann Fi, dann sah sie sich um und fluchte. Die Wohnung war leer und sie war allein mit ihren Gedanken. Natürlich musste das Gespenst das letzte Wort haben.

KAPITEL FÜNFUNDDREISSIG

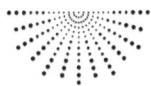

Warum wollte Dylan sich unbedingt in Gallagher's Pub treffen...Liam schüttelte seinen Kopf, während er den Bürgersteig in Grace's Cove entlangging. Die anderen Fußgänger interpretierten seine Laune korrekt und gingen ihm aus dem Weg, manche wechselten sogar auf die andere Straßenseite.

„Hey! Liam!" Mr Murphy strahlte ihn an und humpelte zur Eingangstür des Pubs. „Da ist ein netter Junge zurück in der Stadt. Bist du für die Hochzeit hier?"

Liam brachte es nicht über sich, dem alten Mann gegenüber garstig zu sein, auch wenn er sich nach Streit sehnte. Er würde seine Laune für Dylan aufheben, dachte Liam, als er die Tür für Mr Murphy offenhielt.

„Ja, das bin ich. Als Trauzeuge und so", sagte Liam.

„Wir freuen uns alle darauf. Sie wissen, wie man eine Party schmeißt", sagte Mr Murphy, trottete zu seinem Barhocker und kletterte auf den Sitz, wie er das seit dreißig Jahren jeden Tag getan hatte. Liam blinzelte etwas im schummrigen Licht des Pubs. Seine Augen brauchten einen Moment, sich anzupassen, bevor er den Raum durchsuchte. Cait arbeitete an der Bar und sie nickte ihm zu, aber Liam sah Dylan erst, als er sich zu den Tischen drehte. Da saß Dylan gemütlich in einer Nische mit Grace. Wunderbar, dachte Liam; jetzt musste er sich mit beiden auseinandersetzen. Mit schrecklicher Laune ging er an der Bar vorbei und glitt auf die Bank gegenüber von Dylan und Grace.

„Liam." Grace nickte. Ihr Ton war eisig. Liam sah sie mit erhobener Augenbraue an und drehte sich, um Dylan fragend anzusehen.

„Grace, sei nett."

„Hör mal, der Mann hat falsche Anschuldigungen gegen meine beste Freundin gemacht", schniefte Grace und untersuchte eine Macke an ihrem Nagel.

„Ich dachte, du redest nicht mit Fi", sagte Dylan. „Jetzt bist du böse auf Liam für sie?"

„Ich kann auf beide gleichzeitig böse sein. Es ist meine Hochzeitswoche, oder?"

„Unsere, Schatz. Es ist *unsere* Hochzeitswoche." Dylan lachte und drückte ihren Arm.

„Du richtest das besser mit Fi. Ich kann dieses Drama vor der Hochzeit nicht gebrauchen." Grace sah Liam aus zusammengekniffenen Augen an. Liam ließ sich nie von einer wütenden Frau einschüchtern und hob nur sein Kinn.

„Ich muss gar nichts machen, Grace. Sie hat sich selbst in diesen Schlamassel gebracht."

„Wie dem auch sei, es ist nicht aus den Gründen, die du dir vorstellst", begann Grace, aber Dylan unterbrach sie.

„Jetzt lass mal einen Moment stecken. Als erstes: hättest du gern ein Pint?"

„Natürlich", sagte Liam und Grace glitt aus der Nische, um ihm ein Getränk zu holen.

„Hör mal, Gracie ist richtig sauer über all dies, also sei vorsichtig, okay?"

„Ich bin nicht sauer", sagte Grace und tauchte wieder am Tisch auf, ihre Hände auf ihren Hüften.

„Verdammt, du bewegst dich wie eine Katze. Und ich weiß, ob jemand sauer ist, wenn ich ihn ansehe." Dylan hielt eine Hand hoch, um den Wortschwall, der garantiert aus Graces Mund kommen würde, aufzuhalten. „Lass uns erstmal hören, was Liam zu sagen hat. Wie ist es in Spanien gelaufen?"

„Die Behörden waren sehr kooperativ. Es scheint, dass sie ihre Augen schon eine Weile auf Luis hatten wegen anderer dubioser Dinge, aber sie hatten keine hieb- und stichfesten Beweise. Das stimmt alles überein mit den Gefühlen, die ich die ganze Zeit über ihn hatte."

„Und die Behörden stellen ihm nach?"

„Absolut. Ich habe ihnen die Verträge gegeben, die wir unterschrieben haben – ich habe sie mit einer App auf meinem Telefon eingescannt, als ich unterzeichnete – und sie konnten die Änderungen sehen, die hinterher gemacht wurden. Unglücklicherweise hat er die Stadt verlassen."

„Und niemand hat eine Ahnung, wo er ist?"

„Den Gerüchten nach in Monte Carlo. Sie arbeiten mit der Polizei dort zusammen und hoffen, ihn heute irgendwann zu verhaften. Wenn nicht, dauert es einfach nur etwas, bis sie ihn erwischen."

„Was wird mit seiner Firma passieren?", fragte Grace.

Sie sahen auf, als Cait mit einem Tablett mit Getränken erschien.

„Liam." Cait nickte, ihr Ton steif.

„Cait, nett dich zu sehen."

„Ich wünschte, ich könnte dasselbe sagen", sagte Cait und für einen kurzem Moment befürchtete Liam, dass sie das Pint in ihrer Hand über seinem Kopf ausschütten würde.

„Was habe ich gemacht?", fragte Liam.

„Mein Mädchen ist da oben und weigert sich, ihre Wohnung zu verlassen. Wegen dir."

„Es ist nicht wegen mir – es ist, weil sie böse ist, dass sie hinters Licht geführt wurde", spottete Liam.

„Warst du barsch meiner Tochter gegenüber oder nicht?" Caits Stimme war wie Stahl.

Liam streckte sein Schultern gerade. „Ich war vielleicht barsch, aber ich habe Dylans Firma beschützt."

„Dann musst du dich entschuldigen."

„Ich? Das tue ich ganz bestimmt nicht", begann Liam, aber Dylan unterbrach.

„Cait, es tut mir leid, dich zu unterbrechen", sagte Dylan und zuckte, als ihr stählerner Blick ihn aufspießte. „Aber ich bekomme gerade den Bericht darüber, was die Polizei zu sagen hat. Wir können die persönliche Seite besprechen, wenn wir mit der geschäftlichen fertig sind, wenn es dir nichts ausmacht."

„Ich habe dich im Auge", sagt Cait und zeigte mit dem Finger auf Liam, bevor sie davonging.

„Wieso bin ich jetzt hier der Bösewicht?" Liam hielt seine Hände hoch.

„Oh, das kann ich dir sagen", begann Grace.

Dylan knallte mit der Hand auf den Tisch, so dass sie erschrak. „Hör auf. Wirklich, hör auf. Erst das Geschäftliche."

„Der Besitzer der Firma hat Luis entlassen und ist auf dem Weg zurück von seiner Yacht in Griechenland. Er kooperiert auch voll und ganz mit den Behörden und hofft, dass du in Erwägung ziehst, mit ihm Geschäfte zu machen, wenn sie alle Angestellten überprüft haben. Und das hat er gemeint – von der Chefetage bis zum Hausmeister, der nachts die Böden fegt. Ich habe ihn gemocht, falls das Bedeutung hat. Ich glaube, er war wirklich schockiert von allem. Er hatte zu locker gelassen mit zunehmendem Alter, aber dies hat ihm die Augen geöffnet und gezeigt, dass er die Zügel seiner Firma wieder fester in die Hand nehmen muss."

„Ich werde darüber nachdenken. Kannst du für nächsten Monat ein Treffen arrangieren, um darüber zu diskutieren?"

„Das kann ich", sagte Liam, atmete aus und nahm einen großen Schluck von seinem Bier. „Ist das Geschäftliche beendet?"

„Im Moment ja."

„Also", begann Grace, aber Liam hielt eine Hand hoch, um sie zum Verstummen zu bringen. Ein Sturm zog über ihr Gesicht, aber das war ihm egal.

„Ich weiß, dass ich mit Fi etwas grob war."

„Du warst schrecklich, nach dem, was ich gehört habe."

„Ich kann schlimmer sein", versprach Liam.

„Das hilft nicht", flüsterte Dylan, dann machte er bei Graces Blick den Mund zu. Sie war an der Reihe.

„Glaubst du wirklich, dass Fi es in sich hat, jemanden zu manipulieren und zu betrügen? Den Verlobten ihrer besten Freundin? Ich bin schockiert, wahrhaftig schockiert, dass du das von ihr denken könntest." Graces Ausdruck wechselte zu Verletztheit für ihre Freundin.

„Ich verstehe deine Gefühle", begann Liam und hielt eine Hand hoch, als Grace versuchte, ihn zu unterbrechen. „Aber ich habe es zugelassen, persönliche Gefühle mit dem Geschäft zu vermischen. Ich war nicht bei klarem Verstand, als ich bei ihr explodiert bin."

„Du kennst Cait." Grace nickte zu Bar. „Du hast gesehen wie sie dieses Lokal führt. Meinst du, sie würde eine Tochter großziehen, die lügt?"

„Nein", seufzte Liam und drückte seine Nase. „Nein, das tue ich nicht. Als ich mich beruhigt hatte, wurde mir klar, dass ich vielleicht von falschen Vermutungen ausgegangen war."

„Sie hat es nicht gewusst, Liam. Wirklich. Sie hat erklärt, was passiert ist – wie Luis in den Raum kam und sie bat, eine Klausel zu ändern. Sie verstand noch nicht mal, was sie änderte. Fi hat einfach gedacht, es war eine Klausel, über die ihr beide diskutiert hattet. Sie weiß nicht genug über das Geschäft, um überhaupt zu verstehen, wie das den Gewinn beeinträchtigen würde."

„Das verstehe ich jetzt." Liam seufzte wieder.

„Sie hat unglaublich hart daran gearbeitet, einen Ruf als verlässliche und vertrauenswürdige Übersetzerin zu erlangen. Sie arbeitet mit hochrangigen Kunden auf der ganzen Welt. Selbst ein Flüstern über dubiose Geschäfte könnte alles zerstören, was sie aufgebaut hat. Warum würde sie ihre Existenz so derartig aufs Spiel setzen?", fragte Grace.

„Ich kapiere es ja", stöhnte Liam. „Hör mal, ein Teil von mir hatte ein Déjà-vu über damals, als ich auf jemanden reingefallen bin. Meine Gefühle...na ja, meine Gefühle für Fi gehen tief. Und es hat sich alles überschnitten und ich war verwirrt. Ich hatte den Eindruck, als würde mich wieder jemand ausnützen. Als könnte ich bei Frauen meinen eigenen Instinkten nicht trauen."

„So ist es nicht", versprach Grace, und diesmal drückte sie seine Hand. „Das verspreche ich dir."

„Ich war ein Arsch", stellte Liam fest.

„Stell es richtig", sagte Cait einfach, als sie plötzlich hinter Liams Schulter stand und ihn erschreckte. Sie hielt einen Schlüssel vor Grace. „Ihr beide. Du auch, Gracie. Du musst dich auch entschuldigen."

„Ich – !" Grace sah zu Liam und machte ihren Mund zu.

„Was hast du gemacht?", sagte Liam mit einem überraschten Ausdruck.

„Das geht dich nichts an", murrte Grace.

„Und wer ist jetzt kindisch?", murmelte Liam und erschrak wieder, als Cait mit den Fingern schnipste.

„Ihr beide. Jetzt. Stellt es richtig. Wagt euch nicht in den Pub, bis ihr das gemacht habt."

„Aber...", sagte Grace und sah zu Dylan.

„Er kann bleiben. Ihr beide werdet offiziell rausgeworfen."

Liam sah böse auf Dylans breites Grinsen und stand mit Grace an seiner Seite vom Tisch auf.

„Ich fühle mich, als hätte ich gerade Schimpfe von meiner Lehrerin bekommen."

„Sie ist sehr viel furchterregender als eine Lehrerin. Mach, was sie sagt", flüsterte Grace. Dann gingen sie gemeinsam aus dem Pub, um Fi aus ihrem selbst auferlegten Gefängnis zu retten.

KAPITEL SECHSUNDDREISSIG

F i schrak beim Geräusch der sich öffnenden Tür hoch und sprang vom Fenstersitz auf, wo sie sich wieder einmal zusammengerollt hatte.

„Liam!", sagte Fi. Sie sah sofort an sich herunter und dann zu Liam, der so gut aussah wie immer und in ihrem Türrahmen stand. Sie hatte seit drei Tagen nicht geduscht; sie war sicher, sie hatte sich irgendetwas aufs T-Shirt gekleckert – oder waren das Kaffeeflecken? – und hatte schon eine Weile kein Deo mehr aufgetragen. Nicht ihr bestes Aussehen, beschloss Fi, aber richtete ihre Schultern auf.

„Du kannst nicht einfach in meine Wohnung platzen, Liam. Das ist Hausfriedensbruch", schniefte Fi, obwohl ihr Puls schneller wurde und ihr Herz einen kleinen Hüpfer in ihrer Brust tat.

„Ist es das? Unbefugtes Betreten vielleicht, aber ich habe einen Schlüssel – den hat mir deine Mutter gegeben. Also technisch gesehen ist es nicht Einbruch. Obwohl ich dich nicht erschrecken wollte." Liam trat herein und schloss die Tür leise hinter sich. Er lehnte sich an die Wand, überkreuzte seine Arme und starrte sie an.

„Das war's? Du bist hier, um mich anzustarren?" Fi fummelte an dem Saum ihres T-Shirts und wünschte sich verzweifelt, dass sie sehen könnte, wie sie gerade aussah.

„Ich..." Liam räusperte sich. „Es scheint, dass ich mich vielleicht bei dir entschuldigen muss."

„Oh, wirklich?", sagte Fi hob ihre Nase in die Luft, auch wenn sie fürchtete, dass jeder Versuch, erhaben auszusehen, vergeblich war im Anblick ihrer alten Jogginghose und flauschigen pinkfarbenen Schweinesocken.

„Ja, wirklich. Mir wurde nahegelegt, dass du vielleicht gar nichts über Luis' Betrug gewusst hast."

„Dass ich es *vielleicht* nicht wusste? Oder dass ich es eigentlich gar nicht wusste?", fragte Fi.

„Dass du es gar nicht wusstest."

„Korrekt. Ich habe es nicht gewusst. Ich würde nie, *niemals* den Verlobten meiner besten Freundin auf diese Art verletzen. Verdammt, Liam, *egal für welche* Firma ich arbeite. Ich muss noch nicht mal eine Beziehung zu ihnen haben."

„Es tut mir leid. Ach, Fi, ich habe Scheiße gebaut. Meine eigenen Gefühle haben mich blind gemacht und ich habe einfach...ich habe einfach rotgesehen. Es dauert lange, bis mein Temperament überkocht, aber wenn es so weit ist...dann kann ich nicht mehr klarsehen."

„Du hattest kein Recht, mich so zu beschuldigen." Fi stocherte mit einem Finger in der Luft.

„Ich weiß. Und es tut mir wirklich leid. Ich kann nur

hoffen, dass du mir vergibst. Akzeptierst du meine Entschuldigung?"

„Ich kann deine Entschuldigung akzeptieren", sagte Fi schulterzuckend. „Aber ich kann nicht vergessen, wie ich mich wegen dir gefühlt habe."

„Autsch, das sticht mir ins Herz", sagte Liam und rieb sich die Brust. Er blieb, wo er war, in der richtigen Annahme, dass Fi ihn nicht näher an sich lassen würde.

„Du hast mir weh getan", flüsterte Fi und tat ihr Bestes, keine Tränen hochkommen zu lassen. „Dass du das denken würdest? Über mich? Es ist...furchtbar. Und du warst bereit zu glauben, dass ich diese Person sein könnte. Das tut mehr weh als alles andere. Ich verstehe, dass jeder Fehler macht. Das tue ich wirklich. Aber du hast das von mir geglaubt. Was bedeutet, dass du mich überhaupt nicht richtig kennst."

„Du hast mir dazu auch wenig Chance gegeben, oder, Fi?"

„Ach, jetzt ist es meine Schuld? Bürde mir das nicht auf, Liam", wütete Fi und ging im Raum auf und ab, als sie das Thema vertiefte. „Hier geht es um deine Probleme, nicht meine."

„Ich würde sagen, es geht uns beide an." Liam hielt seine Hände hoch, als sie ihn böse ansah. „Okay. Ich fange an. Du weißt, wie zerstört ich war, nachdem mich meine Ex-Freundin so betrogen hatte. Du weißt, dass ich kurz davor war, ihr einen Heiratsantrag zu machen. Es hat danach lange gedauert, bis ich irgendjemandem trauen konnte – zum Teufel, ich bin nicht sicher, dass ich jemandem seitdem wirklich komplett vertraut habe."

„Ich weiß, dass sie dich verletzt hat."

„Und ich dachte...mit dir...na ja...“

„Na was?“ Fi überkreuzte ihre Arme über ihrer Brust und hoffte, die Flecken so gut wie möglich abzudecken.

„Ich glaube, ich habe gedacht, dass ich wieder vertrauen kann. Ich mochte, dass du keine Spiele mit mir gespielt hast. Du warst nicht schüchtern oder hast mich manipuliert, und hast mir Dinge direkt gesagt. Das habe ich an dir geschätzt. Und...ich mag dich, Fi. Ich mag dich wirklich.“

„Aber du warst bereit, das Schlimmste von mir zu denken.“

„Ja, irgendwie schon. Weil ich Gefühle für dich entwickelt habe. Du hast mir Angst gemacht. Die Idee von dir hat mir Angst gemacht. Du bist alles, was ich je wollte als Frau, als Partnerin und als beste Freundin. Ich wollte bei dir sein. Zeit mir dir verbringen. Mit dir reisen. Du bist, was ich will.“

Fis Atem kam in einem Stoß heraus.

„Liam...“

„Es tut mir leid, dass ich dich verletzt habe. Ich weiß nicht, ob du in der Lage bist, darüber wegzukommen, aber ich hoffe, dass du es kannst.“

„Ich verstehe, dass deine Ex-Freundin dich hinters Licht geführt hat. Aber du kannst nicht für immer jeden an dem Standard messen. Du musst manchmal vertrauen. Und du vertraust mir nicht“, sagte Fi traurig.

„Und du vertraust mir nicht. Nicht genug, um mich ganz hineinzulassen. Nicht genug, um zu versuchen, das auszuarbeiten“, erwiderte Liam.

„Das ist nicht fair. Hier geht es nicht um mich – es geht um dich und deine Anschuldigungen.“

„Das mag sein, aber du hast dich immer vor mir zurückgehalten. Und wenn du ehrlich sagen kannst, dass du keine Gefühle für mich hast, dann ist das in Ordnung, das verstehe ich. Aber das hast du nicht gekonnt und das ist mir gegenüber auch nicht fair."

„Du liegst nicht so falsch. Vielleicht habe ich dich auf Distanz gehalten. Ich wollte all dies vermeiden. Alles ist ein Schlamassel. Ich streite mit Grace. Wir streiten. Dylans ist in der Mitte. Das ist genau der Grund, warum ich das nicht wollte. Dieses ganze Chaos. Deswegen gehe ich immer wieder weg und reise...ich kann nicht gut mit all diesen Emotionen umgehen und diesem hin und her. Und es ist Graces Hochzeitswoche! Ich sollte für sie da sein."

„Dann sei für sie da. Können wir...können wir das hinbekommen? Sag mir, was du brauchst, Fi."

„Ich...okay." Fi atmete ein. „Ich vergebe dir, Liam. Aber ich brauche etwas Zeit. Diese Woche sollte es nicht um mich gehen. Es muss um Grace und Dylan gehen. Ich bin bereit, dass wir wieder Freunde sein können."

„Nur Freunde?", fragte Liam.

„Das ist alles, was ich im Moment geben kann", sagte Fi. Ihr Herz zersprang bei der Traurigkeit, die über sein attraktives Gesicht ging.

„Dann werde ich deine Wünsche respektieren. Da ist eh noch jemand, der dich sehen will."

Liam hatte kaum die Worte ausgesprochen, als Grace in den Raum stürmte. Sie hielt inne und rümpfte ihre Nase über Fis Erscheinungsbild. „Ihhhh."

„Ich geh dann mal. Grace, lass mich wissen, ob ich mit der Planung diese Woche helfen kann. Fi, ich sehe dich bei der Hochzeit." Liam nickte und damit war er weg.

Als er ging, fiel Fis Herz herunter und sie fühlte deutlich seine Abwesenheit in ihrer Wohnung.

„Du siehst furchtbar aus", sagte Gracie.

„Wie nett, danke", sagte Fi, einer weiteren gefühlsgeladenen Unterhaltung überdrüssig.

„Hast du gemeint, was du gesagt hast? Dass es diese Woche um uns geht?"

„Ja, natürlich."

„Na, warum schmollst du dann hier oben herum?"

„Em, weil du mein Vertrauen missbrauchst hast gegenüber Dylan?"

„Warum hast du so viel Angst, dich Liam zu zeigen? Er hat Angst, aber er hat dir gesagt, was er fühlt. Er hat recht – du bist eine Lügnerin. Du lügst dich und ihn an. Er kennt dein wahres ich nicht und das hast du dir selber zuzuschreiben."

„Wenn das deine Art von Entschuldigung ist, musst du noch ganz schön daran arbeiten", sagte Fi mit ihren Händen auf ihren Hüften.

„Und? Verdammt nochmal, Fi!", explodierte Grace. „Hör auf, darum herumzutänzeln! Du hast da einen guten Mann. Einen Mann, der dich unterstützen und dein Partner sein wird. Aber du musst ehrlich mit ihm sein. Hör auf, dich vor der Welt zu verstecken – vor der Liebe – und lebe dein verdammtes Leben. Es ist ein Geschenk, das nicht jeder hat!"

„Ich wiederhole es, deine Entschuldigung lässt etwas zu wünschen übrig." Fi blieb stur, obwohl Graces Worte ihr den Magen umdrehten.

„Schau, es tut mir leid, dass ich Dylan von dir erzählt habe. Ich vertraue ihm mit meinem Leben und...allem. Er würde dich nie betrügen oder verletzen. Aber du hast recht, es war nicht an mir, dein Geheimnis zu lüften. Das dahingestellt, du musst Liam vertrauen. Er weiß von Magie. Er glaubt daran. Er wird dich wahrscheinlich dafür noch mehr lieben."

„Ich habe niemandem außerhalb unseres Kreises jemals etwas davon erzählt außer er-der-nicht-genannt-werden-darf", flüsterte Fi und drehte sich weg, um wieder zu ihrem Ruheplatz auf dem Fenstersitz zu gehen. „Was ist, wenn er mich hasst? Welcher Mann will ein Leben mit einer Frau, die seine Gedanken lesen kann?"

„Em, dein Vater zum Beispiel, Dummerchen." Grace schüttelte ihren Kopf über Fi und kam herüber, um neben ihr zu sitzen. „Lass uns ehrlich sein – wenn du mit jemandem lebst, den du liebst, kannst du praktisch seine Gedanken sowieso lesen. Ich verspreche dir, wenn du dem eine Chance gibst, wirst du es nicht bereuen."

„Das kannst du nicht wissen. Ich bin die mit den prophetischen Vorahnungen", sagte Fi und lehnte sich herüber, um ihre Schulter gegen Graces zu legen.

„Und? Ich wette, du hast darüber einen Traum gehabt. Was hat er dir gezeigt?"

Bei Fis störrischem Ausdruck warf Grace ihren Kopf zurück und lachte.

„Ich glaube, das ist alles, was ich wissen muss. Sei mir bitte nicht mehr böse. Ich brauche dich diese Woche."

„Das bin ich nicht. Ich liebe dich", sagte Fi. Sie wollte Grace umarmen, die sich stattdessen zurückzog und ihre Nase erneut rümpfte.

„Vielleicht, nachdem du geduscht hast."

„Erinnere mich daran, warum ich deine Freundin bin?"

KAPITEL SIEBENUNDDREISSIG

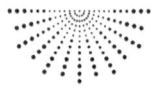

Der Hochzeitstag war da.

Der Rest der Woche war wie im Flug mit Vorbereitungen für Grace und Dylans großen Tag vergangen und Fi hatte kaum Zeit gehabt, mit ihrer Mutter zu sprechen, geschweige denn mit Liam. Oh, sie sah ihn zwischendurch immer mal wieder, aber es war immer eine Gruppe Leute um sie herum. Seinem Wort getreu behandelte er sie als Freund und hielt einen respektvollen Abstand. Fi war der Unterschied zwischen Liam, wenn er Interesse an ihr zeigte und Liam als Freund nicht klar gewesen, aber sie merkte, dass sie den Liam vermisste, den sie kannte. Der Liam, an den sie sich gewöhnt hatte, würde ihr kleine Blicke zuwerfen oder sie in Abständen anlächeln, selbst wenn jemand anderes sprach, und an seiner Aufmerksamkeit für sie war einfach ein bisschen mehr Glanz. Jetzt war es, als ob jemand das Licht ausgeschaltet hatte und er war monoton und höflich.

Was genau dem entsprach, was sie gewollt hatte, erinnerte Fi sich selbst.

„Fi, du bist dran für Haare und Makeup", rief Grace. Fi schüttelte ihren Kopf und ging in Graces Schlafzimmer, das das Hochzeitszentrum geworden war.

„Oh, Grace, du siehst toll aus", sagte Fi. Graces Haare waren zur Hälfte in einem eleganten Zopf zurückgebunden, durch den ein Band geflochten war. Der Rest fiel offen über ihre Schulter herunter und eine Blumenkrone würde das Ganze vervollständigen, wenn sie ihr Kleid anhatte.

„Danke. Das wirst du auch. Glaubst du, er hat etwas dagegen, dass ich die Tradition herumgedreht habe?" Grace knabberte an ihrer Lippe, als sie ihr Kleid ansah, das an der Wand hing. Es war in einem Rosaton und war von Hand so gefärbt, dass es an der Brust in einem blassen Rosa anfing und nach unten dunkler wurde, bis es am Saum in einem dunklen Fuchsia endete. Mit einem weiten Rock, der um sie schwang, würde Grace aussehen wie eine Wildblume aus dem Garten. Für die Mädchen hatte sie Weiß gewählt und Fi musste zugeben, dass die Kleider für die Brautjungfern atemberaubend aussahen.

„Ich glaube, der Mann wird den Verstand verlieren, wenn er dich sieht", versprach Fi, dann schloss sie ihren Mund, damit die Makeupkünstlerin ihren Zauber vollbringen konnte. Es dauerte nicht lange, bis Fi fertig und bereit für ihre eigene Blumenkrone war, aber erst musste sie in ihr Kleid schlüpfen. Sie ging ins Badezimmer, entkleidete sich und zog das schlichte weiße Kleid über ihren Kopf. Grace hatte eine gute Wahl getroffen, dachte Fi, als die kühle Seide über ihren Körper glitt. Das Neckholder Kleid schmiegte sich an ihren Körper, ohne eng zu sein, und die Schlichtheit trug nur zur Eleganz bei.

Als sie ins Schlafzimmer kam, klatschte Grace in ihre Hände.

„Du siehst fantastisch aus. Oh, Fi, du siehst aus, als würdest du heiraten."

„Sch, das tue ich nicht. Aber ich muss sagen, dass du ein tolles Kleid ausgesucht hast."

„Lass uns die Krone aufsetzen", sagte Gracie zur Makeupkünstlerin, die pflichtbewusst eine Krone aus blassrosa Blumen, versetzt mit Grün, auf Fis Kopf feststeckte.

„Sieht das komisch aus? Es fühlt sich an, als würde es komisch aussehen."

„Nein, ich...wow", sagte Gracie und zeigte auf den bodenlangen Spiegel. Fi ging hinüber und sah sich selbst an. Ihre Augen sahen durch das Makeup etwas dunkler und riesig aus, und ihre Lippen sahen wie reife Himbeeren aus, die darauf warteten, gepflückt zu werden. Obwohl sie nie ein Faible für Blumenkronen gehabt hatte, musste sie zugeben, dass es in Verbindung mit dem schlichten Kleid atemberaubend aussah.

„Du hast tolle Arbeit geleistet, das alles zu organisieren, Gracie."

„Jetzt bin ich dran!", quietschte Grace. Sittsamkeit war ihr egal, sie ließ ihren Bademantel fallen und stand bei ihrem Kleid, während Keelin und Fi ihr hineinhalfen. Als sie fertig waren und Fi die Röcke aufplusterte, wurde es still im Raum.

„Und?", fragte Grace.

„Ich kann nicht reden, sonst weine ich", sagte Keelin mit beiden Händen auf ihrem Gesicht.

„Nein, ruinier nicht dein Makeup", sagte Gracie.

„Du bist eine Vision", sagte Fi. „Geh und schau dich selbst an."

Ein breites Lächeln ging über Gracies Gesicht, als sie zum Spiegel trat. Sie sah aus, als würde sie von innen leuchten und glücklicher, als Fi sie je gesehen hatte. Sie würden diesen Moment nie vergessen, dachte Fi, weil sie immer gehofft hatte, dass ihre Freundin solches Glück finden würde.

„Es geht los", kam eine Stimme vom vorderen Hausende und alle wirbelten herum – da waren letzte Verbesserungen am Makeup, die Blumensträuße wurden ergriffen und dann ein letzter Blick ein den Spiegel. Endlich stand Fi vor dem Haus, wo sie Liam treffen sollte, damit sie zusammen hinausgingen. Sie war von Sorge erfüllt. Als Haupttrauzeugen hatten sie heute Abend viele gemeinsame Pflichten. Fi hoffte, dass sie fähig wäre, den Tag auf Grace und nicht auf ihren eigenen Emotionen fokussiert zu lassen.

„Fertig?", fragte Aislinn und steckte ihren Kopf durch die Haustür.

„Ist Rosie bereit?", rief Gracie.

„Ja, sie ist bereit", rief Fi zurück. Als Ringhüter war Rosie mit einem Halsband aus Blumen und Bändern ausgestattet und von der Art, wie sie tänzelte und mit ihrem Schwanz wedelte, vermutete Fi, dass sie die ganze Aufmerksamkeit genoss.

„Dann lass mich mal den Hafen der Ehe ansteuern."

Fi lachte und trat durch die Haustür. Für einen Moment wurde sie vom Licht draußen geblendet und sie blinzelte, um ihre Augen daran zu gewöhnen. Liam stand mit einem unlesbaren Gesichtsausdruck da und starrte sie nur an.

„Sehe ich schlecht aus?", sagte Fi, sah an sich selbst herunter und dann zu ihm hoch. Er schüttelte seinen Kopf, als wäre er im Nebel und räusperte sich.

„Nein, natürlich nicht. Du siehst toll aus", sagte Liam kurzangebunden.

„Du siehst auch gut aus", sagte Fi und hakte sich in seinen Arm ein, als er sie zum Feld führte, das die Bucht überblickte, wo alles für die Zeremonie aufgebaut war. Und das tat er. In einem dunkelgrauen Anzug mit einem schlichten weißen Hemd und einer Blume im Revers sah Liam sehr gut aus.

„Danke." Liams Worte waren kurz und Fis Herz sank. Sie wollte den alten umgänglichen Liam zurück.

Fi atmete ein, sah sich um und lächelte. Sie schob ihre Sorgen beiseite. Heute ging es um Grace und Dylan und das war alles, was wirklich wichtig war.

Heuballen, bedeckt mit karierten Decken, waren in langen Reihen aufgebaut. Ein grober Holzbogen mit Lichterketten, grünen Blättern und Hunderten von Blumen stand am Ende des Wegs. Auf der anderen Seite des Bogens ging es am Kliff steil hinunter zum Wasser der Bucht. Es war ein spektakulärer Ort für eine Hochzeit, und Fi war froh, dass Grace es nicht übertrieben hatte. Wer brauchte ein überladenes Design, wenn die Natur den hübschesten Hintergrund bot?

Liam begleitete Fi langsam den Gang hinunter und sie lächelte jeden an. Sie rollte fast mit ihren Augen, als sie sah, wie ihre Mutter eine Träne aus ihrem Auge wischte. Es fühlte sich gut an, merkte sie, vor Freunden und Familie an Liams Arm zu erscheinen.

Sie wünschte, es wäre ihr Hochzeitstag.

Der Gedanke schlug so hart in sie hinein, dass sie etwas stolperte, und Liam hielt sie enger an sich, damit sie nicht fiel.

„Ist alles okay?", flüsterte Liam.

„Ja", sagte Fi, aber das war eine Lüge. Sie war nicht okay. Nichts war okay. Sie drehte wegen ihrer eigenen blöden Ängste einem guten Mann den Rücken zu. Sie könnte dies haben – diese Zukunft und das Leben, das sie wollte – wenn sie Liam nur eine Chance geben würde. Wenn sie sich dazu bringen könnte, ihm zu vertrauen und ihm zu sagen, was sie wirklich war.

Sie trennten sich am Ende des Wegs und Fi fühlte sich seiner Gegenwart beraubt. Sie wollte seinen Arm nicht loslassen oder nicht an seiner Seite stehen. Aber, wie es das Protokoll vorschrieb, ging sie zu ihrer Seite und lächelte Dylan an, der auf seine Braut wartete. Als ein Staunen durch die Menge ging, hätte Fi jubeln können. Gracie hatte genau die richtige Wahl getroffen mit ihrem Kleid und sie leuchte, als sie über das grüne Gras schwebte – eine Rose, die für ihre Liebe blühte.

Fi sah, wie Dylan, und viele der anderen, eine Träne wegwischte und sie trat nach vorn, um Graces Blumen zu nehmen. Sie richtete sich auf und hatte ein Lächeln auf dem Gesicht, als Flynn mit der Zeremonie begann.

Wind kitzelte sie im Gesicht und Fi drehte sich um, blickte hinunter auf die Bucht und dann zurück zu Liam. Sein Blick hielt ihren fest, als Flynn seine Botschaft sprach.

„Liebe ist ein Tanz, und die Schiritte dazu wisst nur ihr beide. Ihr könnt zusammen tanzen als Partner und doch frei bleiben in euren eigenen individuellen Bewegungen.

Liebe ist wie Ebbe und Flut, so wie die Wellen, die unter uns ans Ufer schlagen. Es ist jeden Tag anders, aber seid versichert, nur wenn du jemanden wirklich liebst, kannst du frei sein."

Liams Augen brannten in ihren und Fis Herz stoppte, für was sich anfühlte wie eine Ewigkeit, als sie sich in seinen Augen verlor. Vielleicht war es das, was sie hatte hören müssen, dachte sie. Dass ein wirklicher Partner sie nicht einschränken, sondern sie befreien würde. Und in dem Moment beschloss sie, Liam mit ihren Geheimnissen zu vertrauen.

„Schau", flüsterte Keelin hinter ihr. Als Grace und Dylan für Mann und Frau erklärt wurden, leuchtete die Bucht aus dem Inneren – eine brillante blaue Farbe, die nur die auf der Kliffkante sehen konnten. Fi blinzelte Tränen zurück und sah Liam verstohlen an. Sie fragte sich, was er von der Zaubershow da unten halten würde. Ein breites Grinsen erschien auf seinem schönen Gesicht und er schien fasziniert von dem, was er sah. Wenn das wirklich so war, dann hatte Grace vielleicht recht – vielleicht wäre Liam der Mann, der sie ganz akzeptieren würde.

KAPITEL ACHTUNDDREISSIG

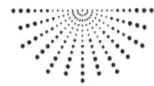

F i schaffte den ersten Tanz, bevor sie beiseite gehen musste, um einen Moment für sich zu haben. Sie hatten auf den grünen Feldern an der Bucht ein riesiges Zelt mit einem Tanzboden aufgestellt, und alle hatten den Abend durch gelacht und tanzten nun. Fi brauchte einfach...eine Minute.

Sie musste durchatmen.

Es hatte den ganzen Tag und den ganzen Abend keinen ruhigen Moment gegeben, an dem sie mit Liam hätte reden können. Da waren Fotos, das Abendessen, Reden......es war eins nach dem anderen. Jetzt, als alle zur Tanzfläche gingen, merkte Fi, dass sie einen Moment brauchte, um sich und ihre Gefühle zu checken. Sie ging von der Tanzfläche weg über die Felder bis zum Rand der Bucht. Der Mond war so voll, wie er nur sein konnte – *selbstverständlich* würde Grace bei Vollmond heiraten – und schien hell auf das Wasser tief unter ihr.

„Fi."

Fi drehte sich nicht um, denn ein Teil von ihr hatte

gewusst, dass er folgen würde. Stattdessen rüstete sie sich für das, was als Nächstes kommen würde.

„Liam", sagte sie und schaute weiter auf das Wasser. Er stellte sich neben sie und folgte ihrem Blick zu den Wellen, die unten aufschlugen.

„Das ist ein ganz schön tiefer Fall. Ich hoffe nicht, dass du darüber nachdenkst herunterzuspringen", sagte Liam beiläufig.

„Nein, ich bewundere nur das Wasser. Ich brauchte einen Moment", sagte Fi mit einem Lachen.

„Hast du das Wasser während der Zeremonie gesehen?", fragte Liam und Fi riss ihren Blick vom Wasser weg, um sich umzudrehen und ihn anzusehen.

„Ja, das habe ich. Du auch?"

„Es sah aus, als würde ein intensives blaues Licht scheinen. Aber es kann auch sein, dass mich meine Augen getäuscht haben."

„Nein, das war wirklich."

„Das ist also Magie. Nicht nur eine Legende, wie die Dorfbewohner sagen."

„Ja, das ist Magie." Und ich auch, fügte Fi still hinzu. Es fühlte sich gut an, es zu sagen, selbst wenn es nur in ihrem Kopf war, merkte sie und wurde von Wärme geflutet.

„Das hatte ich mir schon gedacht, da sie versucht hat, mich umzubringen." Liam lachte und rieb sich mit einer Hand über das Gesicht. „Aber dies scheint eine nettere Seite der Bucht zu sein als das, was ich erlebt habe."

„Das war es. Die Bucht leuchtet aus dem Inneren, wenn wahre Liebe gegenwärtig ist", erklärte Fi und Liam legte seinen Kopf schräg. Das Mondlicht reflektierte in seinen Augen, als er ihr Gesicht ansah.

„Du glaubst also daran?"

„Natürlich." Fi atmete tief ein. „Und nicht nur die Bucht hat Magie...sondern..."

„Sondern was?"

„Sondern ich auch." Die Welt schien für einen Augenblick stillzustehen, der Moment hing schwebend zwischen ihnen, als Liams Blick ihren hielt. Sie hatte nie in ihrem Leben einem anderen dieses Geheimnis erzählt und ihr Magen drehte sich, als sie auf seine Antwort wartete.

„Du hast...Magie?", fragte Liam langsam.

„Ja, das habe ich. Ich bin Teil der Blutlinie, die von der Magie in der Bucht abstammt. Ich habe Magie, Liam." Fi atmete aus und ihre Hände fühlten sich feucht an, als sie sie zusammenklammerte.

„So wie Grace?", fragte Liam.

„Nein, meine Fähigkeiten sind in einem anderen Bereich. Übrigens etwas, wogegen ich mein ganzes Leben angekämpft habe."

„Warum? Warum bekämpfst du, wer du bist?" Göttin sei Dank war Liam nicht schreiend davongelaufen und hörte ihren Worten aufmerksam zu.

„Ich wollte mich nicht auf meine...Gaben verlassen, um im Leben zurechtzukommen. Also habe ich sie unterdrückt."

„Du kannst Magie unterdrücken?"

„Natürlich. Es ist harte Arbeit, aber dann wird es Routine. Abgesehen von den Träumen; die kann ich nicht kontrollieren."

„Was machen deine Träume?" Liams Augen weiteten

sich und sie merkte, dass sie ihm immer noch nicht gesagt hatte, was sie war.

„Ich bin eine Telepathin, Liam. Ich kann die Gedanken anderer Leute lesen, wenn ich will. Ich habe auch prophetische Träume. Oh, und ich kann die Auren der Leute sehen. Es ist eine bunte Mischung." Fi verstummte, als sich Liams Gesicht verzog.

„Du kannst Gedanken lesen? Du konntest *meine* Gedanken lesen? Aber...du hast gesagt, dass du nicht gewusst hast, dass Luis gelogen hat." Liam überkreuzte seine Arme über seiner Brust, was sie inzwischen als seine Verteidigungshaltung erkannte.

„Bitte, bevor du wütend wirst...darf ich es erklären? Bevor du mich verurteilst?", bat Fi und ergriff seinen Arm.

„Mach nur." Liam klang böse und sie wusste, dass er daran arbeitete, sich unter Kontrolle zu haben.

„Ich wollte diese Fähigkeit nie haben. Meine Mutter hat sie auch. Seit ich jung war, hat sie mir beigebracht, wie ich mich schützen kann, damit ich die Gedanken anderer nicht höre. Glaub mir, du möchtest die Dinge, die du zufällig aufschnappst, nicht wissen. Es ist...furchtbar. Besonders für ein junges Kind. Als ich älter wurde, wurde ich so gut darin, mich abzuschirmen, dass es zweite Natur wurde. Es ist nur, wenn ich richtig müde bin oder meine Schutzschilder unten sind, dass ich gelegentlich einen Gedanken erhasche."

„Also du hast nie meine Gedanken gelesen?"

„Nein, für mich ist das ein Eingriff in die Privatsphäre. Ich lese die Gedanken anderer Leute nie. Es ist sogar..." Fis Stimme wurde wacklig und sie drehte sich, um auf das Wasser zu schauen, da sie die Ablehnung auf seinem

Gesicht nicht sehen wollte. „In meinem ganzen Leben habe ich nur einer einzigen Person außerhalb meines Kreises davon erzählt. Meiner ersten Liebe."

„Aha", sagte Liam und Verständnis machte sich auf seinem Gesicht breit. „Und das ist nicht gut gelaufen?"

„Er hat es auf einer Feier vor seinen Freunden bloßgelegt und sie haben sich auf mich gestürzt. Es war furchtbar. Ich habe mir geschworen, dass ich mich nie wieder einem Mann so entblößen werde."

„Ich beginne zu verstehen, warum du mich auf Armeslänge gehalten hast."

„Niemand ist auch nur annähernd so nah dran gewesen, meine sorgfältig errichtete Mauer zu bedrohen. Außer du. Du bist die einzige Person, bei der es sich richtig anfühlt...und das macht mir Angst."

„Du denkst, dass ich dich verletze. Oder das hast du gedacht. Was hat deine Meinung geändert?"

„Weil ich heute gemerkt habe, dass ich dir vertraue. Und ich will eine Chance mit dir. Ich vertraue darauf, dass du mir zuhörst und vielleicht können wir eine Beziehung zwischen uns hinbekommen...und ein Leben, das wir beide wollen. Dass Liebe dich nicht dazu zwingt, dich niederzulassen oder deine Träume zu unterdrücken. Vielleicht könnte ich mit dem richtigen Partner wirklich alles haben."

„Fi", sagte Liam und berührte sie das erste Mal. „Schau mich an."

Fi drehte sich um und sah im Mondlicht in seine Augen.

„Ja?"

„Du kannst mich lesen."

„Was?", fragte Fi und spürte ein leichtes Beben in ihrem Körper.

„Lies mich. Öffne dich mir. Ich habe nichts vor dir zu verstecken", versprach Liam und hielt ihre Hände. „Schau in mein Inneres. Da ist die Antwort."

Er vertraute ihr, dachte Fi, nicht nur mit der Geschichte, die sie ihm erzählt hatte über ihre Magie, auch mit seinen innersten Gedanken. Tränen sprangen ihr in die Augen, als sie ihre Schilder zum ersten Mal seit langem herunterließ und in Liams Kopf blickte.

„Du liebst mich", sagte Fi schluchzend.

„Ja, das tue ich. Sogar noch mehr, jetzt, da ich diese andere Seite von dir kenne", sagte Liam.

„Ich glaube, ich liebe dich auch. Ich weiß nicht, ich bin im Moment etwas durcheinander Aber ich weiß, dass ich diesem eine Chance geben will", gab Fi zu und stolperte über ihre Worte. „Aber es wurde mir deutlich, als wir den Weg zusammen hinuntergingen, dass ich eine Chance mit dir will. Eine wirkliche Chance."

„Das können wir haben. Aber es fängt damit an, dass wir uns gegenseitig vertrauen. Traust du mir, Fi? Dass ich dich liebe und dein Partner bin? So, dass wir zusammen sein können und die Welt erforschen? Eine Zukunft so zu gestalten, dass sie genau so ist, wie wir sie wollen?"

„Das tue ich", flüsterte Fi und dann waren seine Lippen auf ihren und nichts anderes war mehr wichtig. Sie hatte endlich einen sicheren Hafen gefunden mit dem einen Mann, der alle Stürme mit ihr überstehen würde. Sie lehnte sich zurück und lächelte ihn an.

„Schau!", sagte Liam und zog sie in seine Arme, so dass sie sich drehen konnten und das Leuchten sehen, das aus dem Wasser unter ihnen schien. „Es soll so sein. Die Bucht sagt das."

„Ja, das tut sie."

„Das war es wert, dass sie versucht hat, mich umzubringen, weil es mich zu dir geführt hat", sagte Liam und Fi warf ihren Kopf zurück und lachte.

Und so einfach war es, dass Fi endlich ihre Magie annahm.

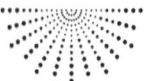

„Das ist eine tolle Glückssträhne, die Sie da hatten, Mr Murphy", sagte Cait beim Durchblättern des ledergebundenen Buchs, das sie auf den Tresen gelegt hatte.

Der ganze Pub lachte, als Mr Murphy sich im Jubel aalte.

„Ich kann nicht glauben, dass du auf mich gewettet hast. Meine eigene Mutter." Fi schüttelte traurig ihren Kopf, als wollte sie fragen, wo die Welt hingekommen war.

„Dann kennst du deine Mutter aber schlecht", erwiderte Cait und Fi lachte.

„Warum haben Sie das Datum gewählt, Mr Murphy?", fragte Liam.

„Bei Hochzeiten werden Leute romantisch. Es schien ein passender Tag", sagte Mr Murphy und zupfte an seiner Kappe, als seine Wangen rot wurden.

„Na ja, Sie haben eine nette Summe Geld gewonnen. Ich glaube, die ganze Stadt hatte Wetten abgeschlossen", sagte Cait und schob ihm ein weiteres Guinness herüber. „Was machen Sie diesmal mit dem Gewinn?"

„Ich habe darüber nachgedacht..." Mr Murphy senkte seinen Kopf. „Und ich möchte dich um einen Gefallen bitten."

„Na, dann raus damit", nickte Cait.

„Ich habe mich gefragt, ob du mich zu den Elefanten bringen könntest. Eine Safari, von der ihr alle neulich geredet habt. Ich bin zu alt, um allein zu reisen, aber ich würde sie so gern sehen, bevor ich diese Welt verlasse."

Caits Kinnlade fiel nach unten, dann drehte sie sich mit einem stählernen Blick zur Küche, wo Shane mit einem Handtuch über seiner Schulter stand. Auf seinen Lippen war ein kleines Lächeln, aber er sagte nichts.

„Oh, du bist ganz schön hinterhältig, Shane, oder?", rief Cait und Shane lachte und zuckte mit den Schultern. Er wusste, wie jeder andere in der Bar, dass Mr Murphy der einzige Mann war, zu dem Cait nicht nein sagen konnte. Es sah so aus, als würde sie Urlaub machen, komme was wolle.

„Ist das ein ja?", fragte Mr Murphy hoffnungsvoll.

„Ja – aber nur, wenn ich jemanden finden kann, der sich um den Pub kümmert", sagte Cait und sah einen Ausweg.

„Ich mache das für dich, Mama", sagte Fi fröhlich und lächelte auf ihrem Platz neben Liam, der seinen Arm lässig um ihre Taille gelegt hatte. „Ich bin sicher, Liam könnte auch helfen."

„Ich habe schon mal in einer Kneipe gearbeitet", stimmte Liam zu.

„Es wird toll werden. Und es wird mir die Zeit geben,

all die Kisten aus deinem Haus in meins zu schleppen." Fi legte noch etwas drauf, da sie wusste, wie sehr ihre Mutter den Kram aus dem Haus haben wollte.

„Oh, und du bist auch heimtückisch", sagte Cait.

„Also? Gehen wir die Elefanten sehen?", fragte Mr Murphy mit bebender Stimme, als er sich vorlehnte.

„Das werden wir, Mr Murphy", sagte Cait und der ganze Pub jubelte wieder. Mr Murphy war so entzückt, dass er fast von seinem Hocker fiel. Shane duckte sich unter der Theke hindurch, nahm Cait hoch und wirbelte sie herum.

„Ich mag, wie deine Eltern miteinander sind ", sagte Liam in Fis Ohr. „Sie passen gut zusammen."

„Das tun sie. Sie gleichen sich aus."

„Meinst du, wir gleichen uns auch aus?"

„Ich glaube, wir können viele Dinge zusammen machen", sagte Fi, dann wurde sie rot, als Liam ihr etwas Zweideutiges ins Ohr flüsterte.

„Was ist es nur mit dir und dem Latexkleid?", lachte Fi.

„Nur für mich", flüsterte Liam und Fi fühlte, wie ihr Inneres mit flüssiger Hitze glühte.

„Ich bin froh, dass ich es nicht weggeworfen habe", sagte Fi und lachte, als Liam eine Hand auf seine Brust schlug.

„Bitte nicht."

„Nein, ich merke, dass ich es behalten muss."

„Das musst du. Du kannst es tragen, während wir deine Wohnung streichen. Ich wette, man kann es leicht sauber-machen", sagte Liam.

Fi lachte. Sie würden in Grace's Cove bleiben, bis ihre

Eltern aus dem Urlaub zurückkamen. Shane hatte es ihr am Anfang der Woche erzählt, da er wusste, dass er Cait davon überzeugen konnte zu verreisen. Liam würde weiterhin das Gemeindezentrumprojekt überwachen und Fi würde den Pub leiten und an ihrem neuen Haus arbeiten. Sie hatten nicht offen darüber gesprochen, zusammen zu leben, aber Liams Sachen waren schon in ihrer Wohnung und statt sich eingeschränkt zu fühlen, fühlte es sich...richtig an.

Nach ein paar schwierigen Nächten war Fi mit einem Plan zu Liam gegangen. Zuerst hatte er sich Sorgen um sie gemacht.

„Du weißt, dass ich will, dass du glücklich bist. Und ich glaube, das ist gut für dich, aber ich will, dass du dir sicher bist."

„Es ist immer noch meine Karriere; ich verschiebe es nur ein bisschen. Was bedeutet, dass ich von zu Hause arbeiten kann oder von wo auch immer wir hinreisen", sagte Fi.

„Ich kann es vor mir sehen, wie du auf dem Boot sitzt und wild vor dich hintippst, während das Boot schaukelt. Oder versteckt in einer Felsenburg in den Hügeln Sloweniens übersetzt, während draußen ein Sturm wütet", sagte Liam mit einem Lächeln.

„Ich will das machen. Ich will es versuchen. Für mich. Weil ich glaube, dass es Spaß macht. Und ehrlich, solange ich mit dir reisen kann, bin ich glücklich. Es ist das Reisen, das mir wichtig ist. Aber wenn wir beide ständig getrennt verreisen, glaube ich nicht, dass das für uns gut ist."

„Also übersetzt du jetzt Romane?" Liam sah ihr ins Gesicht.

„Ja. Ich habe eine Freundin, die mir schon die ersten beiden Bücher gegeben hat. Liebesromane." Fi hatte bei Liams Ausdruck gelacht.

„Tragen die Heldinnen Latexkleider?"

„Vielleicht. Ich habe sie noch nicht gelesen."

„Dann bin ich dabei. Das wird die perfekte Zukunft für uns."

DAS LIED DES STEINS

KAPITEL 1

„'Und ihr, Kinder Danus, sollt in das Land gehen, welches man Inisfail, die Insel des Schicksals, nennen wird. Es ist euer Schicksal, die Erde zu bevölkern und ihr die große Weisheit und Führung, die ihr euch unter unserer Obhut angeeignet habt, zu bringen'", intonierte Bianca, während Clare mit den Augen rollte und ihrer Mitbewohnerin zuzwinkerte, die gerade einer Gruppe eifriger Amerikaner eine mythologische Führung durch Dublin gab. „Seht nur, da geht sie hin, eine der großen Schönheiten der Kinder Danus. Eine lebende Göttin höchstpersönlich."

Die Gruppe drehte sich um und starrte Clare an, die an ihnen vorbeieilte und über Bianca den Kopf schüttelte.

„Ich bin genauso eine Göttin, wie du eine zarte Rose bist", schoss Clare zurück, und die Gruppe brach in Gelächter aus.

„Und so kamen die Kinder Danus auf die Insel des Schicksals, die man heute als Irland kennt und hielten in ihren Händen nichts als die vier Schätze, die sie vor denen schützen sollten, die entschlossen waren, eine Herrschaft der Dunkelheit über die Insel zu bringen."

Biancas Mythologiestunde verhallte hinter Clare, während sie eine Masse wilder, kastanienbrauner Locken unter einer Wollmütze unterbrachte und sich bereits auf ihr Dissertationsprojekt konzentrierte. Es war das letzte Stück Arbeit, das sie zu Ende bringen musste, bevor sie sich eine waschechte Doktorin nennen konnte.

Eine Person mit einem Doktortitel in Geologie ist nichtsdestoweniger eine Doktorin, erinnerte sie sich selbst, als sie durch die Glastüren des naturwissenschaftlichen Flügels des Trinity College trat.

Sie hatte Glück gehabt, dass sie in das Geologieprogramm eines so angesehenen Colleges aufgenommen worden war, und noch mehr Glück, dass sie ein Vollstipendium erhalten hatte. Ihre Eltern hatten sich verwundert die Augen gerieben und sich gefragt, was eine Bauerntochter aus der irischen Kleinstadt Clifden mit einem Doktortitel anfangen wollte.

Um Steine zu studieren, nicht mehr und nicht weniger.

Sie konnte immer noch ihren Vater sehen, wie er mit schlammverdreckten Stiefeln auf den Hof hinausschritt, sich bückte, einen Stein vom Boden aufhob und ihn gegen das Licht hielt.

„Das hier? Das ist es also, was du studieren willst? Und was gibt es da jetzt noch über sie zu lernen, bitte?"

Obwohl ihn ihre Entscheidung verwirrt hatte, war Madden MacBride schon bald dabei ertappt worden, wie er in Paddy's Pub, der von ihm bevorzugten Eckkneipe, mit seiner brillanten Tochter prahlte.

Clare erinnerte sich noch gut an die ersten Momente der Panik, nachdem ihre Eltern sie in der Stadt abgesetzt hatten. Ihr Truck hatte sich rumpelnd vom College entfernt und auffällig deplatziert neben den gepflegten Autos gewirkt, die die belebten Straßen Dublins verstopft hatten. Als sie an ihrer abgewetzten Jeans und dem verblichenen Button-Down-Hemd herabgeblickt hatte, war es ihr vorgekommen, dass sie wohl ganz ähnlich aussah wie der schäbige Truck, mit dem sie abgesetzt worden war.

Umso besser, wenn man im Dreck wühlen will, hatte sie sich gesagt, und war dann erhobenen Hauptes zur Wohnung gegangen, die sie mit einem Mädchen von einer Liste, die sie vom College erhalten hatte, mietete. Und obwohl sie im Laufe des Sommers ein paar Mal miteinander telefoniert hatten, hatte sie ein flaues Gefühl im Magen, während sie auf ihre neue Mitbewohnerin wartete.

Es hatte weniger als dreißig Sekunden und einen Blick auf die Tränen gebraucht, die über das Gesicht der pausbackigen Blondine liefen, und Clare hatte sich sofort mit Bianca verbunden gefühlt.

Seitdem hatten sie immer zusammengelebt und waren nun aufgestiegen zu einer etwas besseren Wohnung, einem etwas besseren Modebewusstsein und der Weltgewandtheit, die sich einstellt, wenn man sich schließlich als Erwachsener durch eine Stadt bewegt.

Bianca, die Geschichte mit Mythologie als Nebenfach studiert hatte, befand sich derzeit in einer einjährigen Debatte mit sich selbst darüber, ob sie ihre Promotion weiterverfolgen sollte oder nicht. In der Zwischenzeit arbeitete sie Vollzeit im irischen Nationalmuseum und Teilzeit als Touristenführerin für diejenigen, die den Drang hatten, etwas über die keltischen Mythen zu erfahren, die sich durch die reiche Geschichte Irlands zogen.

Obwohl Clares Stipendium die Studiengebühren abdeckte, brauchte sie immer noch etwas zusätzliches Geld für bestimmte lebenswichtige Dinge – wie die Kamera, auf die sie schon seit Ewigkeiten scharf war, oder ein komplettes irisches Frühstück nach ihren nächtlichen Streifzügen durch die Stadt mit Bianca. Clare stockte ihr Einkommen auf, indem sie ein oder zwei Abende pro Woche in einem Pub in der Nähe ihrer Wohnung arbeitete und ein paar Nachmittage pro Woche in einem örtlichen Kristallladen.

Kristalle waren schließlich auch Gestein. Geoden, um genau zu sein.

Clare zuckte zusammen, als sie an ihren Zweitjob dachte. Sie konnte nicht genau sagen, warum sie an einem sonnigen Herbsttag an dem Kristallgeschäft vorbeigekommen war, aber die hübsche Auslage mit den glitzernden Steinen war ihr ins Auge gefallen. Kunstvoll arrangiert auf verschiedenen Etagen von Türmchen aus

Acrylglas und mit feinem Schmuck und ein paar Büchern, die dazwischen verteilt waren, schaffte es die Schaufensterauslage, zugleich fantasiereich und geschmackvoll zu sein.

Unfähig zu widerstehen, war Clare hineingegangen. Ihre Haut vibrierte von der Energie, die von den Kristallen ausging, und das warme Licht und das strahlende Lächeln der Frau, die hinter dem Tresen stand, gaben ihr das Gefühl, wie zu Hause aufgenommen zu werden.

Es ärgerte Clare, dass sie bis heute nicht hatte herausfinden können, warum Steine mit ihr sprachen. Nun ja, sie sprachen nicht buchstäblich mit ihr, aber sie kannte jede ihrer charakteristischen Energien, wusste, was sie brauchten oder mit wem sie zusammen sein mussten, und konnte sogar mit einem flüchtigen Blick erkennen, woher sie kamen.

Sicher, zum Teil war das ein Ergebnis ihrer Ausbildung. Wozu hatte sie ein Geologiestudium absolviert, wenn sie nicht in der Lage war, einen Stein zu betrachten und sein Alter abzuschätzen? Aber die Energie und die Kraft der Steine? Nun, sie musste erst noch verstehen, wie sie das körperlich spüren konnte.

Nicht, dass sie es einem ihrer Professoren gegenüber erwähnt hätte. Eine Ausbildung in einem wissenschaftlichen Fachgebiet zu erhalten – vor allem wenn man eine Frau war – ließ nicht gerade Raum für Träumereien. Stattdessen hatte sie bewiesen, dass sie eine rationale, brillante und engagierte Wissenschaftlerin war. Einmal pro Woche unterrichtete Clare ein Seminar für Studienanfänger, das gut besucht war – auch wenn manche sagten, dass das an der attraktiven Dozentin lag.

Clare prustete bei dem Gedanken daran, während sie die Tür zum naturwissenschaftlichen Flügel aufstieß und dem Mädchen am Empfang zuwinkte.

Es spielte kaum eine Rolle, wie man aussah, während man knietief im Moor stand und Steine zur Analyse herauszog. Je eher ihre Studenten erkannten, dass das Aussehen in diesem Fachgebiet nicht unbedingt von Vorteil war, desto besser für sie.

„Hey Seamus", rief Clare dem Laboranten zu, als sie das kleine Labor betrat, das ihrem Fachgebiet zugeordnet war. Nicht, dass Gesteine und die Entstehung der Erde nicht ein interessanter Wissenschaftszweig wären – doch Clare wusste, dass die biomedizinischen Ingenieure und Chemiker im obersten Stockwerk des Gebäudes der Naturwissenschaften viel bessere Labore hatten, ganz zu schweigen von der besseren Finanzierung. Manchmal hatte sie das Gefühl, dass man ihre Abteilung in den hintersten Winkel des Kerkers verbannt hatte.

„Immer noch stürmisch draußen?", rief Seamus leichthin und steckte sich ein Pfefferminz in den Mund, während er seine drahtigen Arme vor der Brust verschränkte und sich im Stuhl zurücklehnte. Mit einer Körpergröße von über eins achtzig war er ein richtiger Schlaks und sein dunkler Haarschopf stand komplett zu Berge. Seine Schlankheit machte er durch einen mühelos lässigen Stil wett.

„Höchstens neblig, würde ich sagen. Bianca war mit einer Gruppe draußen, also nicht so schlimm", sagte Clare, während sie ihren Rucksack abnahm und ihn an die Lehne ihres Stuhls hängte.

„Ah, vielleicht sollte ich Hallo sagen", sagte Seamus,

wobei seine Wangen rot wurden. „Ist sie immer noch mit diesem Conor zusammen?"

Clare blickte zu ihm auf. „Nein, sie hat ihn rausgeschmissen, nachdem er vor ein paar Wochen die ganze Nacht lang mit seiner Band unterwegs war."

Seamus richtete sich auf und seine Füße schlugen dumpf auf den Boden.

„Vielleicht sollte ich wirklich Hallo sagen. Einfach, du weißt schon, um uns auf den neusten Stand zu bringen", murmelte Seamus, während er sich seinen Mantel schnappte und fast im Laufschritt zur Tür ging.

Clare kicherte, während sie ihre Ohrhörer einsteckte und den Computer einschaltete.

Ihre Dissertation würde sich nicht von selbst schreiben.

Buch 1 - Das Lied des Steins

Jetzt verfügbar

Eine komplette Serie mit vier Romanen von

Tricia O'Malley

DIE INSEL DES SCHICKSALS

Wollen Sie mehr darüber erfahren, wie Bianca & Seamus sich verliebten und auf der Suche nach den vier Schätzen im Kampf gegen die dunklen Fae behilflich waren? Lesen Sie die komplette Insel des Schicksals Serie auf Kindle Unlimited!

Buch 1 - Das Lied des Steins

Buch 2 - Das Lied des Schwerts

Buch 3 - Das Lied des Speers

Buch 4 - Das Lied des Schatzkessels

Jetzt verfügbar

Eine komplette Serie mit vier Romanen von

Tricia O'Malley

"Ein tolles Buch, es greift irische Mythen auf und verbindet diese mit einem spannenden undgefühlvollen Roman. Ich freue mich schon auf das nächste Buch dieser Serie" - Amazon Review

GEHEIMNISVOLLE BUCHT

Von New York Times Bestsellerautorin Tricia O'Malley kommt eine Serie fesselnder Liebesromane, die den Leser zu den felsigen Küsten Irlands entführt.

Buch 1 - Wildes irisches Herz

Buch 2 - Wilde irische Augen

Buch 3 - Wilde irische Seele

Buch 4 - Wilde irische Rebellin

Buch 5 - Wilde irische Wurzeln: Margaret & Sean

Buch 6 - Wilde irische Hexe

Buch 7 - Wilde irische Grace

Buch 8 - Wilde irische Träumerin

Buch 9 - Wilde irische Weihnachten

Buch 10 - Wilder irischer Freigeist

Buch 11 - Wilde irische Kämpferin

Buch 12 - Wilder irischer Mond

* * *

Jetzt verfügbar

Eine komplette Serie von

Tricia O'Malley

ZAUBERHAFTE HIGHLANDS SERIE

ENGLISH TITLES BY TRICIA O'MALLEY

Tricia O'Malley has over 40 english speaking titles available in paperback, audio, e-book and Kindle Unlimited.

The Siren Island Series*

The Althea Rose Series*

The Isle of Destiny Series*

The Mystic Cove Series*

The Wildsong Series*

The Enchanted Highlands Series

*Complete Series

Love books? What about fun giveaways? Nope? Okay, can I entice you with underwater photos and cute dogs? Let's stay friends, receive my emails and contact me by signing up at my website

www.triciaomalley.com

Or find me on Facebook and Instagram.

@triciaomalleyauthor

NACHWORT

Irland hat einen besonderen Platz in meinem Herzen – es
ist ein Land der Träumer und für Träumer. Es gibt nichts
Schöneres, als es sich in einer Kneipe am Kaminfeuer
gemütlich zu machen und einer Musiksession zuzuhören
oder eine Tasse Tee zu trinken, während der Regen vor
dem Fenster die Sicht vernebelt. Ich werde für immer von
diesen felsigen Ufern verzaubert sein und hoffe, dass Ihnen
das Lesen dieser Serie genauso viel Spaß macht, wie ich es
genossen habe, sie zu schreiben. Danke, dass Sie an
meiner Welt teilnehmen.

Ich bin überglücklich, dass meine Geschichten ins
Deutsche übersetzt werden. Die Übersetzungen meiner
Romane nehmen ein bisschen Zeit in Anspruch. Melden
Sie sich also für meinen Newsletter an, um zu erfahren,
wann das nächste Buch erscheint.

http://eepurl.com/hLxHBz

Ich hoffe, meine Bücher haben in Ihrem Leben ein wenig Zauber hinterlassen. Wenn Sie einen Moment Zeit haben, um mir davon etwas zurückzugeben, würde ich mich freuen, wenn Sie Ihren Freunden davon erzählen und eine Bewertung hinterlassen. Mundpropaganda ist die wirkungsvollste Methode, um meine Geschichten zu teilen. Danke schön.

DANKSAGUNG

Ein tief empfundenes und herzliches Dankeschön geht an diejenigen in meinem Leben, die mich kontinuierlich auf diesem wunderbaren Weg als Autorin unterstützt haben. Manchmal kann dieser Job sehr stressig sein, daher ich bin dankbar für meine Freunde, die immer ein offenes Ohr haben und mir durch die kniffligeren Momente der Selbstzweifel helfen. Ein ganz besonderer Dank geht an The Scotsman, der an erster Stelle mein großartigster Unterstützer ist und es immer schafft, mich zum Lächeln zu bringen. Ein weiterer besonderer Dank geht an Ulrike Bartz und Annette Glahn für die Hilfe bei der Übersetzung dieses Buches. Ihre Liebe zum Detail und ihre sorgfältige Arbeit haben mein Buch zum Leben erweckt - danke!

Jedes Buch, das ich schreibe, ist ein Teil von mir und ich hoffe, dass Sie die Liebe spüren, die ich in meine Geschichten stecke. Ohne meine Leser bedeutet meine Arbeit nichts, und ich bin dankbar, dass Sie bereit sind, Ihre wertvolle Zeit mit den Welten zu teilen, die ich erschaffe. Ich hoffe, jedes Buch zaubert Ihnen ein Lächeln ins Gesicht und lässt Sie für einen Moment dem Alltag entfliehen.

Slainté, Tricia O'Malley

KONTAKT

Ich hoffe, meine Bücher haben ein wenig Magie in Ihr Leben gebracht. Wenn Sie einen Moment Zeit haben, meinen Tag ein wenig zu bereichern, können Sie mir helfen, indem Sie Ihren Freunden davon erzählen und eine Rezension hinterlassen. Mund-zu-Mund-Propaganda ist der beste Weg, um meine Geschichten zu verbreiten. Ich danke Ihnen.

Sie lieben Bücher? Wie wäre es mit lustigen Werbegeschenken? Nein? Okay, kann ich Sie dann mit Unterwasserfotos und süßen Hunden locken? Lassen Sie uns befreundet bleiben! Melden Sie sich für meinen Newsletter an und kontaktieren Sie mich auf meiner Website.

www.triciaomalley.com
Oder finden Sie mich auf Facebook und Instagram.
@triciaomalleyauthor